SCHATTEN UND LICHT

Arizona Raptors, 3

RJ SCOTT

V.L. LOCEY

Übersetzung

XENIA MELZER

Love Lane Books

Schatten und Licht

Schatten und Licht (Arizona Raptors #3)

Copyright 2024 RJ Scott, Copyright 2024 V.L. Locey

Originaltitel: Shadow and Light – Copyright 2020 RJ Scott, Copyright 2020 V.L. Locey

Cover: Meredith Russell

Lektorat englische Ausgabe: Sue Laybourn

Übersetzung: Xenia Melzer

Proofing: Eva Melzer

Veröffentlicht von Love Lane Books Limited

ISBN: 9781785647543

Alle Rechte vorbehalten

Schatten und Licht

Manchmal ist es sicherer, in den Schatten zu bleiben.

Einst ein aufsteigender Hockeystar, wurde Henry Greenaways Welt nach einem brutalen Autounfall zerschmettert, bei dem er lebensbedrohliche Verletzungen erlitten hat und der ihm Sehprobleme und eine ruinierte Karriere beschert hat. Isoliert, gebrochen und von seiner Familie entfremdet, verliert er sich in einem Teufelskreis. Hockey war seine Flucht, seine Freiheit – und jetzt ist es weg.

Apollo Vasquez weiß, wie man sich um fordernde Athleten kümmert. Aber weil sein bester Freund in die Zukunft blickt, fühlt er sich verloren – bis er angeheuert wird, Henry bei seiner Genesung zu helfen. Apollo zieht in die riesige Lockhart-Villa in Tucson, bringt seinen sonnigen Optimismus, seine liebevolle Strenge und seine nüchternen Regeln in Henrys Leben.

Der mürrische, verwundete Hockeyspieler und der viel zu fröhliche Gesellschafter sollten nicht zusammenpassen, aber die Linien verwischen bei geteilten Mahlzeiten und gestohlenen Lächeln. Henry möchte Apollo nicht brauchen. Apollo weiß, dass Henry gesund werden und dann weiterziehen wird. Aber wenn Herzen involviert sind, was passiert, wenn die Zeit für den Abschied kommt?

Schatten und Licht ist eine MM Hockey-Romanze mit Schmerz/Trost, angefüllt mit Griesgram/Sonnenschein Spannung, erzwungener Nähe, die unerwartete Intimität hervorruft und einer zärtlichen Versorger-Dynamik.

Widmung

Für meine Familie, die mich und all meine Marotten und Eigenheiten akzeptiert. Sogar die Plastikbanane in meinem Holster.

VL Locey

Immer für meine Familie.

RJ Scott

Glossar

Da viele LeserInnen wohl keine eingefleischten Hockey-Fans sind, habe ich hier eine kleine Sammlung der Hockey-Begriffe, die in diesem Buch vorkommen. Eventuelle Fehler oder Ungenauigkeiten bitte ich zu entschuldigen.

Back-to-Back: Zwei Spiele hintereinander.

Bag Skate: Besonders intensives Konditionstraining auf dem Eis; oft eine Strafe für Fehlverhalten.

Cheap Shot: Schüsse, die das Ziel haben, den Gegner zu verletzen.

Combines: Spiele vor dem Draft, in dem die Nachwuchsspieler ihr Können zeigen.

Conference Championships: Dritte Runde der Stanley Cup Finalspiele. Es gibt die Eastern und die Western Conference Championship und der jeweilige Gewinner tritt im Finale an.

Corsi-Statistik: Eine relativ komplizierte Statistik, die beim Eishockey genutzt wird, um Schussversuche auf das gegnerische Tor bei einem ausgeglichenen Spiel (gleich viele Spieler in jeder Mannschaft auf dem Eis) abzubilden und so die Schlagkraft eines Teams einzuschätzen.

Deke: Täuschungsmanöver

Expansion Draft: Wird von der Liga durchgeführt, wenn ein neues Team im Zuge einer *Expansion* Mitglied wird. Spieler aus anderen Teams werden dafür rekrutiert.

Expansions-Team: Teams, die während mehrerer *Expansions* (Erweiterungen) der NHL beigetreten sind.

Face-off: Eine Art Einwurf des Pucks nach einem Foul oder einer Spielunterbrechung. Findet zwischen zwei Spielern statt. Ist auch der Anstoß zu Beginn des Spiels in der Mitte der Eisfläche.

Farm Team: Zweites Team eines Vereins, das in einer niedrigeren Liga spielt und aus dem Spieler für die NHL rekrutiert werden. Wird auch als **Feederteam** bezeichnet.

Five-Hole: Bereich zwischen den Beinen des Goalies.

Flex: Die Flexzahl steht für den Kraftaufwand in Pfund, der nötig ist, um die Schlägermitte um ca. 2.5 cm (1 Inch) zu biegen.

Forecheck: Defensivspiel in der Offensivzone (also vor dem gegnerischen Tor), mit dem Ziel, Druck auf die gegnerische Mannschaft auszuüben.

Frozen Four: Hier handelt es sich um die Halbfinals und das Finale der College-Eishockeymeisterschaften.

Goalie: Torhüter

Hat Trick: Hattrick; wenn ein Spieler in einem Spiel drei Tore hintereinander schießt.

Healthy Scratch: So wird ein Spieler bezeichnet, der auf der Bank bleiben muss, obwohl er gesund und spielfähig ist. In der Regel eine Bestrafung für Fehlverhalten.

Instigation: Anzetteln einer Schlägerei auf dem Eis. Wird mit Penaltys bestraft.

Junior-Liga/Minor/AHL: So viel wie die 2. und 3. Liga im Fußball.

Lines/Block: Angriffsteams, zu denen ein *Center* und zwei *Flügelspieler/Stürmer* gehören. Sie bilden eine Einheit, die während eines Spiels untereinander ausgetauscht werden, da das Spiel sehr anstrengend ist. In der Regel ist ein Block eine Minute auf dem Eis.

Neutrale Zone: Bereich zwischen den beiden Linien, die die Mitte des Eises markieren.

Odd Man Rush: Wenn sich beim Eintritt in die Angriffszone mehr Spieler des angreifenden Teams dort befinden als des verteidigenden Teams. Je höher die Angreifer in der Überzahl sind, umso höher die Torchancen.

Original Six: Bezieht sich auf die ersten sechs Teams, die in der NHL gespielt haben.

Penalty-Schießen: Vergleichbar dem Elfmeterschießen im Fußball. Findet statt, wenn es nach einer Verlängerung immer noch unentschieden zwischen zwei Mannschaften steht.

Poke Check: Gängigste Methode, um den Puck einem anderen Spieler wegzunehmen; kann von jedem

Spieler in jeder Zone angewendet werden. Es handelt sich um eine Art Stochern mit dem Schläger.

Roughing: Zu hartes Vorgehen während des Spiels. Führt zu Penaltys (Strafen).

Saucer: Spezieller Schuss, bei dem sich der Puck wie eine fliegende Untertasse (flying saucer) bewegt.

Shutout: Spiel, bei dem ein Goalie ohne Gegentor bleibt. Sehr wichtig, weil dies auch in den Statistiken auftaucht.

Slap Shot: Scharfer, direkter Schuss auf das Tor.

Tape-to-Tape: Pass von Schläger zu Schläger.

Toe-drag: Trick, bei dem der Puck mit dem offenen Ende des Schlägers verdeckt und so vom Gegner ferngehalten wird.

Tryout: Probezeit eines Spielers, in der Regel vor der Saison im Trainingscamp und bei den vorsaisonalen Spielen.

Two Way Stürmer: Ein Spieler, der sowohl als Verteidiger als auch als Stürmer agieren kann.

Wraparound: Wenn der Puck hinter dem gegnerischen Netz ist und die Spieler versuchen, um das Netz herum (Wraparound) zu kommen und ein Tor zu erzielen.

SCHATTEN und LICHT

RJ SCOTT &
V.L. LOCEY

EINS

Apollo

Ein weiteres Seufzen entkam mir. Ich stocherte mit einem Holzlöffel in dem Auflauf herum, brummelte vor mich hin, legte dann den Löffel auf die blau-weiße Unterlegmatte. Das Abendessen war ruiniert. Schon wieder. Das vierte Mal in dieser Woche. Ich trat mit meinem Fuß gegen einen Stuhl, saß vornübergebeugt an der neuen Kücheninsel, die Adler vor zwei Monaten für mich hatte einbauen lassen, schob die ausgetrocknete Hülle dessen, was eine vegetarische Lasagne gewesen war, von mir weg und starrte auf mein Handy.

„Warum zollt er mir so wenig Respekt?", fragte ich Madonna, die mit einem Puma auf dem Bildschirm herumfuhr – auch wenn sie ihn netterweise als Tiger bezeichnete, oh mein Gott, war sie nicht einfach die wunderbarste Person, die über diesen Planeten schritt? – in einem Käfig auf dem Rücksitz eines Rolls Royce. Ich dachte zumindest, dass es ein Rolls war. Spielte keine Rolle. Nichts schien in letzter Zeit eine Rolle zu spielen. Eine große graue Wolke aus Traurigkeit war meine ständige Begleiterin, seit … nun, seit Monaten jetzt. Ich seufzte erneut und drehte die Lautstärke meiner Lieblingskomödie hoch.

Wenn ich mich traurig fühlte, schaute ich *Who's That Girl*. Ich hatte den Film schon immer geliebt, aber die letzten sechs Monate hatte ich ihn praktisch ständig geschaut. „Ist es zu viel von dem Mann verlangt, rechtzeitig zum Abendessen nach Hause zu kommen?" Mein Fuß schwang so heftig hin und her, dass mein Pantoffel wegflog, durch die Küche segelte und Adler im Gesicht traf. „Gut. Geschieht dir recht. Wo bist du gewesen?"

Er blinzelte, beugte sich nach unten, um meinen silbernen Pantoffel aufzuheben, und zeigte mir dann sein schiefes Lächeln. „Äh, ich war bei ihm." Er deutete mit seinem Daumen auf Layton Foxx, der hinter ihm stand.

Ah. Ja, natürlich war er das gewesen. Er war ständig mit Layton zusammen. Sie waren verliebt. Ich war allein mit einer krustigen Lasagne und Madonna und klang wie eine Art queere Fischersfrau, die ihren Ehemann anzickte. Ugh, ich hasste diese queere Fischersfrau so sehr. Warum tauchte sie ständig auf?

„Apollo, ich habe ihm gesagt, dass er dir eine Nachricht schreiben soll", erklärte Layton, betrat die Küche und behielt meine Füße im Auge, für den Fall, dass ein weiterer Pantoffel fliegen lernte. „Er hat gesagt, dass du weißt, dass wir nach dem Nachmittagsspiel zu Abend essen würden."

Ich verschränkte meine Arme vor meinem Brustkorb. Adler reichte mir vorsichtig meinen Slipper, bevor er wieder außer Reichweite tänzelte. Ich wollte meinem besten Freund wirklich die Meinung sagen, aber ihn so glücklich und so verliebt zu sehen, bedeutete, dass ich es nicht konnte. Ich konnte ihm aber finstere Blicke zuwerfen, was ich auch machte.

„Apollo, komm schon, nicht die Mama-Blicke, bitte." Der große Trottel sank in sich zusammen und schlang seine Arme um seine Taille.

„Ich glaube, mir entgeht hier etwas", bemerkte Layton, trat dabei um seinen melodramatischen festen Freund herum, um sich eine Flasche Wasser aus dem Kühlschrank zu holen.

„Meine Mutter hat einen Blick, der einen Mann ausweiden kann, der doppelt so groß ist wie sie. Anscheinend habe ich ihn auch", erklärte ich, während Adler hustete, würgte und dann auf die Knie fiel, um dramatisch auf den frisch gewischten Küchenfliesen zu sterben.

„Ah, okay, ja, ich habe diesen Blick gesehen, als ich an ihrem Geburtstag in der Lockhart-Villa in Maine war." Layton stieg über Adler, der tot am Boden lag, öffnete dabei sein Wasser. „Sie war wütend auf euch beide, weil ihr pornografische Obstskulpturen gemacht habt."

„Das war er", verkündete ich und deutete mit meinen nackten Zehen auf den toten Railer am Boden. „Ich habe ihm gesagt, dass sie wütend werden würde, wenn meine Familie einen Bananen-Schwanz mit zwei großen Grapefruit-Eiern auf dem Tisch zwischen den Party-Häppchen sieht, aber hat er auf mich gehört?"

„Nein", sagte die Leiche.

„Shh, du bist tot", erklärte Layton der Leiche am Boden. „Oh ja, deine Tante aus Arizona war die Einzige, die es lustig fand."

„*Tía Sofía* ist die Beste", meldete die Leiche sich erneut zu Wort, darum trat ich meinen zweiten Pantoffel vom Fuß und traf ihn am Bauch. Er prallte von seiner teuren Anzugjacke ab und kam dann auf seinem Brustkorb zum Liegen. „Oh, tut mir leid, ja, ich bin tot. Ignoriert mich."

„Wir versuchen es", parierte Layton, zwinkerte mir zu und tappte dann aus der Küche. Auf seinem Weg ins Schlafzimmer, höchstwahrscheinlich. Was wirklich in Ordnung war. Ich hatte Layton sehr in mein Herz geschlossen, seit er und Adler zusammengekommen waren. Er hatte einen beruhigenden Einfluss auf den Mann, den ich als meinen besten Freund und das größte Kleinkind der Welt bezeichnete.

„Steh auf", sagte ich zu Adler. „Ich bin nicht mehr so wütend. Nur noch irgendwie wütend." Mein Film lief immer noch und ich spulte zurück, um die verpassten Szenen zu sehen. Adlers große Hand legte sich über mein Handy, nahm es mir weg und hielt es über seinen Kopf. Wie ich schon sagte, das größte Kleinkind der Welt.

„Du musst mit mir reden."

Ich griff nach dem Handy, er hielt es noch höher. Da er zwei Meter vier oder zehn oder etwas ähnlich Verrücktes groß war, und ich auf Zehenspitzen nur einen Meter sechsundsiebzig schaffte, gewann ich dieses Spiel nie. Ich hatte aufgehört es zu versuchen, als wir dreizehn waren und Adler über Nacht einen halben

Meter gewachsen war. Ich war immer noch der dünne, kurze Junge, der es vorzog, sich um Kätzchen und Babypuppen zu kümmern, anstatt Hockeypucks über die Marmorflure des Lockhart-Anwesens in Palm Beach zu schießen, wo die Familie den Winter verbrachte.

„Du bist in letzter Zeit extrem schlecht gelaunt und schaust viel zu viel Madonna."

„Na schön, zunächst einmal, es gibt nicht *zu viel* Madonna." Ich wedelte mit einem Finger unter seiner Nase. „Zweitens, woher willst du wissen, ob ich schlecht gelaunt oder traurig oder glücklich bin, wenn du praktisch nicht mehr da bist?" Adler senkte mein Handy, sein Kiefer war schlaff, seine Augen geweitet. Ich biss mir auf meine Unterlippe. „Tut mir leid, vergiss das. Das habe ich so nicht gemeint. Ich bin nur … das hier muss aufgeräumt werden."

Mit abgewandtem Blick glitt ich vom Stuhl, schob meine Füße in meine Pantoffeln und nahm die kalte Auflaufform mit krustiger Lasagne. Adler schob sich zwischen mich und das ruinierte Essen, blockierte mich mit derselben Leichtigkeit wie jemanden, der hinter dem Puck her war. Ich knabberte an der Innenseite meiner Wange, schaute nach links, dann nach rechts, überallhin, nur nicht zu ihm.

„Apollo, was ist mit dir los? Ich dachte, du würdest dich für mich und Layton freuen."

Ach, Herrgott nochmal. Er wusste genau, was er sagen musste, damit ich mich wie homogenisierte Scheiße fühlte. Ich holte tief Luft, neigte meinen Kopf etwas nach hinten und schaute den Rotschopf an, der in jeder Hinsicht mein Bruder war, abgesehen davon, dass wir nicht dasselbe Blut teilten. Ein Bruder von einer anderen Mutter. Und einem anderen Vater.

„Ich freue mich für dich. *Das tue ich*!", beharrte ich, als er seine Brauen zusammenzog. „Ich freue mich für dich, ehrlich. Es liegt nicht an dir, es liegt an mir. Ich bin nicht mehr glücklich mit *mir*." Ich schlug mir gegen meinen Brustkorb. „Ich bin nur …" Ich suchte nach dem richtigen Wort, das zu meiner Stimmung passte. „Ich stagniere. Ich bin einsam. Werde nicht gebraucht. Nicht gewollt."

„Moment, Moment. Du wirst ganz sicher gebraucht und gewollt, bitte denke niemals, dass dem nicht so ist. Wer sonst würde sich meinen dämlichen Scheiß täglich gefallen lassen?"

„Layton", flüsterte ich, während Griffin Dunne und Madonna sich ein Wortgefecht lieferten.

Seine breiten Schultern sanken ein wenig herab, bevor er mir mein Handy reichte. Ich warf einen Blick auf den Bildschirm und pausierte den Film dann.

„Es tut mir leid, dass du einsam bist, Apollo. Wir können öfter herkommen. Ich weiß, dass wir viel Zeit bei Layton verbringen, aber er fühlt sich dort wohler, ich kann aber darauf bestehen, dass wir-"

„Nein, nein, nein." Ich trat um ihn herum, schnappte mir die Form mit den zusammengeklebten Nudeln, Käse und Soße und trug sie zur Spüle. „Zwing ihn nicht, irgendetwas zu tun. Er ist sensibel. Wenn er bei sich zu Hause glücklicher ist, dann geht zu ihm. Hier bin ich das Problem." Ich schnappte mir ein Messer und fing an, den krustigen Haufen zu bearbeiten.

„Vielleicht solltest du versuchen, öfter zu daten." Ich

warf ihm einen weiteren Mama-Blick zu, der den großen Mann einen Schritt zurückweichen ließ. „Es ist ein Jahr her seit … ihm, der nicht genannt wird. Vielleicht kann ich etwas für dich mit einem der Jungs aus dem Team organisieren."

„Es *gibt* keine schwulen oder bi Männer bei den Railers, die nicht vergeben sind, Adler. Und ich will nicht, dass du etwas für mich organisierst. Ich bin ein verdammt fabelhafter queerer Latino-Mann und ich bin durchaus in der Lage, meine eigenen Dates zu finden, vielen Dank auch. Dämlicher verdammter Käse!" Ich stach wild auf die Sauerei in der Auflaufform ein. „Und erwähne Jean-Claude *nie* wieder, auch nicht nebenbei und mit falschem Namen! Dieser betrügende, schweinsgesichtige Mistkerl! Ich werde nie wieder für dieses dämliche Team jubeln! Süßholzraspelnde französische Goalies sind Herzensbrecher!"

„Es tut mir leid, okay. Ich weiß nur nicht, was ich für dich tun soll. Könntest du aufhören, das arme Essen anzugreifen?"

Ich hielt atemlos inne und starrte auf das Schlachtfeld. „Oh Mann, meine Lasagne." Ich legte das Buttermesser und die Auflaufform in die Spüle. Dann bedeckte ich mein Gesicht mit einer Hand, die mit Soße bekleckert war. „Ich bin einfach nicht mehr glücklich, Adler."

Eine große Hand legte sich auf meine Schulter, dann die andere auf meine zweite Schulter. Ich schüttelte meinen Kopf, aber er drehte mich mit Leichtigkeit herum, das große, aufdringliche Arschloch.

„Was *würde* dich glücklich machen?"

„Ich weiß nicht. Ich möchte, dass jemand mich will, mich braucht, mich liebt."

„*Ich* liebe dich", sagte er und zog mich in eine große, brüderliche Umarmung, die sich so gut anfühlte, dass ich anfing zu weinen wie dieser Seifenopernstar, den Mama so liebte. Diese Frau konnte auf Kommando losheulen. Wie es schien, konnte ich das auch, aber meine Tränen waren von einem Essensmord ausgelöst.

„Ich weiß und ich liebe dich auch, aber das ist brüderliche Liebe. Ich möchte …" Ich murmelte an sein Seidenhemd und hielt dann inne. Was wollte ich? „Ich möchte jemanden für mich, Adler. Jemanden, der mich so ansieht, wie du Layton. Ich möchte etwas Starkes, Reales, Glückliches. Ich möchte mich wieder glücklich fühlen. Ich möchte gebraucht werden."

„*Ich* brauche dich."

„Nicht so wie früher." Ich schlang meine Arme um ihn und hielt ihn fest. „Du hast deine Zukunft gefunden. Ich denke, es ist vielleicht an der Zeit, dass ich meine finde."

Er lehnte sich zurück, um mich anzusehen. Seine Augen waren feucht. Gottverdammt, warum musste er immer alles so dramatisch machen?

„Könnte das hier in Harrisburg sein? Ich bin mir nicht sicher, ob ich funktionieren kann, wenn du nicht an meiner Seite bist. Wir sind zusammen, seit wir Kinder waren. Ich erinnere mich, wie ich mit dir durch die Villa in Maine getappt bin, wie wir mit Nanny nach draußen gelaufen sind und versucht haben, mitzuhalten, wie wir Schlammkuchen gemacht und sie dann meinen Eltern serviert haben, wenn sie vorbeigeschaut haben. Oh! Und dieses eine Mal, als wir uns mit zehn rausgeschlichen haben, um uns diesen Horrorfilm anzusehen. Wir haben danach monatelang zusammen geschlafen. Dämliche verdammte Dämonenfrauen mit Haiköpfen machen mir immer noch Angst."

Ich lächelte, ein dünnes Lächeln, ja, aber es war ein Lächeln. „Ich kann mich an all das erinnern und ich schätze jede dieser Erinnerungen. Nun, nicht die haiköpfige Dämonenfrau, die ertrage ich immer noch nicht, aber alles andere. Ich bin nur verloren, nehme ich an. Ich habe mein Leben um dich herum aufgebaut und jetzt brauchst du mich nicht mehr." Ich keuchte. „Ich klinge wie Mama!"

Adler lachte, zog mich eng an seinen Brustkorb und drückte dann einen liebevollen Kuss auf meine Haare. „Das tust du wirklich, aber ich verstehe es. Wir arbeiten daran, dich wieder glücklich zu machen. Ich kann es nicht ertragen, dass mein kleiner Bruder unglücklich ist. Möchtest du ein neues Auto?"

„Stopp", sagte ich mit einem schwachen Lachen. Meine Nase war an seine Schulter gepresst.

„Ein Boot? Boote machen Menschen glücklich. Man kann ein Boot schwimmen lassen."

„Stopp."

„Oh! Wie wäre es mit der gesamten Madonna-Musical-Sammlung? Nein, die hast du schon."

„*Stopp*. Was ich will, kann nicht gekauft werden." Ich drückte seine Mitte, löste mich dann von ihm und wischte mir über das Gesicht, während ich zurücktrat. „Ich bin mir nicht sicher, was genau ich will, aber es geht tiefer als teure Geschenke. Ich möchte ..." Ich hob frustriert meine Hände.

Adler zeigte mir ein trauriges Lächeln. „Wir finden heraus, was genau du willst und wenn wir das tun, werde ich Himmel und Erde in Bewegung setzen, damit du es bekommst. *Mi hermano.*"

Mein Bruder. Ich bekam einen frischen Kloß im Hals und scheuchte ihn dann aus meiner Küche, damit ich die Sauerei beseitigen konnte, die ich an mir selbst und mit dem Abendessen veranstaltet hatte. Die Auflaufform musste eingeweicht werden, aber sie würde es überleben, nur ein wenig verkratzter sein als zuvor. In diesem letzten Gedanken steckte eine Lebensmetapher oder etwas in der Art.

„Sei die Auflaufform, Apollo", flüsterte ich in den leeren Raum. Großartig, jetzt verglich ich mein Leben mit Küchenutensilien. Ich musste wirklich herausfinden, wer ich war und wohin zur Hölle ich unterwegs war. Ich würde mich aber mit einem leeren Magen oder ohne die Königin des Pop nicht konzentrieren können. Ich würde nach mehr Madonna und etwas Schokoladen-Marshmallow-Eis besser denken können. Offensichtlich.

DER NÄCHSTE MORGEN war grau in Harrisburg. Der Märzhimmel war dunkelgrau gewesen, als ich aufgewacht war, hatte mit Winterwut gedroht. Während wir drei frühstückten, kam diese Wut in Form eines Eisregens an, der die Stadt innerhalb einer Stunde lahmlegte. Schulen schlossen für den Tag, Büro- und Stadtangestellte bekamen frei und das Morgentraining der Railers war gestrichen. Das Spiel heute Abend – eines von einem Back-to-Back – würde immer noch stattfinden, soweit wir wussten. Es war ein Lokalderby gegen Philadelphia, darum würde Trents Lola wegen des schlechten Wetters vielleicht zu Hause bleiben. Wir alle liebten die Großmutter des Eiskunstläufers, aber sie war manchmal brutal. Ein wirklich wilder Fan.

Layton und Adler faulenzten nach dem Frühstück im Bett. Ich räumte auf, saugte Staub und saß am Schreibtisch am Fenster und starrte auf die eisige Landschaft von Harrisburg. Meine Lichttherapie war an und schien mir ins Gesicht. Das Gerät funktionierte seit mehreren Jahren ziemlich gut und hatte mir die Medikamente für das saisonale Tief erspart, in das ich immer gefallen war. Dieses Jahr allerdings …

Regen klatschte gegen die Fenster und gefror. Meine Gedanken wanderten ziellos umher. Winterwetter war beschissen, wirklich. Es machte mich absolut depressiv. Ich schmiegte mich in meinen dicken Pulli, wünschte mir, ich wäre irgendwo, wo es warm und sonnig war. Ich zog meine Beine unter mich, saß da, bis jemand einen Plüschhummer nach mir warf. Er verfehlte mich, prallte gegen das eisige Fenster und fiel auf den Schreibtisch, wo er eine Tasse voller Stifte umwarf.

Ich musste nicht einmal den Kopf heben, um zu wissen, wer dafür verantwortlich war.

„Es tut mir leid, der hätte dich am Kopf treffen sollen und dann hätte ich etwas unglaublich Lustiges gerufen, wie ‚Ist das ein Hummer auf deinem Kopf oder freust du dich nur, mich zu sehen?' aber ich habe dich verfehlt und jetzt ist der ganze Witz im Eimer. Also hey, was machst du?" Adler kam zum Schreibtisch und sammelte seinen Plüschhummer ein, den er an seinen nackten Brustkorb drückte. Zumindest hatte er sich eine Jogginghose angezogen. Manchmal machte er das nicht.

„Ich schaue zu, wie die Welt erfriert."

„Mann, deine Winterdepression ist dieses Jahr wirklich schlimm." Er packte die Lehne des Stuhls mit seinen Händen und rollte mich dann vom Fenster ins Wohnzimmer. Wo er mich parkte und sich dann auf das Sofa setzte. Seine roten Haare waren knotig vom Schlaf oder Sex, wahrscheinlich beidem, weil ich Layton seit dem Frühstück nicht gesehen hatte. Adler hatte seinen Mann höchstwahrscheinlich wieder in den Schlaf geliebt. Ich war überhaupt nicht neidisch auf die beiden. Okay, doch, war ich und ich hasste es, dass ich es war. „Also, ich habe nachgefragt, wie es Henry geht."

„Und?"

„Es geht. Das Bein heilt langsam und seine Sehfähigkeit ist immer noch nicht so, wie sie sein sollte, aber sie sind alle hoffnungsvoll. Jedenfalls lasse ich ihn in meinem neuen Haus in Tucson wohnen. Er wird morgen entlassen und ist ganz auf sich allein gestellt. Er wird nach jemandem suchen, der bei ihm einzieht und sich um ihn kümmert. Putzen, kochen, ihn zu seinen Reha- und Arztterminen fahren."

„Sie suchen also jemanden, der Pflege zu Hause anbietet. Ich bin kein Krankenpfleger." Ich war mir nicht sicher, was ich war. Adler Lockharts ... was genau? Persönlicher Assistent? Ja, das hatte immer gepasst, wenn die Leute fragten, was ich machte. Dazu war ich Babysitter, Laufbursche, Hüter wichtiger Fakten,

Chefkoch und Tellerwäscher und eine Schulter zum Ausweinen und so sah mein Job/Leben aus. Es drehte sich um Adler und das hatte es immer getan. Ich liebte ihn, aber war das gut? Ich hatte keine Ahnung abgesehen davon, dass meine Füße kalt waren. Meine Zehen waren eisig, wo sie unter meiner flippigen Retro-Schlaghose hervorlugten. Ich musste meine Pantoffeln finden.

„Nein, eine Krankenschwester kommt zwei Mal die Woche. Er braucht jemanden, der für eine Weile mit ihm dort wohnt. Ein Gesellschafter. Ich habe seinem Bruder Dan gesagt, dass ich dich fragen würde."

Mein Blick hob sich ruckartig von meinen kalten, braunen Zehen – ich brauchte unbedingt eine Pediküre, weil mein leuchtend rosa Nagellack abblätterte wie blöd – zu Adler. Er war das Inbild ernster Zuneigung. Layton sagte gerne, dass er ihn an einen Irish Setter erinnerte – rot und hübsch und energiegeladen und mit dem absoluten Willen zu erfreuen. Dieser Vergleich passte perfekt.

„Ich? Aber ich habe einen Job als dein Aufpasser."

Er schnaubte erheitert, aber der Humor verblasste schnell. „Ja, ein Job, mit dem du nicht mehr glücklich bist." Er schaute auf den Plüschhummer hinunter, ein Erinnerungsstück, das er von einer Kreuzfahrt mitgebracht hatte, die er und Layton letzten Sommer unternommen hatten. Der Sommer, in dem ich mit diesem Rattenbastard Jean-Claude zusammen gewesen war. Ich spuckte in Gedanken auf diese Erinnerung. „Du musst nicht einmal darüber nachdenken, wenn du nicht willst. Ich wäre absolut glücklich, wenn du hierbleibst, aber du bist einfach so verdammt traurig und ich fühle mich beschissen, weil ich dich ignoriere, um mit Layton zusammen zu sein."

„*Adler* ..."

„Ich dachte mir nur, dass dies vielleicht eine Lösung sein könnte. Du würdest dem kalten Wetter entkommen, von dem ich weiß, dass du es hasst, du könntest deine Tante Sofia besuchen, mit Henry abhängen, der ein netter Kerl ist und auch eine desaströse Beziehung mit einem echt arschigen Vollidioten hatte. Du kannst an deiner Bräune arbeiten, für jemanden kochen, der da sein wird, um es zu essen, vielleicht sogar neue Freunde finden und ausgehen, dich verlieben. Ich möchte, dass du glücklich bist, auch wenn es mich umbringt, dich gehen zu sehen."

Ich schüttelte meinen Kopf. Nein. Das war es nicht, was ich wollte. „Ich will dich hier nicht allein lassen."

„Aber das ist es ja. Ich werde nicht allein *sein*. Ich habe Layton." Er legte seine Hand auf meine nackten Zehen. „Deine Zehen sind eisig. Kumpel, such deine Pantoffeln und denke drüber nach, ja? Es ist nicht für immer, nur, bis Henry wieder sein normales Leben zurückhat. Vielleicht drei Monate oder so? Ich bin mir sicher, dass ich drei Monate lang allein klarkomme." Meine rechte Braue hob sich in Richtung meines Haaransatzes. „Ich kann absolut erwachsen sein, wenn ich muss."

„Willst du, dass ich gehe?"

Seine warme Hand auf meinen kalten Zehen fühlte sich so gut an. Er drückte meinen kleinsten Zeh spielerisch und zupfte dann daran. „Nein, Apollo, ich möchte nicht, dass du gehst. Ich möchte, dass du hier bist und dich um all die beschissenen Aspekte des Lebens kümmerst, die ich gerne ignoriere. Aber das ist dir gegenüber nicht fair, weil du offensichtlich im Moment mit deinem Leben nicht glücklich bist."

„Du hast mit Layton darüber gesprochen, nicht wahr?" Ich liebte Adler, aber seine Kindheit machte ihn manchmal gegenüber den Menschen um ihn herum ein wenig blind. Weil er so reich und so verwöhnt war, neigte er dazu, nur den hellsten Stern am Himmel zu sehen, der er war. Adler war die Sonne und wir waren nur kleine armselige Planeten in seinem Gravitationsradius.

„Nein, das habe ich nicht. Nun, nicht über die Sache mit Henry. Das war meine Idee. Er hat nur vorgeschlagen, dass ich versuchen soll, über meine eigenen Wünsche und Bedürfnisse hinauszublicken und mich zur Abwechslung auf deine zu fokussieren." Er warf mir diesen Adler-Lockhart-Blick zu. Derjenige, der besagte, dass er wusste, dass er manchmal egoistisch sein konnte, es aber nicht absichtlich machte, was stimmte. Adler würde jedem alles kaufen, worum die Person bat. Manchmal aber konnte das, was eine Person brauchte, nicht gekauft werden. „Es war nur ein Gedanke. Warum denkst du nicht darüber nach? Ich gehe wieder ins Bett. Du kannst Rocky behalten."

Er stand auf und reichte mir den roten Plüschhummer. „Rocky wegen dem Song der B-52's?"

Sein albernes Lächeln erhellte sein Gesicht. „Du kennst mich viel zu gut."

Und weg war er, auf dem Weg zu seinem Liebhaber.

Ich benutzte einen Fuß und rollte zurück zum Schreibtisch, über ein paar Stifte, die aufgehoben werden mussten. Rocky hatte ich unter den Arm geklemmt und ich nahm meinen Moment der Reflexion wieder auf. Der Regen war jetzt mit Schnee gemischt. Der schwarzgraue Himmel warf alles, was er hatte, auf Harrisburg. Dieser Märzsturm war ein absoluter Tritt in die Eier für alle von uns, die für den Sommer lebten. Der Frühling war so nahe gewesen, nur noch wenige Wochen entfernt, sich im April versteckend.

In Arizona ist es warm, Apollo, und sonnig. Es ist auch jemand dort, der dich braucht. Jemand, der von der Liebe gebrochen wurde, genau wie du. Jemand, der Mühe hat, sich selbst zu finden, genau wie du.

Das leise Geräusch von männlichem Lachen schwebte zu mir. Vielleicht *war* es an der Zeit, in die Sonne zu gehen. Der Himmel wusste, dass in den Schatten zu leben nichts für mich und mein strahlendes queeres Latino-Licht war.

ZWEI

Henry

„Es ist ein Kompromiss, aber die geringere Geldsumme würde eine Menge deiner momentanen Probleme lösen, Henry." Oscar Bledford, hervorragender Anwalt, war sehr ernst, beugte sich auf seinem Stuhl vor und vibrierte sichtlich vor Aufregung. Ich mochte ihn nicht sonderlich, aber wie es schien, hatte ich damit recht und trauen konnte ich ihm schon gar nicht. Neben ihm saß Keith Jazz von AZK Insurance mit steinerner Miene und lasst uns ehrlich sein, er war weit davon entfernt, begeistert darüber zu sein, dass seine Firma mir Eins-Komma-Sieben Millionen Dollar auszahlen musste.

Ich hatte nicht einmal gewusst, dass ich versichert war, aber andererseits wusste ich nicht viel über irgendetwas. Das war in den letzten paar Monaten offensichtlich geworden. Diese besondere Versicherung war eine, die meine Mom für mich abgeschlossen hatte und eines der wenigen Dinge, die sie zuverlässig bezahlt hatte. Unglücklicherweise war das der einzige Lichtblick am Horizont, weil Mom und mein

Möchtegern-Stiefvater, Ed, alles andere, was ich an Deals und Investitionen gehabt hatte, genommen und für Dinge ausgegeben hatten, die sie sich nicht leisten konnten. Sie hatten das Geld verbrannt, das sie von Dad geerbt hatte und hatten sich dann genauso schnell meinem Treuhandfonds und meinem Einkommen gewidmet.

„Karriere beendend?" Ich blinzelte den Mann an, der mir nie etwas anderes als schlechte Nachrichten überbrachte und ich fragte mich, ob er auch nur eine Ahnung hatte, wovon er da redete. „Du denkst ernsthaft, dass meine Karriere nur so viel wert ist?"

Er nickte so schnell, dass ich dachte, er würde sich eine Gehirnerschütterung verpassen. „Es würde den Großteil deiner Schulden tilgen, dich an einen Punkt bringen, wo du etwas anderes finden und von vorne anfangen kannst." Er sah so verdammt triumphierend aus und ich wollte ihm nur sein Gesicht gegen die Wand knallen. Natürlich konnte ich nicht aufrecht stehen, ohne über meine eigenen Füße zu stolpern, und ich würde wahrscheinlich vergessen, warum ich ihn gegen die Wand rammte, bis ich ihn erreichte, aber die Wut half, meine Gedanken zu fokussieren. Von vorn anfangen? Als was? Ich hatte keinen Abschluss wie einige der anderen Jungs im Team. Ich spielte länger Hockey, als ich mich erinnern konnte, und es war mein Leben. Ich war gedraftet worden und hatte in mehreren AHL-Teams einen Platz gehabt. Dann war ich ins Feeder-Team der Raptors verkauft worden, die Sierra Vista Skylarks und ja, ich verstand, dass die Raptors am Grund der NHL herumkrochen, aber verdammt, sie *waren* ein echtes NHL-Team und sie hatten mich gewollt.

Den hart arbeitenden Henry, der unbedingt jedem gefallen wollte. Ich war schnell, sogar noch schneller als Ryker aus der Ecke heraus und das wollte etwas heißen, wenn man bedachte, was für ein Wunderknabe er geworden war mit seiner Lobhudelei und seinen Toren und seinem hübschen Gesicht.

Fuck.

Ich ballte meine Hände auf meinem Schoß zu Fäusten und grub meine Nägel ins Fleisch, der nadelartige Schmerz verankerte mich in der Szene in diesem Raum. Ich war gut und wenn ich zurück aufs Eis kam, würde ich viel mehr verdienen als dieses Geld, das sie mir jetzt hinwarfen. War die Bezahlung nur der Beweis, dass ich jetzt am Ende war, wegen eines kaputten Beins und eines Auges, das nicht funktionieren wollte? Ich war immer noch im Team der Raptors, in der Langzeitverletzten-Reserve. Niemand hatte etwas davon gesagt, dass ich rausgeworfen wurde.

Ich wünschte, ich hätte jemanden bei mir, der mir die Hand hielt, metaphorisch gesprochen zumindest. Um diese Zeit letztes Jahr wäre mein Agent an meiner Seite gewesen. Lewis McCourt hatte mich als Freund durch die Juniors gefördert und mich dann gepusht der Beste zu sein, während meiner Zeit in der AHL und bis zu den Raptors. Aber er würde nicht da sein, ein weiterer Satellit in dem Orbit von Ed und meiner Mom mit ihrem Diebstahl und ihren Lügen.

Ich wünschte, ich könnte mich erinnern, warum genau er gegangen war, wusste nur, was Mom mir erzählt hatte, dass sie und ihr momentaner fester Freund, Ed, fanden, dass ich etwas Besseres verdiente, und ich hatte ihr geglaubt. Sie war meine Mom, warum sollte ich ihr nicht glauben? Jetzt war mein Agent weg, mein neuer Agent kannte mich nicht wirklich und Ed hatte so viel übernommen, mir erzählt, dass ich mir keine Sorgen machen musste und dass er und Mom alles unter Kontrolle hatten. Aber schaut mich an. Ich hatte alles verloren und zusätzlich zu diesen Verlusten schien es, dass es eine Schlange an Leuten gab, die mich verklagen wollten.

„Du solltest das Auszahlungsangebot der Versicherung annehmen, Henry", ermutigte Oscar mich. „Das wird dir das Gewicht von den Schultern nehmen, dann kannst du dich darauf konzentrieren, gesund zu werden, vielleicht einen Job annehmen und den Rest der Schulden abarbeiten? Du müsstest Hockey nicht verlassen. Du könntest eine Verwaltungsaufgabe annehmen oder Wohltätigkeitsmanagement oder etwas in der Richtung." Er wedelte mit seiner Hand, um den *etwas in der Richtung*-Teil zu betonen, und sah so zufrieden mit seinen Vorschlägen aus.

Mein Kopf mochte ja durcheinander sein, aber ich war nicht dumm. Wenn ich dieses Angebot annahm, würde er alles wollen und ich bezweifelte, dass viele meiner Gläubiger bezahlt werden würden. Ich schloss für einen Moment meine Augen, nur damit ich die Gesichter nicht sehen musste, die auf der anderen Seite des breiten Schreibtisches saßen und mir sagten, was ich tun sollte. Sie sahen das Ende meines Lebens als Hockeyspieler und für sie beide war dieses Geld eine

Auszahlung zum Ende meiner Karriere. Die Versicherungsgesellschaft hatte die vollen sechs Millionen bereits heruntergehandelt, einhundert Bedingungen aufgelistet, die ich irgendwie unwissentlich nicht erfüllt hatte.

Du bist in das Auto gestiegen. Du wusstest, dass Aarni nicht zurechnungsfähig war. Du hast dir das selbst eingebrockt. Es ist hauptsächlich deine Schuld.

Ich hatte das alles schon gehört, in geflüsterten Gesprächen zwischen Leuten, die mich im Krankenhaus versorgten, meine Mom bei ihrem letzten giftigen Angriff auf mich und hier in diesem Raum, in dem die Firma, die mich versichert hatte, entschieden hatte, dass ich nicht mehr wert war.

„Eine Karriere als Hockeyspieler zu verlieren ist mehr wert, als ihr anbietet."

Keith öffnete seinen Mund, um sich für AZK aufzuregen, aber Oscar war der Erste, der etwas sagte.

„Du warst in einem Team." Er schaute auf sein Handy, als ob er sich daran erinnern müsste, wie kolossal ich es verbockt hatte. „Die Raptors sind, nach dem, was man hört, untragbar und ich habe Andeutungen von Teamkollegen, dass du kurz davor standest, in die Minors geschickt zu werden."

Wer hat das gesagt? Aarni? Ryker? Alex? Coach? Ich erinnere mich nicht daran, dass irgendjemand gesagt hätte, dass ich zurückgeschickt werde? Ich erinnere mich nicht daran, dass Coach Carmichael gesagt hätte, ich würde nicht meine volle Leistung abrufen. Ich wünschte, er wäre hier. Vielleicht irre ich mich. Vielleicht erinnere ich mich nicht richtig.

Ich presste meine Finger an meine Schläfen und

stand taumelnd auf. „Ich brauche ein paar Minuten", platzte ich heraus und verließ den Raum, stieß gegen einen kleinen Tisch, kämpfte darum, mich zu fokussieren, um den Türknauf zu finden. Endlich war ich gnädigerweise im Flur und dann wusste ich nicht, was ich noch tun sollte. Sollte ich hier verschwinden oder zurückgehen und weiterreden? Ich gab nicht einfach auf, ich sollte zurückgehen, darum ging ich auf die Toiletten, um mir ein wenig Raum zum Atmen zu verschaffen. Dann schloss ich mich auf einer Toilette ein. Ich saß auf dem Deckel, den Kopf gesenkt, meine linke Hand zitterte so sehr, dass ich sie festhalten musste, und mein Bein pulsierte vom Oberschenkel bis zum Knie. Ich fühlte mich schwindlig, unkoordiniert und ich musste große Entscheidungen treffen.

Mom und Ed hatten sich alles unter den Nagel gerissen. Es hatte klein angefangen, Überweisungen zwischen meinen Konten, ein Diebstahl von einer Zahlung zur nächsten, nichts, das mir je auffallen würde, denn *verdammt*, das war meine Mom und Ed schien ein guter Mann zu sein, der sie zum Lächeln brachte, und ich spielte das Spiel, das ich liebte. Tatsächlich war alles Friede, Freude, Eierkuchen. Sie kümmerte sich um mich, er überwachte meine Finanzen und solang genug auf meinem Konto war, um die Miete und die Rechnungen zu zahlen, war es mir egal gewesen.

Ich hätte mich mehr dafür interessieren sollen. Ich hätte niemals ihr oder Ed blind vertrauen sollen. Oder für eine Minute denken sollen, dass Mom auf meiner Seite war.

Als sie in meinem Namen Geld von anderen

nahmen, erzählten sie mir, es wäre Werbung, dass ich unterschreiben sollte, und ich hatte das nie nachgeprüft. Trauer zog sich in meinem Brustkorb zusammen angesichts der absoluten Dummheit, die ich gezeigt hatte und ich schloss meine Augen, als sie mich überwältigte und mich wieder zum Zittern brachte. Mit geschlossenen Augen konnte ich die dunklen Punkte in meinem linken Auge nicht sehen oder mir den schrecklichen Schaden an meiner Netzhaut vorstellen, den niemand von außen sehen konnte. Zu viele Spezialisten hatten mich untersucht, alle vom Team bezahlt und keiner von ihnen hatte mir etwas erzählt, das ich hören wollte.

Ich war zu einem Mann ins Auto gestiegen, dessen Wut außer Kontrolle war, einem Mann, der mich benutzt und verletzt und beinahe umgebracht hatte. Er hatte von dem Unfall weggehen können. Experten sagten, dass er das Lenkrad gedreht hatte, damit der Großteil des Aufpralls auf meiner Seite war. Ich konnte mich daran nicht erinnern und das war der einzige Segen mit meinem kaputten Hirn. Mein Bein würde heilen, die Titanschiene war die geringste meiner Sorgen und eines Tages könnte ich, dank der Physiotherapie, die ich bekam, wieder aufs Eis gehen und fahren. Aber wieder spielen? Das war nicht so eindeutig, weil meine Sicht gestört war. Der Unfall war so schlimm gewesen, dass sie mich aus dem Auto hatten schneiden müssen, mein Bein war eingeklemmt gewesen, mein Gesicht in die Scheibe gedrückt. Während ich mich an alles erinnerte, was ich konnte, fuhr ich die Narbe nach, die ich für immer unter meinen

Haaren tragen würde, die gerade erst angefangen hatten, wieder zu wachsen. Eine Gehirnerschütterung und eine Weile im Koma zu liegen waren der Anfang gewesen. Aufzuwachen war der Start eines Albtraums. Mein rechtes Auge hatte einen heftigen Schnitt auf der Lederhaut, was zu einer gerissenen und abgelösten Netzhaut geführt hatte. Ich war auf einem Auge praktisch blind und alles, wofür ich mein ganzes Leben lang gearbeitet hatte, war weg.

Vier Experten hatten meine Verletzungen begutachtet. Drei hatten mir gesagt, dass es das gewesen war. Nur einer hatte mir etwas Hoffnung gemacht, aber hinzugefügt, dass die Chancen schlecht standen.

Ich konnte mich nur daran erinnern, dass ich Ryker und Alex immer und immer wieder erzählte, dass ich bald wieder Hockey spielen würde. Ich musste es oft gesagt haben, weil ich mich an die verschiedenen Antworten erinnerte, die sie mir gegeben hatten, die einzigen Dinge, an die ich mich mit meinem verwirrten Kopf erinnern konnte. Sie hatten nicht *vorgehabt*, jedes Mal etwas anderes zu sagen, schließlich konnten sie die Tatsache sehen, dass ich mich nicht schnell erholte, und hatten ihre eigenen Schlüsse gezogen. Aber sie hatten beide aufgehört mir zu versichern, dass ich zurückkommen würde, und hatten angefangen, mir Alternativen anzubieten. Nur durch sie wurde mir klar, wie schlimm die Dinge standen. Wenn sie Sätze mit *du hast das gesagt* oder *wir wissen* anfingen, wurde mir klar, dass ich mich wiederholt haben musste und dann kam ich an den Punkt, dass ich ganz zu reden aufhörte. Ich war nicht überrascht, dass sie mich aufgegeben hatten und es spielte keine Rolle, dass sie mich mit ihren lustigen Geschichten über das Team besuchten, oder wie Alex sich verliebt hatte oder dass Ryker sich verlobt hatte. Ich wusste, dass sie nicht hier sein wollten.

Warum sollte irgendjemand bei mir sein wollen? Ich war noch nie die Art Mann gewesen, den irgendjemand als Freund wollte, zumindest nicht für lange, sobald sie herausfanden, dass ich nicht nur aus Lachen und Sonnenschein bestand, sondern tatsächlich ein Chaos aus Nervosität und Selbstzweifeln war. Für eine Weile hatte Aarni mir Stärke und eine Art Schutz vor der Welt geboten, aber sogar das war schrecklich schiefgegangen.

„Henry? Bist du da drin?", rief Oscar von der Tür und ich zog sofort meine Knie hoch und blieb auf dem Sitz, der Schmerz in meinem Bein war wie ein Messer. Er klopfte an die Tür der Toilette. „Geht es dir gut? Muss ich die 911 rufen?"

Zur Hölle mit seinem herablassenden Ton aus Mitleid und Genervtheit. Niemand musste die 911 rufen. Ich war ein erwachsener Mann, absolut in der Lage, aus dieser Toilette zu kommen und mich zurück in meine leere, geliehene Villa zu bringen.

Du bist nur ein Kind, du denkst, vierundzwanzig zu sein bedeutet, dass du dein Leben im Griff hast?

„Es geht mir gut", sagte ich selbstbewusst.

„Du bist ähh … auf der Toilette … es scheint dir nicht gut zu gehen."

Fick dich, Oscar! Lass mich endlich allein. Geh weg. „Ich komme in fünf Minuten raus."

Oscar seufzte. „Du weißt, dass es so das Beste ist. Die Versicherung wird sonst nur noch mehr

Schlupflöcher finden und dann bekommst du am Ende gar nichts."

Ich kam von dem Sitz herunter, es dauerte eine Weile, weil ich durch den Schmerz atmen musste, als ich mein Bein ausstreckte, und dann musste ich mich aufrichten, als ich die Klinke verfehlte und mit dem Kopf voran gegen die Tür knallte.

„Himmel, ist alles okay?"

Ich fand die Klinke und öffnete die Tür, trat heraus und an ihm vorbei zu dem Waschbecken, wo ich umsichtig und methodisch meine Hände wusch. Ich fühlte mich für einen Moment unangenehm tapfer und platzte mit der Frage heraus, die an mir nagte.

„Was haben Mom und Ed dir erzählt?", fragte ich, ohne ihn anzusehen.

„Entschuldige?" Er hatte diesen defensiven Tonfall in seiner Stimme, den er benutzt hatte, um zu erklären, dass er keine Ahnung gehabt hatte, was sie getan hatten.

„Ich bin nicht dumm. Bei den Deals, die sie gemacht haben, muss ein Anwalt beteiligt gewesen sein, also sag mir noch einmal, dass nicht du derjenige warst, der die Fälschungen gemacht hat?"

„Ich habe dir schon gesagt, dass ich es nicht war-"

„Oscar." Ich drehte mich zu ihm um. „Ich werde die Papiere nicht unterschreiben. Du musst der Versicherung genug abknöpfen, damit ich alle meine Schulden zahlen kann."

„Jetzt hör mir zu-"

„Ich werde nicht den Rest meines Lebens damit verbringen, Geld zurückzuzahlen, das Ed und Mom mir gestohlen und wie Süßigkeiten verteilt haben."

„Du hast die Papiere unterschrieben-"

„Sie hat sie mir gegeben, was hätte ich sonst tun sollen? Wen zahle ich? Bin ich auch für deine Schulden verantwortlich?" Ich fühlte mich tapfer, stark und nur der Himmel wusste, woher das kam. „Ich brauche einen Beweis, dass du nichts gewusst hast."

Er machte einen drohenden Schritt auf mich zu und ich wich zurück, mein Selbstbewusstsein verschwand auf der Stelle.

„Du kleiner Mistkerl", schnappte er.

Die Hand, die ich deutlich sehen konnte, war zu einer Faust geballt und ich wappnete mich für den Schlag. Wenn ich mich ein wenig entspannte, dann konnte ich den Schlag aufnehmen und es würde nicht so sehr wehtun. Das wusste ich aus Erfahrung.

Die Tür öffnete sich und zwei Männer kamen herein, plauderten über Hypotheken und Geld und was noch alles. Ich nahm die Gelegenheit wahr, an Oscar vorbeizugleiten, strich mit meiner Hand an der Wand entlang, damit ich den Weg hinaus finden konnte, ohne einen Fehler zu machen. Ich ging zur Rezeption und auf die Straße hinaus, drehte mich, so gut ich konnte, nach rechts, ohne dass mein Bein nachgab, kämpfte gegen den Schwindel und stieg in das erste Taxi, das ich sah. Ich gab dem Fahrer die Adresse des riesigen Hauses, das Adler Lockhart mir geliehen hatte und erst als ich mich hinter dem Tor mit dem Code befand, fühlte ich mich wirklich sicher. Wenigstens hatte ich den Mut gehabt, mich gegen Oscar zu stellen, nicht, dass es viel gebracht hatte und ich hatte ganz bestimmt nicht meine Karriere für das wenige Geld abgeschrieben, das mir angeboten worden war. Mein Blick war verhangen, als würde sich ein grauer Vorhang über mein Auge legen und ich schaffte es zum Sofa, bevor ich in der Ecke zusammensackte. Was machte ich jetzt? Ich wohnte in einem geliehenen Haus, ohne Zugang zu Geld für Spezialisten oder Unterstützung und ich schämte mich zu sehr, das Team anzusprechen, das wahrscheinlich nach einem Weg suchte, wie es mich loswerden konnte.

Es spielte keine Rolle, dass Coach Carmichael mindestens drei Mal pro Woche nach mir schaute oder dass Ryker und Alex ständig mit ihrem gezwungenen Enthusiasmus bei mir waren. Ich war hier allein und wieder war es zu real für mich. Tränen tropften aus meinen Augen und der Druck auf meinen Brustkorb wuchs, bis ich ihn nicht mehr in mir halten konnte. Ich saß in dem riesigen Wohnzimmer mit der hohen Decke und schluchzte, bis es wehtat. Erst als der Heulkrampf vorbei war und ich mich noch armseliger fühlte als zu Beginn, taumelte ich ins Bad, um mein Gesicht zu waschen.

Der Spiegel zeigte mir einen Mann, der kein Rückgrat hatte, einen gebrochenen Mann, einen *ehemaligen* Hockeyspieler, jemanden, der keinen Eindruck in der Welt hinterlassen würde. *Kein Wunder, dass Aarni so wütend auf mich war. Kein Wunder, dass Mom und Ed alles genommen haben. Ich bin nicht überrascht, dass Oscar ebenfalls denkt, ich wäre leicht zu belügen. Ich bin nur eine verdammte Verschwendung von jedermanns Zeit.*

Ich starrte mein Spiegelbild objektiv an, suchte nach meinem Mut und irgendwie wurde daraus eine

Suche nach Beweisen für die Verletzung, die mein Leben zerstört hatte. Ich verstand die technische Erklärung dessen, was mit zugestoßen war und hatte es schriftlich, mit den Notizen auf meinem Handy und auf Wiederholung in meinem Kopf, für den Fall, dass ich es vergaß. Meine Netzhaut war von dem Nervengewebe und der Blutzufuhr darunter abgetrennt worden, sie hatte sich abgelöst und der abgelöste Teil konnte nicht länger Lichtsignale an mein Hirn weitergeben. Dazu kam noch, dass die Blutgefäße Flüssigkeit in den inneren Teil meines Auges abgaben, wo sich in der Regel eine gelartige Flüssigkeit befand. Die Experten sagten, dass ich Glück hatte, dass die Netzhautablösung nicht bis zum zentralen Teil der Netzhaut vorgedrungen war, denn dann wäre die Behinderung meiner Sehfähigkeit viel ernster gewesen.

Ernster als die ständige Wolke in meinem Auge und die schwebenden schwarzen Flecken?

„Was für ein Glück ich habe", sagte ich zu meinem Spiegelbild.

Mein Handy vibrierte in meiner Tasche und ich holte es heraus, neigte meinen Kopf, um zu lesen, wer anrief und sah Adlers Namen. Er wollte wahrscheinlich sein verdammtes Haus zurück. Und warum auch nicht? Das hier war Bestlage in Arizona, sechs Schlafzimmer, sieben Bäder, eine riesige Küche, ein Pool, ein Fitnessstudio. All das und ich war *nur* der kleine Bruder seines Freundes. Niemand Wichtiges. Ich ignorierte den Anruf und steckte das Handy wieder dorthin, wo es hingehörte.

Ich hätte das Geld nehmen sollen, das sie angeboten haben, vielleicht zumindest einen Teil für mich behalten sollen.

„Atme. Atme einfach. Alles wird gut." Ich redete wieder mit meinem Spiegelbild und etwas daran war so verdammt dämlich, dass ich lächelte. „Mit einem Spiegel zu reden hat kein gutes Ende für die böse Königin genommen", murmelte ich und ging dann, ehe mein Spiegelbild antworten konnte.

Fernzusehen brachte mich eine weitere Stunde weiter an diesem Tag, irgendeine Autosendung, in der sie einen alten Plymouth Barracuda nachbauten, was mich überhaupt nicht interessierte. Als mein Handy erneut vibrierte, war das eine willkommene Ablenkung und unbewusst musste ich mich mit jemandem unterhalten. Solange es nicht meine Mom, Oscar oder Adler waren.

Es war Coach Carmichael.

Meine Entscheidung ranzugehen, fiel in einem Sekundenbruchteil. Ich schuldete dem Mann Respekt, darum nahm ich an, stellte auf Lautsprecher und legte mein Handy auf meinen Schoß.

„Hey, Coach." So würde ich ihn immer nennen, auch wenn ich in der Langzeitverletztenreserve und nicht wirklich ein Teil des Teams war.

„Hey, Henry. Wie geht es dir?", fragte er.

Ich unterdrückte meine erste Antwort, mit der ich ihm sagte, dass alles beschissen war. Meine Sehkraft wurde nicht besser, die Welt war immer noch verschwommen und ich war müde. „Ich arbeite hart", log ich. „Achte auf meine Fitness, arbeite daran, wieder ins Team zu kommen."

Coach machte eine Pause und es war eine schwere Pause, voll mit einhundert grauenvollen Dingen, die ich mir nur vorstellen konnte.

„Darum rufe ich an", sagte er.

Mein Herz zerbrach bei diesen Worten. Das war er, der Moment, in dem das Team mir sagte, dass sie nicht länger warten konnten und mein Rookie-Vertrag abgelaufen war und ich bei den Raptors fertig war. „Uh-huh?", sagte ich mit so viel Selbstbewusstsein, wie ich zustande brachte, räusperte mich, um die Anspannung in meiner Kehle loszuwerden.

„Ich wollte derjenige sein, der dir sagt, dass das Management sich Sorgen macht ..." Der Rest seiner Worte verschwand in einem Rauschen aus Hintergrundlärm in meinem Kopf. „Henry? Hörst du zu?"

„Ja", log ich.

„Also, wann können wir den ersten Termin buchen?"

Was? „Den ersten Termin?"

Jetzt war Coach an der Reihe, sich zu räuspern. „Ich habe von Lorraine gesprochen und wann du dich mit ihr treffen kannst?"

„Wer ist Lorraine ... es tut mir leid?"

„Schon gut, Junge", sagte Coach und ich wollte erneut weinen wegen seines sanften, verständnisvollen Tons. „Das Management hat Lorraine Gaskell angeheuert. Sie hat mit Adam Sainz gearbeitet, du erinnerst dich an ihn, Goalie für die Blues, hatte eine Schulteroperation. Jedenfalls wird sie mit dir arbeiten, mit dem Ziel, dich wieder aufs Eis zu bringen."

„Moment? Sie ist eine Spielerin?" Nichts davon ergab Sinn.

„Nein, Henry." Coach war geduldig mit mir. „Wie ich schon gesagt habe, sie ist eine Sportpsychologin und eine Expertin auf ihrem Gebiet. Sie kümmert sich um Sportverletzungen und mentale Rehabilitation."

„Das Team … sie machen das?" *Sie bezahlen dafür?*

„Henry, wenn es eine Möglichkeit gibt, dich wieder aufs Eis zu bringen, möchte ich dich dort haben." Hoffnung flammte auf und ging dann ebenso schnell wieder aus, als er weiterredete. „Und wenn sie nicht helfen kann, dann werden wir sicher andere Optionen finden, wenn wir die Zeit haben."

Ich wollte ihn fragen, was er damit meinte, aber diese Frage auszusprechen, würde mir nicht helfen, weil ich wusste, was er damit andeuten wollte. Zu viel Zeit, ohne zu spielen, und mein Muskelgedächtnis würde verblassen, meine Fähigkeiten würden sich verschlechtern und dann würde ich am Sonntag in der Bierliga spielen.

Er redete weiter. „Sie möchte, dass du für den ersten Termin zu ihr kommst. Ich werde sie buchen und dir dann die Zeit schicken. Ich nehme an, es gibt keine ungünstigen Zeiten?" Er fragte nicht, er sagte mir das und genau so musste man mit mir reden, damit man durch den klebrigen Sirup in meinem Kopf kam.

Lass mich meinen vollen Terminkalender checken. „Was auch immer du meinst."

Wir beendeten den Anruf mit den üblichen Höflichkeiten, aber ich fühlte mich, als wäre ich von einer Dampfwalze überrollt worden. Die Raptors holten eine Psychologin für mich? Die Hoffnung, dass die Raptors mich vielleicht immer noch wollten, wurde von der subtilen Warnung gedämpft, dass meine Zeit sich dem Ende zuneigte, aber ich würde diesen Hoffnungsschimmer annehmen. Mit einem Ausbruch an Enthusiasmus ging ich direkt in den Fitnessraum, entblößte meinen Oberkörper und stellte auf dem Laufband ein langsames Tempo ein, wenig mehr als ein Spaziergang. Schweiß lief an meinem Gesicht nach unten, tropfte auf meinen Brustkorb, brannte in meinen Augen. Ich hatte gelogen, was meine Fitness betraf, aber das lag nicht daran, dass ich es nicht versuchte. Es war so, dass ich im Moment nur gehen konnte und ich konnte spüren, wie die Muskeln, die ich dafür brauchte, sich verkrampften, als ich mich bewegte.

„Hola!", sagte jemand und erschreckte mich so sehr, dass ich rückwärtstaumelte und auf den Boden fiel. Ich schaute zu einer verschwommenen Gestalt auf und wusste, dass ich auf gar keinen Fall entkommen konnte, egal, wer das war, sogar wenn ich es wollte.

Darum schloss ich meine Augen und rollte mich in die Embryohaltung und wartete darauf, dass die Schmerzen einsetzten.

DREI

Apollo

Das Grinsen glitt von meinem Gesicht, als der große Mann auf dem Laufband zu Boden ging und sich dann zu einem Ball zusammenrollte, als würde er einen Tritt gegen den Kopf erwarten. Ich warf meiner Tía Sofía einen verwirrten Blick zu, die hinter mir in der Tür stand. Sie ragte über mir auf, das stimmte, aber die atemberaubende Frau in dem eleganten Kleid, mit Hut und Stöckelschuhen, war nicht *so* einschüchternd, auch wenn sie einen Meter achtundachtzig groß war. Meine Tante hob eine perfekt gezupfte schwarze Braue.

Henry gab einen Laut wie ein krankes Kätzchen von sich. Etwas in mir übernahm, bevor ich überhaupt richtig nachdenken konnte. Ich zog den leichten Schal von meinen Schultern – die Jets der Lockharts waren immer kühl – und rannte zu Henry, wo er am Boden lag.

„Oh je, Herzchen, es tut uns so leid, dass wir uns an dich herangeschlichen haben. Komm, komm, setz dich auf. Es ist alles gut. Ja, gut so. Mann, du bist heftig gefallen. Geht es dir gut?" Ich schob meinen Arm unter ihn, ging auf ein Knie und hob ihn in eine sitzende Position. Er war klamm und so steif wie ein Brett. Ich legte meinen Schal um seine Schultern, tätschelte seine Arme, schaute, ob sein Sturz vom Laufband irgendetwas gebrochen hatte. „Du solltest immer dieses Notbrems-Ding an deiner Kleidung festmachen."

Tante Sofia ging zum Laufband, schaltete es mit einem Druck eines ordentlich manikürten Fingers aus. „Wo ist die Küche? Ich werde ihm etwas zu trinken holen, während der Fahrer deine Koffer hereinträgt."

„Ähm, ich bin mir nicht sicher, Tía. Adler hat mir keine Blaupause gegeben, obwohl er das vielleicht hätte tun sollen."

„Ich werde sie finden. Ich habe eine Nase für den zweitbesten Raum in einem Haus", entgegnete sie, tippte an ihre lange, dünne Nase und stolzierte dann davon, damit ich mich um meinen neuen Schutzbefohlenen kümmern konnte.

„Wer bist du?", fragte Henry, seine Stimme war tief, weich und zittrig.

„Ich bin Apollo. Apollo Vasquez? Adler hat mir gesagt, dass er deinen Bruder Dan informiert hat, dass ich komme. Nein, setz dich hierhin, meine Tante Sofia wird dir etwas zu trinken bringen." Ich strich mit meiner Hand über seinen Rücken, rieb leicht in einem Kreis zwischen seinen breiten Schultern. Er war um einiges größer als ich, was nicht ungewöhnlich war. Ich war klein. Stark, aber klein. „Fühlst du dich seltsam? Hast du dir den Kopf angestoßen? Ah, da kommt Tía Sofia. Hier, nimm einen Schluck. Langsam. Guter Mann."

Seine Lippen waren rosa, seine untere voll. Sein Blick huschte von Sofia , die über ihm aufragte, zu mir. Ich hatte noch bei keinem Mann so unglaubliche Augen gesehen. Sie hatten diese wunderschöne blaue Farbe, wie ein helltürkiser See, den ich einmal oben in Kanada gesehen hatte. Er hatte anmutige Brauen und dicke Wimpern, die seine zutiefst traurigen Augen umrahmten. Seine Haare waren kurz, golden wie Weizen, dicht und mussten unbedingt gewaschen und geschnitten werden. Narben bedeckten sein Gesicht, winzige, die, wie ich annahm, von den kleinen Glasscherben von der zerbrochenen Windschutzscheibe herrührten. Er sah nordisch aus, aber er verhielt sich ganz anders als jeder Wikinger, den ich je im Fernsehen gesehen hatte. Henry erinnerte mich, trotz seines athletischen Körperbaus, an ein misshandeltes Kätzchen.

„Adler hat mich angerufen, oft, aber ich … Will er, dass ich gehe?", fragte Henry, nachdem er ein paar Schlucke getrunken hatte. Seine zitternden Hände wurden etwas ruhiger.

„Nein, was? Nein, er möchte, dass du hierbleibst. Darum bin ich hergekommen." Ich setzte mich neben ihn, zeigte ihm mein strahlendstes Lächeln und klopfte ihm auf die Schulter. „Ich bin hier, um dir Gesellschaft zu leisten, bis du wieder zurück auf dem Eis bist."

Er gab ein abwertendes Geräusch von sich. Ich hatte keine Ahnung, worum es dabei ging, oder von irgendetwas sonst. Ich war halb blind und voller fröhlichem Optimismus an diese Sache herangegangen. Das wäre das Beste. Die Wärme, die Sonne, die Chance, mich wieder gebraucht zu fühlen. Adler hatte mir nur wenig über Henry erzählt, abgesehen von den grundlegenden Fakten, die ich wissen musste. Er hatte einen Autounfall gehabt, war mit einem misshandelnden Arsch zusammen gewesen und versuchte jetzt, sich wieder seinen Weg zurück ins Spiel zu erarbeiten.

„Können Sie stehen, Mr Greenaway?", fragte Sofia, ging neben mir damenhaft in die Hocke und neigte ihren Kopf nach rechts. „Hier, lassen Sie mich helfen. Apollo, Liebling, warum gehst du nicht hinter uns, für den Fall, dass Mr Greenaway schwindlig wird?"

Mit diesen Worten zog meine Tante Henry auf die Füße. Ich packte seinen Bizeps, um ihn zu halten. Er machte ein paar Schritte, hielt inne, reichte mir das Wasserglas und glitt dann wie ein Schatten aus dem Fitnessraum.

„Nun, er scheint ein ungewöhnlicher Bursche zu sein", bemerkte sie.

„Er hat eine Menge durchgemacht. Ich werde ihn suchen. Ich mache mir Sorgen."

Sie tätschelte meine Wange mit einer großen Hand. „Natürlich tust du das. Darum liebe ich dich. So ein mitfühlendes Herz. Geh, finde dein verletztes Vögelchen. Ich suche dir ein Zimmer aus. Das Haus ist übrigens zauberhaft. Offen und luftig, voller Fenster und Flure. Es wird perfekt für dich sein, der Winterdepression einen Tritt in den Hintern zu geben."

Ich schenkte ihr ein sanftes Lächeln und joggte dann los, um Henry zu finden. Das Haus war riesig. Sechs Schlafzimmer, sieben Bäder, das spanische Dekor zeigte sich auch im Garten und dem Pool, der über Tucson unter uns schaute. Jedes Zimmer war groß, offen, mit dunklen Balken, Bogenfenstern und glitzernden Kronleuchtern. Ich wanderte zehn Minuten lang herum, bis ich zu einer Tür kam, die auf eine Veranda führte. Henry saß auf einer Liege mit seegrünen Kissen. Das Grundstück erstreckte sich hinter ihm, dichte Reihen roter und rosa Blumen reichten bis zur Basis des Berges, unter dem die Villa gebaut war. Der olympische Pool und ein Poolhaus im spanischen Stil gaben ein lautes Statement ab.

Er sah genauso aus, wie meine Tante es gesagt hatte, wie ein Vogel, der von einer Katze erwischt worden war. Mein Herz litt mit ihm. Ich wollte ihm helfen, ihn heilen, seine Hand halten, während er sich von emotionalen und körperlichen Schmerzen erholte, die er ertragen hatte. Vor allem wollte ich ihn lächeln sehen. Nur ein wenig. Ich sehnte mich danach, etwas Leben in seinen wunderschönen blauen Augen zu sehen.

„Hi", rief ich von der Tür, gab ihm ausreichend Vorwarnung, dass ich kam. Ich hatte meine Lektion gelernt. Leg keinen unangekündigten großen schwulen Auftritt hin. Schade, weil ich sehr gut in dieser Art Auftritt war. „Geht es dir gut?"

Die Sonne traf mein Gesicht, als ich auf die glatten beigen Fliesen trat. Ein warmer Wind zauste die Palmen und spielte mit den Grünlilien, die von den Steinbögen hingen. Oh ja, das war das Paradies. Ich konnte spüren, wie die unheimlichen Schnüre der Traurigkeit sich von mir lösten.

„Ja. Es geht mir gut. Ich … du hast mich erschreckt." Er fuhr mit einer Hand über seinen

Nacken, hob seinen Blick von meinen nackten Füßen. Er blinzelte. „Dan hat erwähnt, jemanden anzustellen. Ich hatte nicht gedacht, dass es jemand wie du sein würde."

Ich verschränkte meine Arme über meinem kleinen Regenbogen-Wellensittich-Tanktop und knickte in der Hüfte ein. „Regst du dich auf, weil ich so strahlend queer bin oder weil ich Latino bin?"

„Was? Nein! Ich … was? Ich mag Latinos, sehr. Und Frauen. Leute. Ich mag Leute mit spanischen Wurzeln. Und Männer, ich meine … ich gehe mit Männern aus. Schwulen Männern. Ich mag auffällige schwule Männer sehr. Ich meinte nur jemanden, der so hübsch ist wie du, das ist alles."

Oh. Oh. Oh Scheiße. Oh je. „Es tut mir leid. Es tut mir so leid. Ich hatte nur angenommen …" Ich deutete auf mich, meine dünnen silbernen Armreifen klapperten. „Manchmal haben die Sportskanonen, sogar die schwulen, ein Problem mit einem farbenfrohen femininen Mann. Vielleicht sollten wir noch einmal von vorne anfangen. Hallo, ich bin Apollo Vasquez und ich freue mich so, hier zu sein! Ich hoffe, dass wir beste Freunde werden können."

Ich hielt ihm meine Hand hin. Er musterte sie für einen langen Moment, dann schob er langsam seine viel größere in meine. Wir schüttelten sie, drei Mal und dann ließ er sie los. Er hatte einen guten Griff, fest, mit langen, blassen Fingern.

„Ich wäre auch gern dein Freund", sagte er und seine Wangen färbten sich rosig. „Es tut mir leid, dass ich so langsam bin. Adler hat mich angerufen, oft, aber ich kam einfach nicht damit klar und darum habe ich die Anrufe auf die Voicemail gehen lassen."

„Mach dir keine Sorgen. Es gibt Tage, an denen kommt niemand mit Adler klar, inklusive seinem festen Freund." Ich setzte mich auf einen Stuhl, das gut gepolsterte seegrüne Kissen passte gut auf den schmiedeeisernen Rahmen. Ich legte ein nacktes Bein über das andere, genoss die sonnigen Liebesstrahlen, die meine Zehen, Waden und Oberschenkel trafen. Ich schwor, dass ich nichts als Shorts, Tanktops und nackte Zehen mit winzigen kleinen Zehenringen tragen würde, solange ich hier war. „Es tut mir leid, dass ich dir eine Voreilige-Schlüsse-Predigt gehalten habe. Um ehrlich zu sein, hätte ich wissen müssen, dass Adler nicht mit jemandem befreundet ist, der nicht akzeptierend ist."

„Ich bin absolut akzeptierend."

„Ich weiß, dass du das bist. Das war mein Fehler. Wie könnte irgendjemand es nicht wollen, wenn ein wunderschöner schwuler Mann wie ich in sein Heim gehopst kommt?" Ich warf meine Hände in die Luft. Seine Augen wurden groß. Vielleicht musste ich meine Fabelhaftigkeit ein wenig runterschrauben, sie schien ihn erstarren zu lassen. „Jedenfalls befinden wir uns jetzt auf neuem Terrain. Also, erzähl mir, was hättest du gern zum Abendessen? Ich bin es gewöhnt, für einen Athleten zu kochen, darum werden deine Mahlzeiten viel Protein enthalten, jede Menge mageres Fleisch und Gemüse, Milchprodukte und Kohlehydrate."

„Äh, Hühnchen. Ich mag Hühnchen. Und Hüttenkäse."

„Genau wie ich", gab ich zurück, lehnte mich nach

hinten, damit die Sonnenstrahlen mein Gesicht treffen konnten. „Himmel, es ist wunderschön hier draußen. Ich fühle mich bereits besser."

„Bist du krank?"

Ich öffnete meine Augen und sah, dass er mich anstarrte. Sobald ich Augenkontakt herstellte, wandte er den Blick ab. Ich fragte mich warum? Vielleicht würde er eines Tages nicht den Kopf senken, wenn unsere Blicke sich begegneten.

„Ich war in letzter Zeit niedergeschlagen. Ich leide an Winterdepression, was eine saisonabhängige Krankheit ist. Kurze Tage, fehlendes Sonnenlicht, kaltes Wetter, das alles macht mich sehr schlecht gelaunt. Ich hatte zudem letzten Sommer noch eine schlimme Beziehung und habe sie immer noch nicht verwunden. Diese schlechte Romanze hat meinen Winterblues noch heftiger gemacht." Ich seufzte voller Leidenschaft, kickte mit meinem Fuß nach oben und wieder nach unten. Sein Blick huschte zu meinem hüpfenden kleinen Fuß. „Er hat mich benutzt, mir Lügen erzählt, gesagt, dass er mich liebt, und ist dann los und hat hinter meinem Rücken andere Männer gefickt." Ich musste die Erinnerung abschütteln, wie ich für ein Überraschungsgeburtstagswochenende nach Buffalo gereist war, wo ich ihn im Bett mit einem nuttigen Twink gefunden hatte. Der weiße Hintern meines festen Freundes hatte sich vor und zurückbewegt, während er dieses schmuddelige, dürre Miststück von einem Kellner durchgenudelt hatte. „Ich bin da raufgeflogen, um *seinen* verdammten Geburtstag zu feiern. Dank sei der Jungfrau Maria, dass ich mir keine sexuell übertragbare

Krankheit eingefangen habe, weil sie es nämlich ohne Kondom getrieben haben." Ich schauderte, mein Fuß bewegte sich immer schneller, je wütender ich wurde. „Ich war *so was* von monogam, während wir zusammen waren. Ich habe dieses beschissene Arschgesicht geliebt."

„Es tut mir leid. Mein Ex hat mich beinahe umgebracht." Seine Stimme verklang, genau wie seine Aufmerksamkeit.   „Ich   habe   sein   beschissenes Arschgesicht auch geliebt."

„Nun, sind wir nicht ein Paar großer, fetter Versager in der Liebe?" Henry nickte. „Vielleicht wird dieses Haus helfen, uns beide zu heilen. Lass uns versuchen, die Zukunft durch rosarote Brillengläser zu betrachten. Dazu haben wir das Recht, oder?"

„Klar, wenn du das sagst."

Er war so schüchtern für einen Hockeyspieler. Er stand in direktem Kontrast zu den meisten Railers, die ich kannte. Schüchternheit und Eishockey passten nicht wirklich zusammen. Es war ein aggressiver Sport, gespielt von Männern, die in der Regel forsch und über-maskulin waren. Ich fragte mich, wodurch er so ein Mäuschen geworden war und wie ich helfen konnte, den Biss wiederherzustellen, den er für seine Rückkehr ins Lineup brauchte.

„Ah, da seid ihr! Ich denke darüber nach, das nächste Mal, wenn ich die Küche verlasse, eine Spur aus Brotkrumen zu hinterlassen", verkündete Tía Sofía, als sie auf die Veranda trat. „Der Fahrer hat deine Koffer in dem Zimmer neben dem blauen Bad mit den goldenen Hähnen abgeladen. Ich muss gehen, Knödelchen. Ich muss ins Büro und nachschauen, ob diese Bestellung für Montreal auf dem Weg ist. Gib mir einen Kuss."

Sie beugte sich nach unten. Ich presste pflichtschuldig meine Lippen an ihre weiche Wange. Dann tippte sie auf ihre andere Wange, während Henry sie anstarrte. Alle Farbe, die er wiedergewonnen hatte, verließ sein Gesicht, als ob jemand eine Toilettenspülung gedrückt hätte. Er war der schüchternste Mann, dem ich je begegnet war. Es war unglaublich anziehend, weil es etwas war, das ich noch nicht oft erlebt hatte. Es gab eine Menge Worte, um Apollo Vasquez zu beschreiben, aber schüchtern gehörte nicht dazu. Dennoch, obwohl wir in so vielerlei Hinsicht unterschiedlich waren, teilten wir doch einige wichtige Dinge, gebrochene Herzen und das Bedürfnis, uns selbst zu finden, obwohl wir uns einer unsicheren Zukunft gegenübersahen.

„Sie werden ja ganz rot", zog Sofia ihn auf, richtete sich auf und zog sich eine dunkle Sonnenbrille an. „Pass auf, dass du dich nicht verläufst, Liebling. Sonst sehen wir dich vielleicht nie wieder."

„Wir werden nie allein reisen", antwortete ich, bekam dafür ein lautes Schnauben von meiner Tante. Sie stolzierte davon, ihre langen Beine trugen sie mit nur wenigen Schritten außer Sichtweite. Ich drehte meinen Kopf gerade rechtzeitig, um zu sehen, wie Henry auf den gebogenen Durchgang starrte. „Sie ist ziemlich beeindruckend, hm?"

„Ich habe noch nie eine Frau gesehen, die so groß ist wie sie", gestand er.

„Alle Gene für Größe in der Familie sind an sie gegangen. Also, sollen wir die Küche suchen? Ich hasse

Essen im Flugzeug, darum habe ich eine Mahlzeit ausgelassen. Mein Magen ist noch auf Ostküstenzeit." Ich schob meine Hand unter mein Top und rieb über meinen Bauch. Henry schaute interessiert zu, seine Wangen wurden rot, als ich ihm zuzwinkerte. „Hast du Hunger?"

„Ein wenig." Er stand auf und marschierte los. Entweder machte ich ihn wirklich nervös oder das war ein Tick von ihm. Ich würde ein wenig graben müssen, um zu sehen, ob es eine Angewohnheit war, die nach dem Unfall aufgekommen war oder ob er schon immer dazu geneigt hatte, sozial ungeschickt zu sein. Kopfverletzungen waren schrecklich, alle von uns, die Tennant Madsen-Rowe als Freund bezeichneten, wussten das aus erster Hand. Ich sprang auf und rannte ihm nach, hatte Angst, in dieser riesigen Villa verloren zu gehen und nie wieder aufzutauchen.

Zwei Tage später leerte ich die letzten meiner Kisten, die per Umzugsfirma aus Harrisburg gekommen waren. Ich hatte über zehn Tage lang gezögert, überlegt und gegrübelt, bis ich endlich zu der Entscheidung gelangt war, herzufliegen und Henry zu helfen. Adler hatte nie in die eine oder andere Richtung gedrängt, vor allem, weil er nicht zu Hause gewesen war. Die Railers bereiteten sich auf die Play-offs vor, die in ungefähr drei Wochen losgehen würden. Mit den ganzen Reisen und den Nächten, die er bei Layton verbrachte … nun, war er nicht da, um zu drängen.

Darum hatte ich mich am Ende dazu entschieden, ungefähr zwei Drittel meiner persönlichen Besitztümer hierherzuschicken. Jetzt war ich froh, dass ich es getan hatte.

Mein Schlafzimmer war reich mit dunkelgoldenen und braunen Farben dekoriert, die Türen und Schränke waren dick und aus Vollholz in dem antiken spanischen Dekor, das den Stil der ganzen Villa ausmachte. Die Fenster standen weit offen, die Wüstenwinde kamen an den Hängen der Santa Catalina Berge herunter, bauschten die durchsichtigen Vorhänge auf wie Geister, die gefesselt aber entschlossen waren, sich zu befreien.

Meine Kleidung war komplett ausgepackt, aufgehängt oder gefaltet und in den großen Kommoden verstaut. Ich hatte meine Familienfotos überall verteilt. Jetzt musste ich nur noch das Kreuz aufhängen, das ich von meiner Viele-Male-Ur-Großmutter aus Santiago de Cuba geerbt hatte. Ich balancierte auf dem Bett, weil Jesus auf dich herabblicken musste, während du schläfst, und nahm das Gemälde einer rosa und lila Wüste herunter, während „Justify My Love" aus meinem Handy tönte, das in seiner kleinen Docking/Lautsprecherstelle steckte.

„*Hola!*"

Ich quiekte erschrocken auf, wirbelte herum und drückte das Gemälde an meinen Brustkorb, sah Henry in der offenen Tür stehen, gekleidet in Laufshorts und ein Raptors-T-Shirt. Ein amüsierter, leicht skurriler Ausdruck lag auf seinen Lippen.

„Mein Gott und die heilige Maria, du hast mich erschreckt!", keuchte ich, legte das Gemälde auf das

Bett, damit ich mein hämmerndes Herz mit meiner Hand tätscheln konnte. „Brauchst du etwas?"

„Wir müssen zum Arzt und zur Physiotherapie fahren." Er blieb in der Tür stehen, als ob er Angst hätte, einzutreten, seine Haare waren feucht von seiner Dusche. Ich wollte fragen, warum er sich vor der Physio duschte, machte es dann aber nicht, denn wer war ich, das infrage zu stellen?

„Ja, um zwei heute Nachmittag. Es ist erst neun Uhr morgens", bemerkte ich sanft. Ich lernte, dass Henry es hasste, aus welchem Grund auch immer zu spät zu kommen. „Komm rein und hilf mir beim Auspacken und dann können wir einen Spaziergang im Garten machen." Er kam einen zögerlichen Schritt nach dem anderen ins Zimmer. „Gut, jetzt gib mir das große Kreuz da in dieser Kiste auf der Kommode." Ich winkte in die allgemeine Richtung. „Ja, genau das."

„Es ist schwer." Er trug es zu mir. Ich dankte ihm, drehte mich dann um, ließ ihn den Anblick meines Hinterns in rosa gestrickten Jeansshorts genießen. Er würde schauen. Er war schwul. Er musste einen Blick riskieren.

„Nicht wahr? Es ist richtig alt. Es hat meiner Ur-Ur-Ur-Ur-Großmutter gehört."

„Wow."

„Ja, sie hat es mitgebracht, als sie und ihre Schwester damals 1897 aus Kuba immigriert sind." Ich hatte keine Ahnung, aus welchem Holz es gemacht war, aber es hatte einen Walnuss-Ton. Die Figur des Jesus war glatt von so vielen Generationen an Fingern, die seine Zehen berührt hatten. Sobald es am Nagel hing, machte ich genau das, berührte seine Zehen und bekreuzigte mich dann. Ich war aus offensichtlichen Gründen kein großer Kirchgänger, aber man wuchs nicht in einem Latino-Haushalt auf und berührte nicht Jesus' Zehen und bekreuzigte sich danach. Meine Großmutter hätte uns eine verpasst, wenn wir am Kreuz vorbeigegangen wären, ohne es richtig zu würdigen.

„Du bist also Kubaner."

Ich rückte an dem Kreuz, um es gerade zu bekommen, und drehte mich dann zu ihm, um auf Henry hinunterzusehen.

„Zum Teil." Ich reichte ihm das Gemälde und drehte mich zurück, um das Kreuz zu mustern. Es war schief, darum verschob ich es, machte ein paar Schritte rückwärts, um sicherzustellen, dass es gerade war. Meine Ferse rutschte vom Rand der Matratze. Mit rudernden Armen schrie ich panisch auf und taumelte wie ein betrunkenes Nilpferd rückwärts vom Bett. Henry fing mich mit einem Grunzen auf, mein Rücken knallte gegen seinen Brustkorb. Als meine Füße auf den Boden trafen, wirbelte ich zu schnell herum, unsere Brustkörbe rieben köstlich aneinander. Ich griff nach ihm, verhakte einen Finger im Halsausschnitt seines T-Shirts. Er ruckte von mir weg, stieß meine Hand zur Seite, was mich aus dem Gleichgewicht brachte. Ich griff nach seinem Arm, meine Finger bissen in seinen dicken Bizeps, um mich aufzurichten. Henry rutschte rückwärts, sein Arm immer noch in meinem Griff, während ich mich immer wieder entschuldigte. Ich hatte zu verstehen gelernt, dass der Mann es nicht mochte, unerwartet berührt zu werden.

„Es tut mir leid, es tut mir leid. Ich bin manchmal so ungeschickt."

Ich ließ seinen Arm los und trat von ihm weg, trug das Gemälde zu dem riesigen Einbauschrank neben einem der vier großen, gewölbten Fenster. „Schon gut", hörte ich ihn sagen, als ich das Gemälde hinter meine Kleidung schob und Peinlichkeit meine Wangen erhitzte. Ich nahm mir eine Sekunde Zeit, um mich nach dieser Brustkorb-an-Brustkorb-Reibung zu beruhigen, schlenderte dann einen Moment später aus dem Schrank und sah, dass er die Fotos auf meiner Kommode anschaute. „Bist das du?"

Ich tappte barfuß zu ihm und lächelte das gerahmte Foto in seiner Hand an. „Nein, das sind Mama und Tía Sofia und der alte Mann ist mein Großvater väterlicherseits. Das Foto wurde in Luquillo gemacht, woher die Familie meines Vaters stammt."

„Ist das in Mexiko?", fragte er, seine Aufmerksamkeit war fest auf die beiden sechs- oder siebenjährigen Kinder auf dem Foto gerichtet. „Mein Freund Alex ist Mexican-American."

„Nein, Puerto Rico. Ich bin eine Mischung aus fabelhaftem Latino-Erbe." Er schenkte mir ein schüchternes Lächeln, nur ein Zucken in seinem Mundwinkel, aber bei den Sternen, mein Herz setzte ein paar Schläge lang aus. „Das", ich hob das Foto meines Vaters in seiner Uniform von seinem Platz neben meiner Armreifschatulle, „ist mein Vater, Manolito Vasquez. Er, seine Schwester und seine Eltern sind aus Puerto Rico nach Maine gezogen, wo der Bruder meiner Großmutter eine erfolgreiche Steuerfirma hatte.

Papa mochte keine Zahlen, darum ist er, anstatt in der Firma anzufangen, wie seine Familie es erwartet hat, in die Armee gegangen. Das hier wurde an dem Tag gemacht, als er sich mit zwanzig zum Dienst gemeldet hat. Er und Mama waren damals ein Jahr verheiratet gewesen. Sie war schwanger geworden, hat meinen Bruder aber nach einer übereilten Hochzeit verloren. Er ging nach Afghanistan, bevor ich auf die Welt kam und ist da drüben gestorben, als sein Transporter von einer Sprengladung erwischt wurde. Ich wurde zwei Monate, nachdem er begraben war, geboren."

„Das ist beschissen", bemerkte er. Ich nickte. „Du hast ihn nie kennengelernt?"

„Nein, aber Mama erzählt ständig von ihm, darum habe ich das Gefühl, als würde ich ihn kennen. Er war ein Held."

„Ja, das war er." Er musterte Papa eingehend. „Er sieht gut aus. Du kommst nach ihm."

„Danke. Ich finde, dass du auch gut aussiehst." Seine Ohrspitzen wurden knallrot. Ich stellte Papas Foto zurück, beugte mich dann näher zu dem Foto, das Henry immer noch in der Hand hielt. „Ich sehe meine Familie in Kuba und Puerto Rico nicht oft. Ich bin stolz, ein Latino zu sein, aber ich bin so amerikanisiert, dass meine kubanischen Verwandten lachen, wenn wir uns unterhalten."

„Warum ist deine Tante wie ein Junge gekleidet?", fragte er, wie ich es vorausgeahnt hatte.

„Weil sie ein Junge *war*." Ich ließ das im Raum stehen, damit er es in seinem eigenen Tempo verarbeiten konnte. Ich schaute zu, wie die Rädchen klickten und sich drehten, als er zwei und zwei zusammenzählte. Als sein Blick von dem Foto zu mir ruckte, wackelte ich mit frisch gezupften Brauen.

„Oh, wow, ich hätte nie …"

„Sie ist auch meine Heldin, sie und Papa und Mama. Meine Familie ist voller Menschen, die ich bewundere."

„Ich wünschte, meine wäre so." Er stellte das Foto zurück und trat um mich herum, schlüpfte durch die Tür, um für eine Weile allein zu sein.

Ich dachte darüber nach, ihm zu folgen, spürte aber, dass er sich sammeln musste. Er schien nicht in der Lage zu sein, über längere Zeiträume zu interagieren, als ob sein sozialer Brunnen schnell trockenfiel. Ich würde ihm Raum geben und ihn dann gegen Mittag suchen. Er würde entweder im Fitnessraum, im Pool oder draußen bei den Blumen sein oder auf der Veranda mit seiner Nase in einem Buch. Bis dahin würde er sich erholt haben und wieder ein wenig reden wollen, bevor er sich wieder zurückzog. Mir wurde langsam klar, dass es bei einem Leben mit Henry um Balance ging.

Ich würde wohl an meinen Abgängen arbeiten müssen.

VIER

Henry

Die Physiotherapie war die Hölle auf Erden und mir war es egal, wer wusste, was ich davon hielt.

So viel in meinem Leben, von dem Moment an, als ich meinen ersten Schritt getan hatte, hatte sich um Balance gedreht. Ich konnte mich nicht an meine erste Fahrt auf Eis erinnern. Dan hatte mir erzählt, dass ich achtzehn Monate alt gewesen war und dass ich Sneakers getragen, ihn nachgemacht hatte, als er seine allerersten Schlittschuhe getestet hatte. So wie er es erzählte, war ich ein Naturtalent gewesen, nur dass ich dann mit dem Gesicht voran in einer Schneewehe gelandet war und er hatte gesagt, dass ich den Großteil des Tages geweint hatte.

Ich erinnerte mich an meine ersten Schlittschuhe, die ich von Dan weitergereicht bekommen hatte und ich wusste, dass ich auf den Hintern gefallen war. Vielleicht war es bei meinem ersten Mal nur zwei Mal gewesen oder zehn Mal und vielleicht bin ich in der darauffolgenden Woche vom Teich in einen Busch gefahren oder direkt in den kleinen, kaputten Steg gekreiselt. Ich erinnerte mich nur, dass das Wichtigste beim Schlittschuhfahren war, aufrecht zu bleiben, indem ich die Physik in meinem Körper verstand.

Natürlich gab es dann noch die Dinge, die das Selbstbewusstsein betrafen: Mit dreißig km/h auf scharfen Kufen unterwegs sein, gegen Wände prallen, geschubst und gestoßen zu werden, um eine Scheibe zu kämpfen, die so klein war, dass sie manchmal im Schnee um den Teich herum verloren ging. Und dann war da noch das Können. Ich könnte kein Hockeyspieler ohne Können sein, von dem ein Teil erlerntes Muskelgedächtnis war und ein Teil Instinkt oder vielleicht auch nur die Art, wie ich gebaut war. Ich hatte starke Beine und ich war schnell.

Ich war schnell.

Ich mochte eher ruhig gewesen sein und ich würde niemals ein Anführer im Raum sein, aber ich erledigte den Job. Irgendwie hatte ich, bei all diesen Stolperern und Fehltritten, einen Weg gefunden, zu fahren und zu spielen, und meine Geschwindigkeit mit meinem Können in Einklang zu bringen, aber irgendwie konnte ich jetzt nicht einmal richtig stehen, ohne umzufallen.

„Gut, ich möchte dich auf deinen Zehen", wies meine Folterknechtin mich an. Sie hatte die weißesten blonden Haare, die ich je gesehen hatte, geflochten und gnadenlos mit Nadeln versehen, sodass sie flach an ihrem Kopf anlagen und ihre haselnussbraunen Augen zeigten keine Zuneigung, wenn sie mit mir arbeitete. Ihr Name war Millie und sie hatte ein wunderbares Leben mit einem Ehemann und zwei Kindern und einem Haus in der Vorstadt. Ich wusste das, weil sie, sobald sie damit fertig war, meine Schmerzlevel zu erhöhen, von streng und unnachgiebig zu stolzer Momma wechselte, mit Fotos auf ihrem Handy. Ich hätte sie für das hassen können, was sie mich zwang, in der Physio zu tun, aber ich fühlte mich jedes Mal, wenn wir fertig waren, stärker.

Abgesehen davon, dass meine Beine wie Wackelpudding waren.

„Und entspannen", sagte Millie.

Ich stellte mich vorsichtig wieder flach auf den Boden, meine Hände klammerten sich fester an die Stangen.

„Noch einmal, aber dieses Mal lässt du die Stangen los."

Was? Ich konnte ohne sie nicht die Balance halten. Was war mit meiner Augenverletzung? War ihr nicht klar, dass ich Probleme mit der einen Sache hatte, die ich für selbstverständlich gehalten hatte?

„Ich kann nicht", fing ich an, aber sie ignorierte mich einfach. „Ich muss-"

„Lass die Stangen los, Henry, auf die Zehen, in drei, zwei …"

Ich schnaubte, als ich auf meine Zehenspitzen ging und das Holz losließ, meine Finger schwebten zwei Zentimeter darüber, bereit, sie zu packen, sollte ich wanken und ich wankte. Ich packte die Stangen und kam wieder auf meine Sohlen.

„Henry-"

„Was willst du von mir?!"

„Dass du dich nicht auf das Holz verlässt", erklärte

sie mit übertriebener Geduld. „Such dir einen neuen Punkt für deinen Fokus, der sich auf dein gesundes Auge verlässt und bleib allein aufrecht."

„Das ist nicht leicht, wenn ich diesen Punkt nicht finden kann." Ich klang wie ein hoffnungsloses Kind, aber ich log nicht. Mein ganzes Leben hatte ich zwei gesunde Augen gehabt, auf die ich mich hatte verlassen können und jetzt war mein rechtes Auge kaputt und nutzlos. Ich hatte meine periphere Sicht verloren und wer wusste schon, ob ich sie je zurückbekommen würde, dann waren da noch die Punkte, die meine Sicht störten. Warum verstand sie nicht, dass das nicht half?

„Noch einmal", wiederholte sie.

Mit einem lauten, ungläubigen Seufzen, tat ich, was mir befohlen wurde, die Hände auf den Stangen, ging ich auf die Zehenspitzen, meine Wadenmuskeln spannten sich nach ein paar Sekunden protestierend an und dann löste ich meine Hände so weit, dass sie sich vom Holz entfernten. Ich wankte erneut, packte die Stangen und fluchte leise vor mich hin. Ich verbockte es so richtig und noch schlimmer, Apollo saß auf einem Stuhl in der Ecke des Fitnessstudios und beobachtete mich. Zwei Wochen lang hatte ich versucht, ihn im Haus zu meiden, und zwei Wochen lang war er mir wie ein Welpe gefolgt. Ich ging in den Fitnessraum und er setzte sich auf eine Bank. Ich war in meinem Zimmer und er klopfte an die Tür und verlangte, dass wir eine Runde im Garten drehten. Ich kam zurück von diesem Spaziergang und er fütterte mich. Er war die ganze verdammte Zeit da und das trieb mich in den Wahnsinn, weil er nie ein böses Wort zu mir sagte, darum konnte ich nicht wütend auf ihn sein. Er erklärte mir nie, dass ich etwas falsch machte. Stattdessen ermutigte er mich sanft, über das, was ich machte, nachzudenken, damit ich selbst zu dem Schluss kam, dass ich es verbockte. Ich ging nicht schnell genug. Ich aß nicht genügend. Ich verbrachte zu viel Zeit damit, mir leidzutun.

Aber das waren alles meine Worte, nicht seine. Er ermutigte mich, jedes Mal ein wenig weiter zu gehen, um eine besondere Blume oder einen Busch zu sehen, den er gefunden hatte. Er machte so gutes Essen, dass ich geneigt war, zu essen. Was das Selbstmitleid betraf, er blieb bei mir, setzte sich dann zu mir und schaltete den Fernseher an oder las ein Buch. Alles, damit ich aufhörte mich auf den jeweiligen Scheiß zu konzentrieren, der mir im Kopf herumspukte.

Der Mann war so verdammt nett und ich hatte Probleme, etwas zu finden, das ich an ihm nicht mochte und das erhöhte nur meine Entschlossenheit, weil der Autounfall mich eindeutig zu einem Idioten gemacht hatte.

„Konzentration bitte", schnappte Millie und zerrte mich aus meinen herumwandernden Gedanken. „Lass es uns anders versuchen." Sie tippte an die Stange und ich zeigte ihr ein dankbares Lächeln, weil sie mich nicht zwingen würde, etwas zu tun, was ich niemals schaffen würde, aber mein Lächeln war zu voreilig gewesen. „Hände zurück an die Stangen."

„Huh?"

„Hände auf die Stangen, auf die Zehenspitzen und schließ deine Augen."

„Meine Augen schließen?"

„Ja, ich möchte, dass du die Position für zehn Sekunden hältst und dich dann entspannst."

„Moment, was? Mit geschlossenen Augen?"

„Drei, zwei …"

Wut flackerte in mir auf, aber ich schob sie von mir, um zu tun, was mir gesagt wurde, dann ging ich auf die Zehenspitzen, beruhigte meine Atmung und ließ die Stange los, als ich meine Augen schloss. Für einen berauschenden Moment machte mein Körper genau das, was er sollte und die Freude war so intensiv, dass sie mich überwältigte und in der Spanne einer Millisekunde verlor ich das Gleichgewicht und fiel zur Seite, wimmerte, als meine Hüfte gegen die Stange knallte.

„Es ist nichts passiert", versicherte Millie mir. „Noch einmal."

Ich rieb meine wunde Hüfte, fühlte den ungewohnten Wunsch zu weinen, was nicht auf der To-do-Liste eines Hockeyspielers stand. Nicht, dass ich im Moment ein Hockeyspieler *war*. Ich wollte einer sein, aber welches Team würde einem Spieler mit Sehproblemen eine Chance geben, dessen Geschichte voller Schwäche und Scham war? Was Coach Carmichael in mir sah, wusste ich nicht.

Ich will zurückgehen. Ich werde hart arbeiten. Das war es, was der Engel auf meiner einen Schulter mir versprach. Der Teufel aber, er saß da und lachte in mein Ohr, wie beschissen ich war, was für ein Versager ich war, und vor allem, dass all das meine Schuld war. Ich hätte niemals mit Aarni in das Auto steigen sollen, obwohl meine Einschätzung seines geistigen Zustands in mir die Sorge geweckt hatte, dass er etwas Dummes tun würde. Ich hätte mir nicht gestatten sollen, nachzugeben, nachdem ich ihm gesagt hatte, er sollte das Auto anhalten und er mich ignoriert hatte.

Anstatt einem von beiden nachzugeben, schubste ich sie beide herunter und kapselte mich ab. So waren die Dinge einfacher.

Als ich die Physio verließ, um zu der neuen Kopf-Ärztin zu gehen, war ich mürrisch, traurig, still und Apollo plauderte über nichts und raubte mir den letzten Nerv.

„… und dann hat mein Cousin, du weißt schon, der diese Sache mit der Marmelade gemacht hat? Nun, er hat einfach allen erzählt, dass ich es gewesen bin, der mit dem Lippenstift an die Wand gemalt hat, obwohl das so was von gar nicht meine Farbe war und dann ist es im wahrsten Sinne des Wortes explodiert. Wirklich. Ich habe den Glitter nach ihm geworfen, er hat ihn am Kopf getroffen, ist in den Ventilator geraten und überall hat es glitzerndes Zeug geregnet. Ich schwöre, ich hatte es in jeder Falte meines Körpers und im gesamten Haus. Und Julio, das ist mein angeheirateter Cousin, der in Havanna wohnt, derjenige mit den Haaren, die nicht zu zähmen sind, er macht es noch schlimmer, indem er Kleber zu dieser hitzigen Debatte bringt. Ich will damit sagen, wer bringt schon Kleber zu einer Glitter-Situation?" Er hielt inne und ich dachte, er wollte von mir eine Antwort oder zumindest einen nichtssagenden Hmmm-Laut, aber meine Hüfte schmerzte, mein Kopf tat weh, meine Sicht war verschwommen und ich war fix und fertig. Ein großer Strahl Elend und

Selbstverachtung schoss in einem Durcheinander aus Worten aus mir heraus.

„Ich kenne deine Familie nicht und es ist mir auch vollkommen egal", schnappte ich und dann wurde mir auf der Stelle klar, was ich getan hatte. So war ich nicht. Ich verlor meine Beherrschung nicht gegenüber anderen Menschen, ich regte Fremde nicht auf, ganz zu schweigen von dem Mann, der das beste Chili machte, dass ich je gekostet hatte. *Was machte ich da?* „Scheiße. Scheiße. Halt das Auto an. Bitte, halt das Auto an."

Apollo fuhr sofort an den Straßenrand, den Blinker eingeschaltet und drehte sich zu mir, aber ich war so schnell aus dem Auto heraus, dass mir schwindlig wurde. Schwärze verschlang mich, meine Lungen hörten auf, Luft zu verarbeiten, ich starb auf dem Gehsteig von der Himmel wusste wo und nicht nur das, Apollo würde wütend auf mich sein. Er würde mich verlassen, dann würde Adler es erfahren und mich aufgeben, Dan würde wütend sein, dass ich diese Chance verbockt hatte, und ich wäre am Ende.

Kein Hockey. Kein Leben. Kein Geld. Nichts.

Ich kann nicht atmen. Ich kann nicht …

Ich packte das, was mir am nächsten stand, eine Art Zaunpfahl, und lehnte mich daran, hatte schreckliche Angst, weil ich keine Luft in meine Lungen bekommen konnte und dann brach etwas durch, die Erkennungsmelodie einer Kindersendung, Apollos Gesang klang leise in meinem Ohr und seine Hände lagen auf mir, hielten mich aufrecht.

Ich lehnte mich an ihn, erkannte, dass ich ihn vielleicht erdrücken würde, und verlagerte mein

Gleichgewicht nur ein wenig, damit ich ihn nicht verletzte. Langsam bekam ich meine Atmung unter Kontrolle und stattdessen spielte jetzt die Erkennungsmelodie einer meiner Lieblingskindersendungen in meinem Hirn.

„Hey", sagte Apollo in seinem sanftesten Tonfall. „Soll ich zu der Göttin wechseln, die Madonna persönlich ist? Ich kann das tun, weißt du." Er fing an, eine vertraute Melodie zu summen, und ich erkannte „Live to Tell" und Erinnerungen an meine Kindheit, als Mom noch *Mom* war, fluteten zu mir zurück. *Bevor Dad gestorben ist. Vor Ed.* Sie waren schlimmer, als sich an die Bärensendung zu erinnern. „Da, deine Atmung wird schon besser", murmelte Apollo.

Dann saß ich irgendwie wieder im Auto. Ich blinzelte und schaute mich um, erwartete eine Menge an Leuten mit Handys, die den ganzen peinlichen Zusammenbruch filmten, aber die Straße, an der wir geparkt hatten, war in keinem Wohngebiet. Hier gab es nur einen Outlet-Laden, der geschlossen worden war.

„Es tut mir leid", sagte ich.

„Was?" Apollo grinste. „Dass du müde und emotional warst und mir gesagt hast, dass ich zu viel über Dinge rede, die dir nicht wichtig sind?"

„Das sind sie. Wichtig meine ich. Alles an dir ist mir wichtig." Da wurde ich rot und starrte auf meine Hände in meinem Schoß. „Ich meinte nicht, dass *du* mir wichtig bist." *Himmel, ich mache es schlimmer.* „Aber das bist du, ich meine nicht auf eine Art, die …" Ich seufzte laut, weil das alles überhaupt keinen Sinn ergab. „Ich fauche Leute nicht so an."

Apollo tätschelte mein Knie und ich zuckte automatisch zusammen, erwartete, dass er mir sagte, dass alles gut werden würde. Stattdessen konzentrierte er sich auf das, was wir *eigentlich* hätten tun sollen.

„Bist du bereit, zu Doktor Gaskell zu fahren?"

„Willst du nicht über das reden, was gerade passiert ist?" Ich wartete darauf, dass er über meine dämliche Frage lachte oder vielleicht einen Kommentar zu dem abgab, was passiert war. Aber er starrte mich an und seine wunderschönen Augen zeigten nichts wie Tadel oder Mitleid.

„Möchtest *du* darüber sprechen?", fragte er.

„Nein."

Apollo schaltete den Motor an und fädelte sich wieder in den Verkehr ein. „Ich frage mich, wie die Ärztin sein wird?", überlegte er, während er auf das Navi schaute und den Blinker anschaltete, weil er auf den Freeway musste. Lorraine Gaskells Klinik befand sich vierundzwanzig Kilometer außerhalb von Tucson. Ich antwortete nicht, war zu sehr in meinen eigenen Gedanken verloren und ehe ich mich versah, hatte Apollo die Stereoanlage angemacht und zu einer Playlist mit dem Titel Madonna gescrollt und sang die verschiedenen Hits mit, während wir nach Süden fuhren.

Das Gebäude, in dem sich die LG Sports Therapy Klinik befand, lag von der Hauptstraße zurückgesetzt, am Ende einer langen Auffahrt und wie es schien, handelte es sich um ein umgebautes Haus und nicht um ein zu diesem Zweck gebautes Gebäude. Es gab eine große Eingangstür aus Eiche, Fenster funkelten im

Sonnenlicht und der Garten war ebenso makellos wie der von Adlers Villa. Hier gab es Geld, aber wenn Lorraine so gut war, wie die Bewertungen, die ich gelesen hatte, es vermuten ließen, dann gab es einen Grund für das plötzliche Aufflammen von Hoffnung in meinem Brustkorb.

„Soll ich mit dir reingehen?", fragte Apollo, deutete dabei auf das Buch in der Vertiefung zwischen unseren Sitzen. „Wenn nicht, kann ich mir auch gerne ein schattiges Plätzchen suchen und lesen."

War es falsch, mich verlassen zu fühlen bei dem Gedanken, dass Apollo nicht mit mir hineinkam? „Warum dieses Mal?"

„Hmm?" Apollo hob den Blick von dem Buch und lächelte mich auf diese Art an, die er an sich hatte, wenn er etwas nicht ganz verstand. Es war ein Lächeln, das ich ein paar Mal gesehen hatte, ein zögerlicher, aber warmer Gesichtsausdruck, der sein Interesse an dem, was ich zu sagen hatte, zum Ausdruck brachte. Stück für Stück zwang dieses Lächeln mich in die Knie.

„Du hast mich nie gefragt, ob ich möchte, dass du mit mir in die Physio gehst, warum fragst du also jetzt?"

Apollo tätschelte mein Knie, die Wärme seiner Hand auf meiner nackten Haut war tröstlich. „Jetzt kenne ich dich", sagte er, als ob das alles erklären würde.

Du kennst mich überhaupt nicht. Niemand kennt mich.

„Es ist in Ordnung, wenn du mitkommst." Ich versuchte, alle Spuren von Hoffnung aus meiner Stimme herauszuhalten, war genervt, dass ich irgendwie angefangen hatte, mich mehr auf Apollo zu verlassen, als ich das wirklich musste. Das letzte Mal, als ich mir gestattet hatte, jemanden zu brauchen, war es Aarni gewesen. Er war zu sehr ein Teil von mir geworden, die einzige Person, die ich brauchte, sodass ich andere ausgeschlossen hatte und meine *normale* Therapeutin, die, die sich mit meinem kaputten Hirn beschäftigte, hatte gesagt, dass ich mir nicht gestatten sollte, so sehr zu *brauchen*. Machte ich das jetzt mit Apollo richtig? „Ich brauche dich nicht", fügte ich nach einer Pause hinzu. „Aber drinnen wird die Klimaanlage an sein."

Apollos süßes Lächeln wankte ein wenig, aber ich musste mich an die Tatsache klammern, dass das nicht meine Schuld war. Ich machte nur, was meine Therapeutin mir gesagt hatte, indem ich mich selbst wiedererlangte, und glaubte, dass ich allein genug war. Natürlich hatte sie viel mehr als nur das gesagt, aber das war die eine Sache, an die ich mich klammerte und als Entschuldigung für meine vergangene Dummheit mit Männern wie Aarni nutzte. Ich wollte nicht, dass Apollos Lächeln verblasste, aber ich hatte nicht die emotionale Kapazität, mich um das herumzureden, was ich gesagt hatte.

Wir gingen hinein, die Böden waren aus Marmor, über uns hing ein Kronleuchter und der kühle Frieden und die Stille waren genau das, was mein überhitztes Hirn brauchte.

„Oh mein Gott", erklang eine Stimme hinter uns und ich drehte mich langsam zu einer Frau um, die mit ausgestreckter Hand über den Marmor kam. „Henry Greenaway, ich bin so ein Fan. Ich erinnere mich an diesen Wraparound im letzten Spiel der letzten Saison gegen Buffalo. Du hast diesen Pass von

Madsen angenommen und du bist so schnell gefahren, dass ich dachte, du würdest nicht rechtzeitig halten können und dann bist du an zwei Verteidigern vorbei und hast es dennoch geschafft, um das Netz herumzukommen und LeMarque zu überraschen. Der Blick, den er dir zugeworfen hat und die Flüche, was für ein Sieg."

Großartig. Sie ist ein Raptors-Fan und möchte vergangene Glorie aufleben lassen. Ist das wirklich die Art Therapie, die ich brauche? Dennoch erinnerte ich mich an dieses Tor, weil es einer meiner besseren Momente gewesen war.

„Danke, Ma'am."

„Wie dem auch sei, genug davon. Und Sie sind?" Sie streckte Apollo ihre Hand hin und mir wurde klar, dass ich ihn nicht vorgestellt hatte.

„Das ist Apollo-"

„Apollo Vasquez-"

Wir redeten übereinander, aber Apollo überließ es dann mir und da verbockte ich es, weil ich ihn als meinen Freund bezeichnen wollte, aber das war er nicht wirklich. Er war ein bezahlter Gesellschafter, der Mann, der kochte und mich zwang, Spaziergänge zu machen und dann nach mir schaute, wenn ich im Bett lag.

„Er ist mein-"

„Ein Freund von Henry", warf Apollo glatt ein.

Sie lächelte. „Paartherapie ist immer ein nützlicher Teil des Prozesses und einen Partner mitzubringen, ist ein guter Schritt in die richtige Richtung."

Partner? Ich starrte sie dämlich an.

„Ich bin nicht, wir sind nicht-"

„Ich bin eher ein Verwalter", meinte Apollo

geschmeidig. „Ich bin hier, um Henry auf seinem Weg zurück ins Team zu unterstützen."

Lorraine ließ sich keine Sekunde beirren. „Hier entlang, bitte."

Wir folgten ihr durch ein großes, leeres Fitnessstudio, das mit den neuesten Maschinen gefüllt war, die ich je außerhalb des Fitnessstudios der Raptors gesehen hatte und einen kurzen Flur entlang zu einem Bereich, der mehr wie ein Aufenthaltsraum aussah als wie ein Wartezimmer. Große, weiche Sofas bildeten separate Bereiche und es gab eine richtige Kaffeemaschine neben einer einfacheren Pod-Maschine, zusammen mit hunderten Kapseln in verschiedenen Farben.

„Wir holen uns etwas zu trinken und gehen dann rein", sagte sie und deutete auf die Sofas. „Apollo, bitte mach es dir bequem, die Toiletten sind dort, wo wir hergekommen sind, und geh einfach durch die Feuertür, wenn es einen Alarm gibt, von da an sind die Ausgänge klar markiert. Jetzt da wir das geklärt haben, wer möchte einen Kaffee? Ich kann nur die Kapseln, mein Ehemann nutzt die große Silberne hier, aber er ist heute nicht da."

Wir suchten Kapseln aus, sie machte die Kaffees, dann setzte Apollo sich und Lorraine und ich gingen in ein anderes Zimmer. Genau wie der Wartebereich war es weniger ein Büro und mehr ein Sofa-Himmel. Sie wartete, bis ich mir einen Sitzplatz ausgesucht hatte, bevor sie sich mir gegenüber niederließ, dabei ihre Beine unter sich zog. Ich versuchte, mich zu entspannen, aber der Stress baute sich auf, weil ich nicht wusste, was sie sagen würde.

„Weißt du, was ich mache?", fragte sie schließlich.

„Ich habe mich über Sportpsychologie schlau gemacht und ich habe ein paar Freunde, die das schon gemacht haben, darum Ja, ich habe eine grobe Vorstellung."

Da lachte sie. „Ich kümmere mich um Körper und Seele, ich schraube an beiden, arbeite daran, dich wieder aufs Eis zu bringen. Athleten haben oft geistige Narben, lang nachdem eine Verletzung körperlich geheilt ist und ich weiß, dass du immer noch Probleme mit deinem Sehvermögen hast, stimmt das?"

„Ja, mein Auge", sagte ich und hob eine Hand an meine Schläfe, als ob meine Erklärung das nicht absolut klar gemacht hätte.

„Gut, also in grundlegenden Begriffen helfe ich dir durch den Druck hindurch, der mit deiner Rückkehr zu deiner vorherigen Leistungsfähigkeit auf dem Eis einhergeht – vor der Verletzung. Wir arbeiten uns durch die Qualität und Effizienz des Trainings und bauen mentale Fähigkeiten auf, die du bei deinen Abläufen vor dem Spiel benutzt hast. Wir werden an den Ängsten arbeiten, die du vielleicht hast, vor Versagen oder zukünftigen Verletzungen und allem anderen, was dich mental vielleicht blockiert. Ich werde mich, mit deiner Erlaubnis, mit deinem Augenspezialisten in Verbindung setzen, dann bringen wir dich wieder aufs Eis und zurück zum Team. Ergibt das alles Sinn für dich?"

„Ja. Aber, denkst du wirklich, ich kann-?"

„Dazu verlange ich drei Dinge in unserer Patient-Therapeutin-Beziehung: Ehrlichkeit, harte Arbeit und Vertrauen. Du vertraust darauf, dass ich dir den besten

Rat gebe und ich vertraue darauf, dass du das Beste mit dem machst, was ich dir gebe. Ich brauche von dir einhundertprozentige Transparenz und daraus werden unsere Therapiestunden bestehen und die harte Arbeit wird nicht nur mental sein, sondern sich auch um körperliche Ausdauer drehen. Wir haben drei Monate, um dich ins Raptors-Trainings-Camp zu bringen, und das wird keine leichte Reise sein, aber ich muss dich eine Sache fragen, Henry Greenaway." Sie hielt inne und ich fragte mich, ob das nur aus Effekt war oder ob ich hier etwas sagen musste? Wie dem auch sei, ehe ich etwas sagen konnte, stellte sie ihren Kaffee auf den kleinen Tisch zwischen uns und schaute mir direkt in die Augen.

„Willst du wieder Hockey spielen?"

Das war einfach zu beantworten. Es war alles, was ich wollte. „Ja."

„Wirst du hart arbeiten?"

Ich erinnerte mich an den halbherzigen Unsinn, den ich während meiner Genesung gemacht hatte und ich wusste, dass ich bereits so viel Kondition verloren hatte. Ich musste mehr als hart arbeiten, um wieder auf den Status quo zu kommen, und wenn sie dachte, dass ich wieder aufs Eis kommen konnte, wenn die Raptors mich immer noch wollten, dann konnte ich so verdammt hart arbeiten, dass sie von meiner Hingabe erstaunt sein würde. „Ja."

Ja, solange du mich nicht zwingst, mit geschlossenen Augen dazustehen.

„Also gut, wirst du mir immer die Wahrheit sagen, auch wenn du denkst, dass ich sie nicht hören will?"

Fuck. „Ja."

Sie lehnte sich auf ihrem Platz zurück, sah absolut unschuldig aus und dann stellte sie meine gesamte Welt auf den Kopf.

„Sollen wir mit einer einfachen Frage beginnen?"

„Okay." *Ich kann das.*

„Erzähl mir von deiner Beziehung zu Aarni Lankinen."

FÜNF

Apollo

Der März ging in den April über und Henry war immer noch in der Langzeitverletztenreserve. Das war natürlich keine Überraschung, wir beide wussten, dass er in keiner Hinsicht bereit war, Hockey zu spielen, aber ich konnte sehen, dass es ihn schmerzte. Er war ein stiller Mann, der zum Grübeln neigte und zu langen Perioden des Schweigens, an die ich schlicht nicht gewöhnt war, noch nicht jedenfalls. Mit Adler Lockhart aufgewachsen zu sein, bedeutete, dass ich an ständiges Reden gewöhnt war. Das meiste davon war dämlicher Unsinn, wie etwa, wenn Batman und Captain America Liebhaber wären, wer würde dann der Top sein oder ob fliegende Ameisen in Wirklichkeit auf der Flucht waren oder ob man, wenn man einen Ameisenbären mit einer Schildkröte kreuzte, man dann eine Ameisenkröte oder einen Schildbär bekam.

Es gab immer Lärm, so war es zumindest jahrelang gewesen und die Stille war mit ein Grund gewesen, warum ich mich in Harrisburg so verloren gefühlt hatte.

Jetzt sah ich mich denselben stillen Stunden gegenüber und das zog mich runter und ich fühlte mich traurig. Darum erhöhte ich die Zeit vor meiner Lichtdusche und entschied, dass diese große alte Villa etwas Leben vertragen konnte. So isoliert zu sein, konnte für Henry nicht gut sein und ich wusste, dass es mich mürrisch machte, darum war es an der Zeit, das in Ordnung zu bringen.

Am Abend des letzten regulären Saisonspiels der Raptors gegen San Jose waren Henry und ich in dem luftigen Wohnzimmer, die Abendbrise blähte die durchsichtigen Vorhänge an den offenen Verandatüren. Er saß auf einem langen Sofa, als ich mit einem Tablett Hüttenkäse mit Ananas in Eisbechern hereinkam. Der Mann hatte, wie ich gelernt hatte, eine gesunde Liebe zu Milchprodukten.

„Ist es in Ordnung, wenn wir das Spiel ansehen?", erkundigte ich mich, während ich ihm unsere Leckerei für diesen Abend reichte. Er nickte, nahm den Eisbecher und den langen Löffel mit einem gemurmelten Dank. Ich lächelte, zog mein linkes Bein unter meinen Hintern, als ich mich setzte, und fing an, Hüttenkäse und Frucht in meinen Mund zu schaufeln, als das Spiel begann. „Du wirst im September da draußen auf dem Eis sein."

„Ja, das möchte ich, aber dieses Auge ..."

Ich warf einen Blick in seine Richtung, mein Löffel ruhte für einen Moment auf meiner Unterlippe. „Du wirst lernen, damit zurechtzukommen, das verspreche ich. Ich habe mich über Hockeyspieler mit Augenverletzungen informiert und viele von ihnen kommen nach der Reha zurück. Sie bringen dir bei, wie man um die Einschränkungen herumarbeitet, die vielleicht zurückbleiben."

Sein hellblauer Blick huschte zu mir. „Wie kannst du immer so positiv sein?"

Ich kicherte ein wenig und wedelte mit meinem leeren Löffel herum, als die Raptors wegen eines Abseits abgepfiffen wurden.

„Ich habe eine magische Kiste, in der die Sonne ist", antwortete ich und zeigte ihm ein freches Grinsen, das er erwiderte. Ihn Lächeln zu sehen, ein richtiges, offenes Lächeln, stellte lustige Dinge mit meiner Bauchgegend an. Dinge, die sich wie Freude und Erleichterung und Freundschaft und … Anziehung anfühlten.

„Darf ich mir deine magische Kiste leihen, wenn ich mich niedergeschlagen fühle?"

„Jederzeit. Komm einfach in mein Zimmer, dann fühlst du dich in kürzester Zeit besser", meinte ich gewandt, hoffte, die brodelnden Gefühle zu ignorieren, die sich in mir abspielten. Als seine Brauen auf seiner Stirn nach oben wanderten, stammelte ich und rutschte unruhig hin und her. „So habe ich das nicht gemeint", meinte ich ungeschickt. „Ich meinte, dass du meine Sonnenkiste leihen kannst, um dich besser zu fühlen, nicht, dass *ich* in meinem Bett dafür sorgen könnte, dass du dich besser fühlst. Was ich natürlich könnte, weil ich im Bett ziemlich fabelhaft bin! Nein, bin ich nicht. Nun, doch, bin ich, wurde mir zumindest gesagt, aber … dieses ganze Gespräch ist unanständig. Augen auf den Puck, Greenaway!"

Ich schob mir einen Löffel voller Hüttenkäse in den Mund, mein Gesicht war heiß.

Henry lachte leise, sein Löffel traf die Seiten des Eisbechers, als er nach einem Stück Ananas fischte. „Ich glaube dir."

Ich schaute zur Seite, während San Jose durch die Verteidigung der Raptors brach und einen Schuss auf das Tor abgab. Colorado wehrte den Puck mit Leichtigkeit ab und der zweite Block nahm ihn auf und fuhr los, um sein Glück gegen den Goalie von San Jose zu versuchen. Ich hob eine Braue.

„Ich glaube, dass du fabelhaft im Bett bist. Du bist überall sonst ziemlich fabelhaft."

Oh, heilige Scheiße. Meine Eier wurden heiß und schwer und mein Schwanz, der sich für nichts Sexuelles interessiert hatte, seit ich gesehen hatte, wie mein Ex jemand anderem die Sterne aus dem Leib gevögelt hatte, regte sich.

„Ich, ähm … wir sollten eine Party für das Team schmeißen, um zu feiern!", warf ich in die Runde in dem lahmen Versuch, die Dinge wieder auf Spur zu bringen. Eine saubere Spur. Die Spur, die durch die Du-Bist-Sein-Freund-Und-Gesellschafter-Also-Hör-Auf-Hart-Zu-Werden-Dummer-Schwanz-Stadt führte.

„Um was zu feiern? Dass wir es nicht in die Play-offs geschafft haben?", fragte er, seine blassen Wangen waren so rot wie Rosen. Himmel, er war hübsch auf eine klassische, nordische Art. Ein schüchterner, verletzter Wikinger, der unbedingt weiche Arme und ein zärtliches Herz wie meines brauchte, um –

Ich ließ meinen Löffel auf meinen Schoß fallen,

meine Augen waren geweitet, mein Körper leuchtete auf wie ein Weihnachtsbaum. „Ich, äh, ja! Nein, nun, nicht wirklich, aber um zu feiern, dass ihr Jungs Vierte geworden seid und nicht Siebte! Ich fange jetzt gleich an, sie zu planen. In meinem Zimmer. Bei geschlossener Tür. Nach einer Dusche." Ich stand auf und der Löffel fiel auf den Holzboden.

„Du hast nach unserem Spaziergang heute Abend geduscht", bemerkte er, gerade als die Verteidigung der Raptors vor Colorado zerbrach, was San Jose viel zu viel Zeit verschaffte, den Goalie mit raketenartigen Schüssen zu bombardieren, die von Penns Brustkorb, Bein-Pads und seinem Blocker abprallten. Einer rollte schließlich in die Ecke und wurde von Ryker Madsen aufgenommen, der dann in die Bande gerammt wurde. Der Puck schlitterte von unseren jungen Helden weg. Alex war nicht in der Lage, ihn wieder einzufangen, bekam dann einen Cross-Check, das Foul wurde von den Schiedsrichtern nicht gesehen. Jede Menge Scheiß brach in der Ecke aus, Schubsen, Gesichtswäschen mit stinkenden Handschuhen und ein Schlag von Colorado gegen den Stürmer von San Jose, der ihm am nächsten stand. Der Kampf, der daraufhin ausbrach, war episch und lenkte die Aufmerksamkeit von mir und meinem gerade geduschten Selbst ab.

Ich schlich mich raus, als Henry die Schiedsrichter wegen Goalie-Störung anbrüllte, obwohl Penn derjenige gewesen war, der einem gegnerischen Spieler auf den Hinterkopf geschlagen hatte. Sobald ich in meinem Zimmer war, lehnte ich mich an meine Schlafzimmertür, den Eisbecher in der Hand, und betete zu dem alten hölzernen Jesus, dass ich mir nicht gestattete, mich in einen weiteren Mann zu verlieben, von dem ich dachte, ich könnte ihn mit der Kraft meiner Liebe retten. Meine Therapeutin in Harrisburg hatte mich davor gewarnt, mich in gebrochene Männer zu verlieben, aber hier stand ich, verliebte mich in einen sehr gebrochenen, leidenden Mann. Himmel, das war eine Neuauflage meines siebenjährigen Ichs und dem Häschen, das der Gärtner mit der Harke geschlagen hatte …

Nur dass Henry kein verdammtes Häschen war, er war ein Mann, der dachte, dass ich fabelhaft war und der traurige, atemberaubende Augen hatte und einen Hintern, der darum bettelte -

Mein Blick flog zu Jesus.

„Achte du bloß nicht auf meine Gedanken. Hör nur auf die gesprochenen Worte, okay?"

Er antwortete nicht. Ich rannte unter die Dusche, stellte das Wasser kalt, zog mich aus, kreischte in einen Luffaschwamm, als das eisige Wasser meinen Bauch traf und tanzte in Kreisen, bis meine Eier sich in meinem Körper versteckten und alle Gedanken darüber, sexy Dinge mit Henrys Knackarsch anzustellen, vorläufig weggewaschen waren.

EINE WOCHE später war ich bis über beide Ohren mit Essenszubereitung beschäftigt und meine Tante überwachte den Wahnsinn.

„Warum gibt es Chili?", fragte Tía Sofía und hob den Deckel eines der ungefähr zwanzig Schongarer, bevor sie ein Stück Brot, das sie von einem Teller für die Fondues gestohlen hatte, in das würzige, bohnenschwere Gericht tauchte. „Ich dachte, das hier wäre eine Fondue-Party."

„Das ist es, aber Henry mag Chili und Hüttenkäse", bemerkte ich, während ich gewürfelten Käse in einen der Töpfe gab, die draußen auf der Veranda vor sich hinblubberten.

„Gibt es irgendetwas, zu dem dieser Junge keinen Hüttenkäse mag?" Sie schob sich ihren Bissen in den Mund, gab einen zufriedenen Laut von sich und rannte dann um den großen Tisch herum, um sich eine Flasche Wasser aus der Wanne, die mit Wasser, Limo und alkoholfreiem Bier gefüllt war, zu holen. „*Santo Dios*", schnaufte sie und fächelte sich Luft ins Gesicht. „Das ist hervorragend. Ich kann meine Zunge nicht spüren."

„Dann muss ich nicht noch mehr Jalapeño dazugeben?", fragte ich, gerade als Henry aus der Villa geschlendert kam, sein Blick huschte über die Töpfe und Ballons, alle im gold-braun-roten Farbschema der Raptors. „Wie war dein Nickerchen?"

„Gut. Ist das dein Chili?" Er lächelte meine Tante an, die ihre Zunge jetzt mit einem Eiswürfel abtupfte. „Sieht so aus, als wäre es ordentlich scharf, genau wie wir es mögen."

Wir. Wie *wir* es mögen. Ich unterdrückte eine Antwort, die schmalzig gewesen wäre, da war ich mir sicher. Mir gefiel aber, wie das *wir* aus seinem Mund klang, ganz egal wie gut meine Vorsätze waren. Ich wollte wieder Teil eines wir sein. Die zweite Hälfte eines *wir* zu sein, war für mich das Schönste. Ich vermisste es, jemanden zu haben, den ich umsorgen konnte, wie nur ein Liebhaber das tat. Meine Arme sehnten sich danach, einen Mann zu halten, meine Hände verzehrten sich nach Berührung und mein Herz wollte unbedingt geliebt werden.

„… dass du kein Latino bist?", sagte Tía Sofía, als ich zurück in die Gegenwart kehrte. Henry lachte auf diese lustige, schnaubende Art, die ihm zu eigen war. Die Kante des Messers glitt über meinen Fingernagel, was denkbar knapp war. Den Blick auf die Käseblöcke gerichtet und nicht auf den Mann, um den mich zu kümmern ich bezahlt wurde, würfelte ich wie ein Irrer, während Henry in kurzer Hose, Sandalen und einem Tanktop dastand, das die definierten Muskeln zeigte, die er sich langsam wieder erarbeitete. Tía Sofía trug ein sommerliches Kleid mit weißen Stöckelschuhen, ihre schwarzen Haare fielen in dichten Wellen über ihre nackten Schultern. Ich hatte mir etwas Buntes und Festliches angezogen. Ein roter Jumpsuit mit gelben Dahlien, der vorne zugeknöpft wurde, zusammen mit Single-Strap-Sandalen in einem Bananenton. Ich hatte mir auch jede Menge Armreifen und Fußreifen übergezogen, weil es schließlich eine Party war.

„Ich bin mir ziemlich sicher, dass ich nicht einmal ein klein wenig Latino in mir habe", antwortete er, während er sich dem Topf mit dem Chili näherte wie ein Dieb, der sich an einen Schmuckladen heranschlich. Ich wedelte mit meinem Käsemesser in seine Richtung und bekam ein Aufblitzen von weißen Zähnen in einem Lächeln, das mich beinahe von der Veranda wehte.

„Obwohl meine Großmutter einmal eine Busreise nach Mexiko gemacht hat, also vielleicht doch?"

Tía Sofía kicherte um den Eiswürfel herum, an dem sie jetzt lutschte. „Dann bist du es wahrscheinlich. Ich wette, deine Großmutter wurde in ihrem Urlaub umworben, und zwar richtig umworben. Wer kann einem Latino-Mann widerstehen?" Henrys Blick begegnete meinem über den Fonduetopf mit dem Schimmelkäse hinweg. Mein Puls jagte nach oben. Er befeuchtete seine Unterlippe. „Oh! Das ist die Klingel. Mein Job als offizielle Begrüßung für heiße junge Hockeyspieler beginnt!"

Und weg war sie, ließ mich und Henry zurück, während wir uns anstarrten wie dämliche Goldfische. Der Mond ging gerade über den Bergen auf, Madonnas „La Isla Bonita" erklang über die Stereoanlage und ein sachter Wind trug den Gesang der Grillen zu uns. Es war ein langer, tiefgreifender Moment, einer, in dem ich mich leicht über den Topf mit dem Artischocken-Spinat-Fondue hätte beugen können, um meine gierigen Lippen auf seine zu pressen. Ich glaube, dass er mich gelassen hätte, seine Augen waren verhangen und gefüllt mit einer Million Dinge, die ich nicht lesen konnte, aber dann erschien Tía Sofía mit Colorado Penn und seiner Entourage. Rocker, Groupies beiderlei Geschlechts, alle in spärlicher Schwimmkleidung und ein Emu, der losrannte und anfing, die Brotwürfel zu fressen. Zwischen mir und dem Emu brach ein Kampf aus. Ich verlor. Der große Vogel raste die Stufen in den Garten hinunter und vier Frauen in Bikinis folgten ihm dichtauf. Sein Schnabel war voll mit gestohlenem Brot.

„Ein Emu? Ernsthaft?", fragte ich Colorado, während ich das vom Emu angepickte Brot, das noch da war, in den Mülleimer unter dem Tisch warf und einen neuen Laib hervorzog, um ihn in essfertige Würfel zu schneiden.

„Er ist mit Lizzy gekommen. Oder war es Tommy?" Er zuckte mit den Schultern. „Sein Name ist Kricker, der Flugunfähige Herr des Ozons. Ein absolut knallharter Vogel. Wir denken darüber nach, ihn diesen Sommer mit auf Tour zu nehmen", antwortete Penn, schob seine langen dunklen Haare schwungvoll aus seinem Gesicht und umarmte dann Henry. Für eine lange, lange Zeit. Zu lang. Ich packte das Messer ein wenig fester und schnitt das Brot nachdrücklicher. „Ihr Jungs müsst uns mal spielen sehen. Wir machen eine Westküsten-Tour bis hinauf nach Oregon."

„Henry mag es nicht wirklich, wenn man ihn anfasst", schnappte ich.

Tía Sofia warf mir einen seltsamen Blick zu. Penn lachte, gab Henry einen Kuss auf die Wange und führte ihn dann weg, um mit seinen nuttigen Groupie-Jungs abzuhängen, die wirklich mehr Stoff tragen oder kleinere Gemächte in ihren Speedos haben sollten. Schon bald hatten die Leute Henry verschluckt. Taktile Leute. Ich schnitt wütend Würfel, die dunklen Augen meiner Tante blieben auf mich gerichtet, bis die Glocke erklang, sie zurück zu ihrer Pflicht rief. Es war neun Uhr. Immer mehr Gäste kamen, Spieler und Partner füllten die Veranda, Kinder waren zu Hause gelassen worden, wie ich es erbeten hatte. Ich wollte nicht, dass Henry von schreienden Kindern aufgeregt wurde.

Nicht, dass ich auch nur eine Chance hatte, mir Sorgen um ihn zu machen, weil ich ihn nicht mehr gesehen hatte, seit Colorado ihn weggeführt hatte.

„Apollo, Kumpel, hör auf, Brotwürfel zu schneiden, und komm zu uns", rief Ryker über die Musik, die in die warme Nacht aufstieg. Musik, die nicht Madonna war. Ich hatte den Verdacht, dass Colorado sich irgendwie Zugang zur Stereoanlage verschafft hatte. Ich wusste nämlich genau, dass ich auf keiner meiner Playlists Avenge Sevenfold hatte. Ich wusste das, weil ich Jacob, Rykers Verlobten, hatte fragen müssen, wer zur Hölle die Band war, die gerade spielte.

Ich winkte ab, war zu mürrisch, um sozial zu sein. Tía Sofia saß auf einem Diwan und machte Blubberblasen während Penns Groupies zu den brüllenden Gitarren tanzten. Ich hatte keine Ahnung, wo Colorado war, aber ich hatte jede Menge Verdachtsmomente. Die Villa bestand praktisch aus Schlafzimmern. Ryker kam zu mir, nahm mir das Brotmesser weg und zog mich in die Menge der Feiernden. Ich schmollte, verschränkte die Arme, mein Blick huschte über das Team, suchte nach Henry und konnte ihn nicht finden. Ryker schnaufte, nahm dann meinen Arm, führte mich durch die Menge, um mich allen Spielern vorzustellen. Ich lernte Alex und seinen britischen festen Freund kennen. Dann begegnete ich dem riesigen russischen Kapitän, Vlad Novikov. Ich lernte Spieler mit verschiedenen Namen und Nationalitäten und ihre zauberhaften Frauen oder festen Freunde kennen, wenn sie auf meiner Seite des Zauns den Rasen mähten.

„… gehört über die Gerüchte aus Dallas?", fragte Vlad die kleine Gruppe, in die ich gezogen worden war. Sein Englisch war ziemlich gut, viel besser als das von Stan. „Ich finde hier und da im Internet etwas über Tate Collins und die Frau, die er heiraten wollte. Einzelheiten sind unklar, aber sie macht bei dieser Realityshow mit und es gibt Andeutungen, dass sie eine andere Frau online angegriffen und ihn irgendwie in diesen Schlamassel mit hineingezogen hat."

„Ohne Scheiß?", fragte Ryker, der an einem Bier nippte. „Was hat sie zu dieser anderen Frau gesagt?"

Vlad hob nur einmal eine riesige Schulter an. Er erinnerte mich an diesen großen Russen in dem einen Rocky-Film. „Das ist noch nicht klar."

„Vielleicht geht es um Eifersucht. Es könnte sein, dass Tate mit zwei Frauen gleichzeitig etwas gehabt hat", warf Alex ein, sein Arm lag um Sebastians Taille. „Ich habe noch nie einen Spieler mit mehr Frauen gesehen als Tate Collins." Ein Groupie rannte vorbei, dann noch eines, dann noch eines, allen fehlten Teile ihrer Bikinis. „Nun, bevor ich Colorado kennengelernt habe", schränkte Alex ein.

„Was auch immer vor sich geht, die Sportseiten fangen an, zu explodieren. Dallas ist für dieses Jahr fertig, genau wie wir. Ich habe gehört, dass Tate eine beschissene Saison hatte. Vielleicht ist sein Spiel schlechter geworden wegen seines Ärgers mit Frauen."

„Was der Grund ist, warum ihr Bi-Jungs euch an Männer halten solltet. Wir neigen weniger dazu, Unsinn zu machen", warf Jacob ein, zog seinen Mann an seine Seite und küsste ihn aufs Ohr.

In diesem Moment entschuldigte ich mich und versteckte mich bei einer Statue im Rosengarten. Ja, als ob Männer anderen Männern keinen Scheiß antaten. Ich war der lebende Beweis, dass sie das taten, genau wie Henry. Meine Stimmung sank noch tiefer, als ich durch den Garten schlenderte und zuließ, dass sich Jean-Claudes Abschiedsworte ein wenig tiefer in meine Seele brannten.

Isch will einen Lieb'aber, keine Nanny, Ap-a-low!

Eine Stunde verbrachte ich in grauenvoller Einsamkeit, die Musik wurde lauter, die Raptors und Rocker wilder. Ich ging ins Haus und dann in die Küche, um mit der gewaltigen Aufgabe zu beginnen, zwanzig Fonduetöpfe mit Käse zu reinigen. Dort fand ich Henry in eine Ecke gedrückt, wo er Hüttenkäse mit dem Löffel direkt aus dem Behälter aß, während er aus dem Fenster auf die Menschen starrte, die sich auf der Veranda und im Garten aufhielten.

„Deine Knochen müssen superstark sein", bemerkte ich. Seine blassblauen Augen huschten vom Fenster zu mir. „Wegen all der Milchprodukte, die du isst", erklärte ich, als er mich verständnislos anstarrte.

„Oh, ja, kann sein. Sie heilen ziemlich gut." Er stellte den Behälter ab, tauchte dann mit seinen Fingern in eine Dose mit geschnittener Ananas, zog einen Ring heraus und biss hinein. „Du veranstaltest hier eine gute Party."

Ich ging zur Arbeitsfläche, um die Töpfe eins und zwei abzustellen. „Hmm, ich weiß nicht so recht. Sie war … in Ordnung." Ich schaute auf. Er kaute fröhlich, als befänden sich draußen nicht vierzig Menschen und ein Emu. „Ich konnte dich nirgendwo finden. Hast du eine Ecke gefunden, die du mit einigen der Penn-Groupies teilen konntest?"

Wow, das klang schnippisch.

„Nein, ich war die letzte Stunde hier drin."

„Ah! Ich wusste es. Zu viele Berührungen." Ich nickte angesichts meiner Weisheit.

„Vielleicht. Colorado ist sehr körperbetont und küsst gern, als ob er das Gefühl hätte, er müsste beweisen, was für ein Rockstar-Hurensohn er sein kann. Außerdem war die Party ohnehin nicht wirklich für mich."

Mein Blick ruckte von dem eingebrannten Schimmelkäse in Topf zwei zu ihm. „Die Party war ganz definitiv für dich und dein Team."

„Ich dachte, die Party wäre dazu da, uns voneinander abzulenken."

Meine Gedanken flogen in meinem Kopf herum wie ein Vogel, der in einem Glaszimmer gefangen war. „Ich, äh, nein, was? Nein. Dummerchen, nein. Nein, sie war für … uns? Nein, warum sagst du das? Es gibt kein uns."

Er hob eine Schulter, nahm einen weiteren Bissen Ananas, dann noch einen und noch einen. Vier Bissen, vier viertel, alle gekaut und geschluckt, während ich dastand und ihn mit großen Augen anstarrte. Es gab kein „uns", oder? Nein, er war nur … albern. Ein alberner, gut aussehender, süßer, einsamer, trauriger Mann, der mich so sehr brauchte, wie ich ihn …

Ich ging auf die Zehenspitzen, meine Sandalen gruben sich in meinen Fußrücken und ich drückte meinen Mund auf seinen. Warum? Ich wusste es nicht, aber in diesem Moment, als Moody Blues spielte und der Emu im Müll herumpickte und mehrere der Raptors nackt schwammen, fühlte es sich richtig an, ihn zu küssen. Er versteifte sich beim ersten Kontakt. Ich leckte an seiner Unterlippe, nahm den süßen Ananassaft auf, der dort noch klebte. Ein Feuer raste durch mich, verbrannte meine Haut, machte, dass mein Jumpsuit sich eng anfühlte. Enger – er war bereits sehr figurbetont. Lust mischte sich mit Furcht, als seine Lippen fest blieben. Dann, als ich bereit war, den Kuss abzubrechen und auf den Emu zu springen, um zurück nach Harrisburg zu reiten, wurde sein Mund weicher. Seine Atmung vertiefte sich und seine Hände legten sich auf meine Hüften.

Wir schmeckten einander vorsichtig. Das Streichen unserer Zungen übereinander ließ uns aufgewühlt und verdreht in den Armen des anderen zurück, seine Hände auf meinem Hintern, meine Finger in seinen kurzen Haaren. Dann ließ jemand einen Feuerwerkskörper los. Henry knabberte an meiner Unterlippe und löste sich dann. Ich stellte mich wieder flach hin, mein Schwanz war hart, meine Lippen kribbelten, meine Welt war vollkommen aus den Fugen.

„Ich glaube, vielleicht *gibt* es ein uns", sagte er, verließ dann die Küche, ließ mich dort stehen. Ich schmeckte Henry und Ananas, meine Finger ruhten auf meinen geschwollenen Lippen.

SECHS

Henry

Zwei Tage waren seit dem Kuss vergangen und ich konnte mich nur darauf fokussieren, was für ein Idiot ich gewesen war. Nicht wegen dem Kuss, sondern weil ich mich von Emotionen hatte übertölpeln lassen.

„Morgen, Sonnenschein", rief Apollo aus der Küche, als ich aus meinem Schlafzimmer daran vorbei auf die Veranda eilte. Ich schickte ein Lächeln in seine Richtung, stellte aber sicher, dass die Glastür hinter mir zugezogen war. Natürlich lag das nicht daran, dass ich allein sein wollte, sondern dass ich die kühle Luft drinnen und die Hitze draußen halten wollte. Zumindest war es das, was ich mir einredete. Ich konnte Apollo nicht einmal in die Augen sehen, mied ihn, fing beim Abendessen keine Gespräche an, schob Kopfschmerzen vor, um in mein Zimmer zu kommen, so oft, dass Apollo gedroht hatte, den Arzt zu rufen.

Ich dachte, dass ich es ganz gut hinbekommen hatte, aber wie konnte es einhundert Prozent narrensicher sein, wenn mein Gesicht immer heiß wurde, wann immer ich in seiner Nähe war, vor allem, wenn er versuchte, ein Gespräch mit mir anzufangen. Er hatte fünf Minuten damit verbracht mir zu erzählen, dass er noch mehr Emu-Hinterlassenschaften in den Büschen gefunden hatte, hatte am Ende eine Pause gemacht und wohl darauf gewartet, dass ich lachte, aber ich hatte nur genickt und mich aufs Essen konzentriert, hatte versucht, die peinliche Stille zu ignorieren, die darauf folgte. Heute Morgen hatte er diese ausschweifende Geschichte erzählt, dass das Bett im Gästezimmer kaputt war und hatte angefangen zu erklären, warum er dachte, dass Colorado etwas damit zu tun hatte und dass es repariert werden musste, bevor Dan zu Besuch kam. Ich konnte nicht einmal darüber nachdenken, dass mein Bruder heute ankommen würde, darum hatte ich den Rest meiner Eier in mich hineingeschaufelt und dann seine Rede unterbrochen, um zu verkünden, dass ich mich duschen musste.

Ich denke, dass es vielleicht ein uns gibt?

Warum hatte ich das gesagt? Was hatte ich mir dabei gedacht? Ich war nicht die Art Mann, der Statements abgab, für den Fall, dass sie falsch interpretiert wurden. Ich hatte das Wort *gibt* betont, so angedeutet, dass ich mir tatsächlich ein uns vorstellte, zur Hölle, ich ging im Geiste auf die Knie und bettelte darum, dass es ein uns gab. Bis zu dem Moment, als ich ihn geschmeckt hatte, hatte es nie eine solide, reale Vorstellung von *uns* gegeben.

Nur die Fantasien, nur die Selbstbefriedigung unter der Dusche zu Gedanken an ihn.

Oh, und ihm zuzusehen, wenn er die Müslischüssel

auffüllte und zu denken, dass er niedlich-heiß war und zum Küssen einlud, wenn er konzentriert an seiner Unterlippe knabberte. Oder wenn er den Quilt-Überzug auf meinem Bett wechselte und in das Material krabbelte, um die Ecken zu erwischen. Wer machte so etwas? Und wer auf dieser Erde konnte etwas so Niedliches gleichzeitig so verdammt sexy aussehen lassen?

Natürlich war da auch noch die Tatsache, dass ich ihn, wenn er kochte, Kaffee machte, ging, redete oder atmete, so sexy fand, dass ich hart wurde, wann immer er einen Raum betrat. Das musste sexuelle Anziehung sein, die durch erzwungene Nähe hervorgerufen wurde. Ich hatte das gegoogelt und es war nicht überraschend, dass ich meine Emotionen nicht in den Griff bekam. Schließlich war es eine lange Zeit her, seit ich tatsächlich mit einem Mann zusammen gewesen war und das war Aarni gewesen, dem es großes Vergnügen bereitet hatte, mir das Gefühl zu geben, benutzt worden zu sein und der mich sowohl physisch als auch mental eingeschüchtert hatte. Ich musste kein Experte sein, um zu wissen, dass das, was Aarni und ich gehabt hatten, sich nur um Kontrolle gedreht hatte.

Du bist gerne sicher. Du musst wissen, dass ich derjenige bin, der die Kontrolle hat. Es hatte an Aarnis subtilen Hinweisen, dass ich ein bedürftiges, hilfloses Kind war, das nicht wusste, was es wollte, keine Zweifel gegeben. Ich hatte ihn diese Dinge zu mir sagen lassen und ich hatte nicht einmal Widerworte gegeben.

„Wann kommt Dan an?", fragte Apollo direkt hinter mir.

Ich wirbelte so schnell herum, dass ich das Gleichgewicht verlor und mich an den nächstgelegenen Halt klammern musste, um nicht umzufallen. Dummerweise war der nächstgelegene Halt Apollo, der sich gegen mein Gewicht stemmte und mir half, aufrecht zu bleiben. Er musterte mich vorsichtig, als ob er darauf wartete, dass ich floh, aber ich trat nur zurück und klopfte mich ab, ohne seinem Blick zu begegnen.

Dan besuchte mich in seiner neugefundenen Freizeit, weil das Philadelphia-Team von einem entschlossenen Railers-Team mit vier zu null aus der ersten Runde des Stanley Cups gekickt worden war. „Er hat geschrieben und gesagt, dass er in dreißig Minuten da sein wird", sagte ich und nahm an, das wäre ausreichend, aber Apollo nahm diese Antwort eindeutig und rannte damit los, als hätte ich eine ganz neue Debatte angestoßen. Ich war nervös, Dan zu sehen, hatte schreckliche Angst. Ich wusste, dass er mich im Krankenhaus besucht hatte, mitfühlend und den Ärzten befehlend, dass sie mich in Ordnung bringen sollten und dass er für mich da sein würde. Ja, er hatte mit Adler die Hilfe hier organisiert, aber er verbrannte nicht wirklich Akkulaufzeit am Handy, um mich jeden Tag zu fragen, wie es mir ging. Er verhielt sich mir gegenüber komisch und ich war mir sicher, dass er das Gefühl hatte, als hätte er keinen Platz in meinem Leben. Aber lag das nur daran, dass ich ihn abblockte?

Das funktioniert in beide Richtungen. Du könntest ihn anrufen. Dann überzeugte meine dämliche Psyche mich, dass Dan besser dran war ohne seinen dämlichen kleinen Bruder, dass er recht gehabt hatte, von zu Hause wegzugehen, um seinen Träumen nachzujagen und dass es meine Schuld war, dass wir uns nicht nahestanden.

„Weißt du, was du und Dan macht?" Apollo stemmte seine Hände in seine Hüften und schaute mich an und ich wollte sagen, dass Dan und ich uns umkreisen, Small Talk machen würden und dann würde er gehen. „Erde an Henry? Werdet ihr ausgehen oder muss ich kochen?"

Ich zuckte mit den Schultern, schüttelte dann noch meinen Kopf. Ich musste Dan Dinge erzählen, ihn warnen, sein Geld von Mom und Ed fernzuhalten, gleichzeitig wissend, dass er niemals etwas so Dummes tun würde, wie ich es gemacht hatte. Dan würde entsetzt sein, er würde weniger von mir halten und das war die Sache, der ich mich heute stellen musste. Der Gedanke an Essen, sogar das fantastische Essen, das Apollo gekocht hatte, bereitete mir Übelkeit.

„Na gut, nun, ich werde ein paar Dinge vorbereiten und du kannst es mir einfach sagen und alles, was wir nicht essen, kann ich für später einfrieren." Er wartete auf eine Antwort von mir, aber ich drehte mich von ihm weg.

Ich war nicht in der Lage, mit Apollo zu reden, nicht nur würde ich alles wieder ins Chaos stürzen, mein Kopf war auch zu voll mit den Dingen, die ich zu Dan sagen würde. Er war mein großer Bruder, sieben Jahre älter. Er hatte sich nicht entscheiden, Mom und Ed seine Finanzen zu überlassen, er war ein echter *Mann* gewesen und hatte über das Team Leute angeheuert, die sich für ihn um alles kümmerten. Andererseits war er in der ersten Runde genommen worden und alles war für ihn wahrscheinlich schon von seinem Team organisiert gewesen. Ich hingegen hatte mich zur NHL hinaufgearbeitet und war irgendwie durch die Maschen gerutscht. Ich hätte mit ihm reden, seine Anrufe erwidern, versuchen sollen, meinen großen Bruder als Erwachsenen kennenzulernen, aber er war es gewesen, der mich alleingelassen hatte, nachdem Dad gestorben war. Ich machte ihm keinen Vorwurf, dass er gegangen war, das redete ich mir zumindest ein. Ich hatte mir gestattet zu denken, dass es in Ordnung war, wenn wichtige finanzielle Entscheidungen von Ed getroffen wurden. Also ja, Dan und ich hatten viel zu besprechen und jetzt da seine Saison vorbei war, war es für mich an der Zeit, in jeder Hinsicht ehrlich zu sein.

Andererseits könnte ich so tun, als wäre alles in Ordnung, so wie ich es die letzten paar Monate getan hatte.

„Ist Huhn in Ordnung?", fuhr Apollo fort. „Ich weiß, dass einer von Adlers Freunden ein Problem mit Huhn hat, sagt, dass es ihn an Eichhörnchen erinnert, obwohl ich eigentlich dachte, es wäre andersherum, aber ich will auch nicht fragen, warum der Mann ein Eichhörnchen gegessen hat. Wenn ich so darüber nachdenke, war es nicht Dan, der das gesagt hat", plapperte Apollo.

„Wir essen auswärts", schnappte ich, bereute es, als Apollo zusammenzuckte. „Es tut mir leid. Ich bin nur gestresst. Du hast jedes Recht, jetzt wütend auf mich zu sein." Nur der Himmel wusste, warum ich das gesagt hatte. Vielleicht wollte ich, dass er verlangte, dass ich endlich erwachsen wurde und aufhörte, herumzueiern, dass er mich anschrie, mir sagte, dass ich ein dämlicher Idiot war – denn das verdiente ich dafür, dass ich die Beherrschung verloren hatte. Stattdessen schenkte er mir ein schiefes Lächeln und tätschelte meinen Brustkorb.

„Schon gut", murmelte er mit seiner sanftesten Stimme. „Ich verstehe das."

Dann ging er, bevor ich etwas sagen konnte, und Schuld überkam mich, weil ich ihn angefahren hatte, schnell gefolgt von Verwirrung, was genau er gemeint hatte. Wie konnte er überhaupt wissen, was gerade in meinem Kopf vor sich ging? Himmel, er kannte wahrscheinlich meinen *eigenen* Bruder besser als ich, wegen Dans Freundschaft mit Adler. Schmollend, unglücklich und mit beginnenden Kopfschmerzen marschierte ich um den Pool. Zwei Mal. Dann folgte ich einem Weg in Richtung des hinteren Endes des Gartens, blieb im Schatten und wich einem weiteren Haufen Emu-Hinterlassenschaften aus, die ich wirklich wegräumen sollte, nachdem Dan weg war. Wohin brachte man Emu-Scheiße, sobald man sie eingetütet hatte? Landete sie im Mülleimer? Was, wenn ich sie da reinwarf und Ärger bekam? War das ein Vergehen? Ich konnte die Schlagzeilen schon sehen.

Hockeyspieler muss Strafe für Fehltritt mit Emu-Hinterlassenschaften bezahlen

Hockeyspieler muss wegen Fehltritt mit Emu-Hinterlassenschaften ins Gefängnis

Hockeyspieler, der nicht mehr spielen kann, *muss wegen Fehltritt mit Emu-Hinterlassenschaften ins Gefängnis*

Todeszelle für den ehemaligen Hockeyspieler, der all

sein Geld an seine Mom verloren hat und bei einem missbrauchenden Ex gelandet ist, weil er nichts dagegen unternommen hat …

Mein Brustkorb schmerzte und ich presste eine Hand gegen mein Brustbein, als die Panik sich in mir aufbaute. Ich sank in einen Schneidersitz zu Boden und versuchte, meine Atmung zu beruhigen. Was sagte meine Therapeutin immer, atme, zähle, atme, zähle, denke an verdammte fluffige Einhörner und Regenbögen.

Warum funktioniert es nicht?

„Hey, Junge, es ist alles gut." Dan war neben mir, setzte sich neben mir auf den Boden, legte einen Arm um meine Schulter und zog mich an sich. Er hatte das im Krankenhaus gemacht, mir gesagt, dass am Ende alles gut werden würde, aber er hatte damals nicht überzeugt geklungen oder vielleicht hatte ich nur projiziert. Was auch immer, ich hatte ihm damals nicht geglaubt und ich glaubte ihm jetzt nicht.

„Das weißt du nicht", schaffte ich heraus zu zwingen, wand mich aus seinem Griff und schaute zu ihm auf.

Er sah verwirrt aus und ich dachte, dass er verletzt war, weil ich mich von ihm weg bewegt hatte. „Was kann ich tun, um zu helfen? Gibt es etwas, worüber du reden möchtest? Ist es dein Kopf? Muss ich die 911 rufen? Oder Apollo? Oder beide?"

Ich konnte nicht glauben, dass mein zwei Meter großer, knallharter, Hockey spielender Bruder hier unten bei mir saß, mich umarmte und beruhigend auf mich einredete. Nicht, dass er keine Sanftheit in sich hatte, aber wir waren, als wir noch zusammengelebt hatten, immer eher die streitenden Geschwister gewesen und ich zog meistens den Kürzeren. Im Krankenhaus hatte ich keine Umarmungen gewollt, weil mir alles wehgetan hatte und weil ich nicht gewollt hatte, dass er so tat, als würde er mich lieben, nur weil ich gebrochen war.

„Nein, ich brauche niemanden", sagte ich, aber Tränen schnürten meine Kehle zu. Auf gar keinen Fall würde ich in den Armen meines Bruders weinen. „Ich will nicht reden."

„In Ordnung, das musst du nicht." Er kam näher und umarmte mich erneut und dieses Mal hielt er mich fest und ließ mich nicht los. „Aber ich bin hier, um zuzuhören, wenn du reden willst, okay? Wem sonst kannst du so sehr vertrauen wie deinem großen Bruder? Hm?"

„Es ist lange her, dass ich einen großen Bruder hatte", fauchte ich und bereute sofort, dass ich meine Wut aus mir herausgelassen hatte, weil ich es verbockt hatte und Dan wütend auf mich sein würde. Ich machte mich so klein wie möglich und wartete darauf, dass er anfing zu schreien oder mich zu schlagen oder, schlimmer noch, dass er ging.

„Das habe ich verdient." Dans Tonfall war komplett gebrochen. „Ich weiß, dass ich Mist gebaut habe, aber ich war immer dein Bruder. Ich war nur so verloren und … verdammt. Als Dad gestorben ist … Er war derjenige, der mit uns zu den Spielen gefahren ist. Erinnerst du dich an das Letzte? Boston hat-"

„Nein, ich erinnere mich an gar nichts davon",

unterbrach ich ihn, ehe er mit liebevollen Erinnerungen an Dinge anfangen konnte, die er mit Dad gemacht hatte und an die ich mich nie erinnern würde. Ich war erst sechs gewesen, als er gestorben war und ich hatte nicht diese klaren Erinnerungen wie Dan. „Es tut mir leid, rede weiter, ich wollte nicht so …"

„Wütend sein? Du hast jedes Recht, wütend auf mich zu sein."

Ich wollte nicht wütend auf ihn sein, schließlich war er die einzige Person, die ich noch hatte, die vielleicht bedingungslose Liebe für mich empfand und die nicht versuchen würde, mich zu verletzen. „Du hast mich verlassen, Dan", sagte ich traurig. „Du hast mich nicht mitgenommen." *Himmel, konnte ich noch armseliger klingen?* Ich kniff meine Augen fest zu.

„Es tut mir leid." Sein Tonfall war so leise und er rutschte auf dem harten Boden noch näher zu mir. „Ich bin jetzt hier und ich möchte die Dinge wieder anschieben. Als ich dich im Krankenhaus besucht habe, Henry, da hast du so zerbrechlich ausgesehen. Ich erinnere mich an dich als dieses Kind, das gut zurechtkam und plötzlich hast du mich gebraucht und es hat mir schreckliche Angst gemacht, das zu sehen. Ich war so daran gewöhnt, dass ich allein bin und ich habe versucht, die Dinge in Ordnung zu bringen." Er klang frustriert. „Ich habe es nicht richtig gemacht. Vielleicht kann ich dir nicht helfen, weil ich es in der Vergangenheit verbockt habe, aber ich möchte es versuchen. Ich möchte ein besserer Bruder sein."

Er hatte recht, dass er mir nicht hatte helfen können. Wer, abgesehen von meiner Therapeutin, konnte mir helfen? *Vielleicht Apollo*. Ich schuldete es Dan, ihm das von Mom zu erzählen, für den Fall, dass sie irgendetwas mit seinem Geld zu tun hatte. Was, wenn er eines Tages, wie durch ein Wunder, entschied, dass die Mom, mit der er nie redete, zusammen mit Ed-dem-Arschloch, sein Geld verwalten sollte? Dann waren da noch Aarni und die Tatsache, dass Dan nicht die gesamte Geschichte kannte und vielleicht, wenn ich ihm erzählte, wie erbärmlich ich gewesen war, konnte er entscheiden, ob er wieder in meinem Leben sein wollte. Und ich wollte mit jemandem reden, irgendjemandem, der nicht meine Therapeutin war, über Apollo und meine seltsamen, lusterfüllten Gefühle, bei denen es um mehr als nur Sex ging.

„Mom und Ed haben all mein Geld genommen und ich kann nicht spielen, weil ich den Puck nicht sehen kann und ich glaube, dass ich mich in den Mann verliebe, der sich um mich kümmert und liegt das daran, dass ich erbärmlich bin, und weißt du was? Ich bin fertig." Ich platzte mit allem in einem langen Satz heraus.

Dan versteifte sich neben mir. Dann wählte er den ersten Punkt von der Liste. „Was?"

„Dan-"

„Ich habe Getränke gebracht", unterbrach Apollo und erschreckte uns beide. Ich schaute zu ihm und auf den breiten Heiligenschein, den die Sonne um ihn schuf, als er ein Tablett mit eiskalter Limonade neben uns abstellte. „Für den Fall, dass ihr hier unten auf dem Weg bleiben wollt, obwohl wir Stühle haben." Er deutete ein paar Schritte weiter auf das Sonnensegel mit den

Stühlen darunter, und dann, mit einem extra Lächeln und einem Nicken für Dan, ging er.

„Ist es für dich in Ordnung, wenn wir das verlegen, weil es eine lange Saison war und ich nicht jünger werde." Dan hatte Mühe aufzukommen, entlastete sein schlechtes Knie, das Prellungen an der Wade aufwies und ich konnte sehen, dass die brutalen Spiele am Ende der Saison ihren Tribut von seinem Körper gefordert hatten. All diese Opfer und harte Arbeit und sein Team war in der ersten Runde von den Railers rausgeworfen worden, aber zumindest hatten sie es bis dahin geschafft – anders als mein Team. Die Raptors waren noch Jahre davon entfernt, um den Stanley Cup zu spielen. Er streckte eine Hand aus und ich nahm sie, damit er mir aufhelfen konnte. Er umarmte mich kurz, dann setzten wir uns auf die Stühle. „Fang von vorne an, Henry. Erzähl mir alles."

„Ich wurde nicht gedraftet und ich … sie hat gesagt, dass sie sich um das Geld kümmern würde und als ich den Vertrag mit den Raptors bekommen habe, es ist nur ein Rookie-Vertrag, aber es war … sie hat alles genommen."

Er murmelte etwas über Mom und ich zuckte zusammen. „Sie hat es wie genommen?", fragte er nach einer kleinen Pause.

Scham brannte in mir und ich konnte seinem nachdenklichen Blick nicht wirklich begegnen. Wer ließ schon zu, dass er in so eine Situation geriet? Ganz sicher nicht er mit seinem Haus und seinem Auto und seiner wunderschönen Verlobten, mit der Hochzeit, die für den Sommer geplant war. Er hatte Verträge, die Millionen wert waren, Sponsorenpakete, die bedeuteten, dass er Tausende nur dafür erhielt, dass er die richtigen Handschuhe benutzte oder am Wochenende die richtigen Sneaker trug. Er war alles, was ich sein wollte und es ging dabei nicht nur um das Geld, es war die Aura der Kontrolle, die ihn umgab. Ich hätte ihm sagen können, dass er gehen sollte, weil er gesagt hatte, dass er unsere Beziehung in Ordnung bringen wollte, aber dazu konnte ich Nein sagen und hätte ihm nicht all die Geheimnisse erzählen müssen, die ich in meinem Herzen trug. Ich seufzte schwer.

„Es ist meine Schuld, das weiß ich." Verdammt, wie viele meiner Sätze fingen damit an. Meine Therapeutin meinte, dass ich das nicht mehr sagen sollte, weil es all meine Worte in die Defensive setzte, aber es war schwer, mit dieser Angewohnheit zu brechen. „Es war einfach, ihr die Kontrolle zu überlassen, und sie hat zugelassen, dass Ed alles investiert, dann hat er alles verloren und jetzt schuldet das ganze Konstrukt Investoren Geld. Ein forensischer Buchhalter arbeitet an den Einzelheiten, aber ich weiß nicht, wie viel ich schulde oder wozu ich mich verpflichtet habe." Es entstand ein langes Schweigen, eine Pause, in der mein organisierter Bruder mich anstarrte, als wäre ich verrückt geworden und dann sah ich, wie die Erkenntnis sich auf seinem Gesicht breitmachte.

„Aber du musst Dokumente unterzeichnet haben?"

„Das habe ich. Erinnerst du dich an Oscar Bledford? Er hat sie mir gebracht, aber er schwört, dass er nichts von dem gewusst hat, was Ed und Mom gemacht haben."

„Ja und mein Name ist Wayne der verdammte Gretzky", murmelte Dan. „Was hat die Polizei gesagt?"

Ich ignorierte diese Frage, weil das Gesetz einzubeziehen im Moment nicht auf meiner To-do-Liste stand. „Bledford ist nicht länger mein Anwalt."

„Henry? Schau mich an." Ich hob mein Kinn und begegnete seinem Blick. „Was hat die Polizei gesagt, Henry?" Er streckte die Hand aus und legte sie auf mein Knie, und diese sanfte Berührung brachte mich beinahe dazu, zu weinen wie das Kind, das ich innerlich war.

„Was soll ich tun?", fragte ich unglücklich. „Meine Mutter anzeigen?"

„Sie ist auch meine Mom und Himmel, Junge, wenn sie bei Eds Plan mitgemacht hat, dann Ja."

„Ich bin kein Junge", verteidigte ich mich, was eine instinktive Reaktion war, geformt in den Jahren, als die Leute mich *Junge* genannt hatten. Ich war ein erwachsener Mann und ich war es leid, dass die Leute das sagten.

„Nein, bist du nicht, es tut mir leid. Ich hätte bei dir bleiben sollen oder, zur Hölle, dich mitnehmen sollen."

Ich krümmte mich vor Schmerz vornüber und vergrub mein Gesicht in meinen Händen. Wie viele Nächte, nachdem Dan gegangen war, hatte ich mir gewünscht, dass er mich mitgenommen *hätte*. Jene Nächte, in denen Mom so anstrengend war, dass ich ihren strengen Regeln nicht entkommen konnte, jene Nächte, in denen sie einen neuen Mann mit nach Hause brachte und jedes einzelne Mal verkündete, dass sie verliebt war und dann die Tage, an denen sie meine

Karriere gnadenlos kontrollierte, vom Training bis hin zum Geld.

Dann, als sie Ed kennengelernt hatte.

Bei den seltenen Gelegenheiten, wenn ich Dan gesehen hatte, sah ich seine Welt mit einer Tonne anderer Optionen, aber das war für mich nie real oder möglich. Zuerst Mom und dann Ed sagten mir, dass ich bei *dieser* Veranstaltung dabei sein musste oder *diesem* Training oder dass ich *jenen* Experten treffen musste und langsam aber sicher waren Dan und ich auseinandergedriftet. Er war sieben Jahre älter als ich, wir waren in unseren Leben so lange auf verschiedenen Leveln gewesen, und erst jetzt, in meinem ersten Jahr in der NHL, hatte ich das Gefühl, dass wir etwas gemein hatten.

Dann ging er mir direkt an die Gurgel. „Was ist mit deinem Agenten?"

„Sie hatten ihn auch unter Kontrolle." Es war mir peinlich, das zuzugeben, aber Mom hatte es so gut verstanden, mir den Druck zu nehmen, als ich mich in die NHL gekämpft hatte. Dann, als die Sache mit Aarni angefangen hatte, hatte ich nicht einmal daran gedacht, zu verfolgen, was sie machte.

„Es ist alles weg?"

„Ja und ich muss noch einiges bezahlen."

„Scheiße", sagte er und griff nach meiner Hand, hielt sie fest. „Wie bekommen wir es zurück?"

Die Tatsache, dass er das Wort *wir* verwendete, erleichterte mich ein wenig. Wie wäre es, wenn ich jemanden in meinem Leben hätte, der mir helfen konnte, ohne im Gegenzug etwas zu verlangen? Jemand, der meine Schlachten für mich schlug, wenn ich das brauchte, der aber gleichzeitig neben mir stand und sein Breitschwert schwang, wenn wir uns in den Kampf stürzten. Dan und ich, mein Bruder und ich, wir beide zusammen gegen die Welt. Ich wollte das so unbedingt, dass ich sogar nur ein klein wenig nehmen würde.

„Mir ist das Geld, das sie genommen haben, egal", gab ich nach einer Pause zu. „Ich werde nicht zur Polizei gehen und Mom kann behalten, was immer sie hat, aber ich bin mit ihr fertig, solange sie mit Ed zusammen ist."

„Henry-"

„Nein, das ist eine Sache, bei der ich mir sicher bin. Der Rest, das Geld, das ich schuldig bin, das ist der Teil, bei dem ich im Moment nicht weiß, was ich tun soll."

Dan rutschte seinen Stuhl näher zu mir. „Wir bringen das gemeinsam in Ordnung", fing er an. „Es tut mir leid, dass ich dich alleingelassen habe. Wenn ich nur weniger Zeit damit verbracht hätte, zu spielen und mehr damit, an meinen kleinen Bruder zu denken."

Ich wusste, dass er etwas in der Richtung sagen würde und wollte ihn auf der Stelle verteidigen, aber das machte ich immer. Ich entschuldigte die Entscheidungen anderer Menschen, sogar wenn sie mein eigenes Leben schwieriger machten, weil ich es nicht verdiente, dass sie …

Du verdienst alles.

„Du hattest eine Karriere, was dachtest du, hättest du sonst tun können? Für mich zu Hause bleiben?"

„Nachdem Dad tot war und Mom und ich uns nicht einig waren, vielleicht, ja." Er räusperte sich.

„Wir reden noch über Mom und was wir da unternehmen. Außerdem habe ich Geld, mehr als ich brauche. Ich werde dir etwas überweisen, damit du alles, was du schuldig bist, zahlen kannst, sobald wir eine definitive Summe von dem Buchhalter bekommen."

„Ich will nicht-"

„Das steht nicht zur Diskussion. Jetzt erzähl mir den Rest. Was ist das mit diesem Mann, der sich um dich kümmert, in den du dich verliebst? Ich nehme an, du meinst den niedlichen und sexy Apollo?"

Da konnte ich ihn nicht ansehen, weil ich ihm zuerst von Aarni erzählen musste und ich wollte nicht, dass ein Gespräch über den Sonnenschein und das Leben, das Apollo verkörperte, damit ruiniert wurde, die Sache mit Aarni zu erklären.

„Aarni hat mich missbraucht", platzte ich heraus, dachte, dass ich mich weniger wie ein Mann fühlen würde, wenn ich das zugab, aber genau genommen fühlte ich mich, als ob mir ein großes Gewicht von den Schultern genommen worden war. Dan war die erste Person außerhalb der Therapie, der gegenüber ich das wirklich zugegeben hatte.

Jetzt schloss Dan kurz seine Augen. „Ich werde ihn umbringen."

Irgendwie schaffte ich angesichts seines wilden Tonfalls ein Lächeln. „Als der Chirurg mir gesagt hat, dass ich vielleicht nicht wieder Hockey spielen kann, hatte ich dich bitten wollen, ihn umzubringen. Zur Hölle, *ich* wollte ihn umbringen, aber Nein, es ist auch meine Schuld. Er war derjenige, der mich verletzt hat und ich dachte, ich war derjenige, der es zugelassen hat-"

„Himmel-"

„Lass mich ausreden. Ich weiß, dass ich nicht *zugelassen* habe, dass mir das passiert. Ich hatte Sitzungen mit einer Therapeutin und ich weiß im tiefsten Inneren, dass ich nicht schwach bin und dass er ein manipulativer Partner war, den Kontrolle geil gemacht hat." Wow, das war eine Menge, um es einem anderen Mann gegenüber zuzugeben, sogar wenn der mein Bruder war. Toxische Männlichkeit existierte und ich war darin gefangen gewesen, weil ich gestattet hatte, dass es mir Angst machte darüber zu reden.

„Verdammtes Arschloch", knurrte Dan.

Ich machte weiter mit dem, was ich zu sagen hatte. „Meine Probleme mit dem Sehen, dass ich gebrochen und kaputt bin, das ist meine Schuld. Ich hätte *niemals* in das Auto einsteigen sollen. Ich hätte es besser wissen müssen. Wenn ich nie wieder spielen kann, dann werde ich mich eines Tages damit abfinden."

Dan stand so plötzlich auf, dass der Stuhl nach hinten umfiel und da meine Hand immer noch in seiner lag, zog er mich hoch in eine schnelle Umarmung.

„Lass uns gehen", sagte er und zog mich in Richtung Haus, wo ein verträumter Apollo in der Küche stand, mit Schüsseln und Löffeln hantierte und etwas köstlich Riechendes kreierte.

„Mittagessen?", fragte er.

Dan schüttelte seinen Kopf. „Können wir es mitnehmen?"

Ohne eine Miene zu verziehen, zog Apollo Behälter

heraus und packte das Essen ein, während ich sitzen musste, wo man es mir gesagt hatte. Dan verschwand den Flur hinunter, Gott weiß wohin. Er kam zehn Minuten später mit Hockeytaschen über seiner Schulter zurück, beschwerte sich darüber, wie groß das Haus war und wie zur Hölle irgendjemand irgendetwas finden konnte und fügte dann noch hinzu, dass Adler ein reicher Mann war, der beim Hockey betrog. Zur Hölle, wir hatten noch gar nicht darüber gesprochen, dass Dans Team aus dem Kampf um den Cup ausgeschieden war oder dass es Adlers Team gewesen war, das sie fertiggemacht hatte, aber das war die geringste meiner Sorgen.

„Warum hast du meine Ausrüstung?"

„Du hast mir geschrieben und gesagt, dass du wieder auf dem Eis warst, seit du aus der Reha entlassen worden bist."

„Einmal und es war eine absolute Katastrophe-"

„Los geht's", wies er an und Apollo folgte ihm mit dem Essen und Getränken, bis nur noch ich in dem riesigen Foyer stand und auf den Kronleuchter starrte.

„HENRY!", schrie Dan von draußen.

Ich ging hinaus, resigniert und ohne Hoffnung, dass irgendetwas Positives sich aus dem ergeben würde, was Dan vorhatte, was es auch sein mochte. Als wir vor dem Stadion der Raptors hielten, konnte ich das furchtvolle Stöhnen nicht unterdrücken. Dan überredete und schob und befahl mir, bis ich drin war und schließlich, während Apollo mich beobachtete, trug ich Schlittschuhe. Sie waren zu eng oder zu locker, ich konnte es nicht sagen, ich wusste nur, dass sie sich falsch anfühlten und dass, wenn ich aufs Eis ging, ich auf meinen Hintern fallen würde.

Ich kann mich nicht daran erinnern, wie man fährt, ich kann das nicht. Ich bin kaputt, ich kann nicht sehen und das Eis ist so weiß, dass es mir in den Augen wehtut.

Und dann reichte Dan mir mit einer Verbeugung meinen Schläger und plötzlich wusch ein Gefühl der Ruhe über mich.

Apollo wartete am offenen Tor und ich stieß unsere Fäuste zusammen, schaute sein wunderschönes Lächeln an, das sich in ein Grinsen verwandelte. Mein erster Schritt aufs Eis fühlte sich an, als würde ich nach Hause kommen, der Geruch, das kratzende Gefühl, die Schärfe der Kufen, das Gewicht meiner Ausrüstung und das Gefühl meines Schlägers. Ich stieß mich ab, glitt ein wenig dahin, machte dann einen Schritt, und noch einen, wurde schneller, Dan kam neben mich, sah seltsam aus im Braun und Rot der Raptors, mit Rykers Nummer auf seinem Rücken. Er musste es irgendwoher bekommen haben, aber ich fragte ihn nicht, dachte nur, wie lustig es wäre, wenn Ryker das sehen würde. Und dann ergab alles Sinn, als zwei weitere Fahrer mit aufs Eis kamen, Ryker und sein Verlobter, Jacob. Mein Fluss kam ein wenig ins Stocken. Das letzte Mal, als ich Ryker gesehen hatte, hatte ich ihn angeschrien, dass er mich in Ruhe lassen sollte.

Er machte eine schnelle Drehung, kam Eis spritzend neben mir zum Stehen und wir schlugen die Fäuste aneinander.

„Hey, Dreiundachtzig." Er benutzte meine Nummer. „Es ist schön, dich zurückzuhaben."

„Ich bin nicht zurück", protestierte ich und schaute zu Apollo, der mich anstarrte, immer noch mit demselben Lächeln.

„Lasst uns anfangen", drängte Dan und wir vier fuhren in trägen Kreisen, vorwärts und rückwärts und schlugen einen Puck aufs Netz. Mir wurde schon bald klar, dass ich niemanden hinter mir sehen konnte, nicht einmal dann, wenn sie links von mir waren. Das verhieß nichts Gutes und mein Enthusiasmus sank, als ich das Netz nach dem letzten Pass verfehlte. Ich konnte jetzt aufgeben, tatsächlich fuhr ich zu Apollo, um einen Schluck zu trinken, und hätte ganz leicht vom Eis gehen und mir selbst gegenüber zugeben können, dass es aus mit mir war. Nur dass Apollo wieder meine Faust anstieß, dabei vor Freude vibrierte und dann mein Oberteil packte und mich vor seinem Bruder, Ryker und Jacob auf die Lippen küsste. Jemand pfiff und ich wusste, dass ich knallrot war.

„Du kannst das", beharrte er und dann küsste er mich erneut und dieses Mal erwiderte ich den Kuss. „Weißt du, was Bryan macht? Er ist der Ersatz-Goalie für die Railers, der mit diesem Tattoo-Typen zusammen ist und -?"

„Ich weiß, wer Bryan ist." Netter Kerl, ein weiteres Opfer von Aarnis krankem Scheiß.

„Nun, wie dem auch sei, er hört auf das Eis."

„Er hört auf das Eis", wiederholte ich.

„Ja."

Dan rief mich zu sich und ich fuhr rückwärts von Apollo weg. *Ich kann das.*

Es war zunächst nicht leicht. Als Hockeyspieler hatte

ich einen Sinn dafür entwickelt, wo sich die Leute auf dem Eis befanden, aber dabei handelte es sich mehr um meine visuelle Wahrnehmung und die fehlte mir jetzt. Alles war aus dem Gleichgewicht, aber meine übliche Art zu fahren zu verlieren, war meine erste Lektion. Ryker und ich übten Pässe, Dan war unser dritter Mann und Jacob war unser spontaner Goalie. Wir fuhren von einem Ende zum anderen, bis wir erschöpft waren oder zumindest bis ich es war und als wir fertig waren, konnte ich Rykers Position vertrauen und der von Dan und ich traf einige der Pucks.

Es war nicht perfekt, aber es war ein Anfang.

„Das sieht gut aus, Henry!", rief Ryker und umarmte mich seitlich. Jacob machte dasselbe, bevor sie davonfuhren, sich auf die Bank setzten und uns beobachteten. Dann standen nur noch Dan und ich in der Mitte des Eises. *Was jetzt?*

Er holte sich einen Puck, fuhr dann davon weg, baute Geschwindigkeit auf, kehrte zurück und schlug den Puck mit seinem stärksten Slap Shot, bei dem der Schläger sich bog, ins Netz.

„Fick dich Adler und die Railers, weil ihr uns besiegt habt!", schrie er, drehte dann eine kleine Feierrunde, schlug sich mit den Fäusten auf den Brustkorb und johlte.

Ich schnappte mir meinen eigenen Puck, machte nach, was er getan hatte, liebte das Gefühl der Geschwindigkeit, wollte mehr und nutzte jedes Gramm meiner Energie. Ich schlug den Puck direkt ins Netz.

„Fick, dich, Sehvermögen!", schrie ich an die Decke

der Halle. Slap Shot um Slap Shot und mit nur einer kleinen Pause dazwischen. Bis ich erschöpft war.

Fick dich, Mom! Fick dich, Aarni! Zur Hölle mit allem!

Und mit den Schüssen kamen Selbstbewusstsein und Entschlossenheit. Ich *konnte* mein Leben zurückgewinnen und es würde jetzt anfangen. Als wir uns geduscht und umgezogen hatten, saßen wir zu fünft in der ersten Reihe über der Bank, aßen Brot und tranken Suppe und schauten auf das Eis, alle still.

Ryker brach das Schweigen. „Du hast so gut ausgesehen. Ich weiß, dass du zum Trainingscamp im August zurück sein wirst."

„Mit Leichtigkeit", stimmte Dan zu.

Dann lag es nur noch an mir und obwohl mir alles wehtat, ich Kopfschmerzen hatte und meine Sicht verschwamm, nickte ich. „Zur Hölle, ja."

SIEBEN

Apollo

Manchmal denkt eine Person, sie verliebt sich in jemanden und dann umsorgt sie die zarten kleinen Knospen wie ein Gärtner seine Sämlinge. Dann gibt es die Romanzen, die überhaupt nicht wie dürre Sämlinge sind, sie sind eher wie die Peitschende Weide, wo der Baum einen Mann hochhebt und ihn herumwirbelt wie eine Lumpenpuppe. Ich befand mich gerade dabei, herumgewirbelt zu werden, und das erfreute mich und machte mir gleichzeitig Angst.

Henry war alles, was ich mir je von einem Mann erträumt hatte – groß, stark, athletisch, gut aussehend, nett, süß, schüchtern, hatte ein großes Herz, war ein hervorragender Küsser. Andererseits hatte Jean-Claude auch all diese Punkte abgedeckt und seht, wo ich gelandet war. Darum tanzte ich einerseits vor Freude, weil ich ihn gefunden hatte, und hatte gleichzeitig schreckliche Angst, dass ich erneut von einem untreuen Mann herumgewirbelt wurde. Außerdem, und das war ein Problem, wurde ich dafür bezahlt, sein Assistent zu sein. Es fühlte sich für mich absolut eklig an, dass ich gutes Geld von Adler nahm, um mit dem Mann, um den ich mich eigentlich kümmern sollte, zu flirten und ihn zu küssen.

„Warum ist nichts einfach?", seufzte ich, bewegte mich mit einem Staubwedel in der Hand durch eines der viertausend Schlafzimmer in der Villa. Ich stoppte, um einen Blick nach draußen zu werfen, dann, weil ich in letzter Zeit dazu neigte, abzudriften, tappte ich durch die offene Tür, neigte meinen Kopf nach hinten und ließ die herrliche Sonne auf mein Gesicht scheinen. Die Hände auf dem Geländer, die Arme ausgestreckt, während der heiße Wüstenwind meine Wangen kitzelte, schloss ich meine Augen und ließ die Musik aus dem Handy in meiner Gesäßtasche und die Strahlen der Sonne meine Sorgen wegschmelzen. „Crazy for You" summte an meinem Hintern und eine Biene brummte an meinem Ohr. Madonnas Stimme verursachte ein Kribbeln, der Songtext schickte ein Schaudern an meinem Rückgrat nach unten.

„Hey, Apollo!", rief Henry. Ich schaute nach unten und da stand er, ohne Oberteil, mit kurzer Laufhose und Sneakern, seine Haut war feucht von Schweiß, er hatte ein Lächeln im Gesicht, weil er von seinem morgendlichen Lauf hinauf in die Berge zurück war. Dank sei der Jungfrau, dass ich das Geländer gut gepackt hatte, weil ich sonst auf die Veranda geschmolzen wäre wie ein Stück Schokolade in einem zugesperrten Auto. „Bist du mit dem Staubwischen fertig? Wir müssen bis Mittag im Reha-Zentrum sein."

Ich holte mein Handy heraus. Es war zehn nach

neun. Das brachte mich zum Lächeln wie einen Schimpansen, der eine Bananenstaude gefunden hatte. Ich liebte die Eigenheiten dieses Mannes wirklich. Mit ihm an meiner Seite würde ich nie wieder irgendwo zu spät sein.

„Geh dich duschen, ich kann den stinkenden Mann bis hier rauf riechen!", schrie ich nach unten. Er schnüffelte an seiner Achsel, zog dann ein Gesicht, als ob er gerade am Hintern eines Stinktiers gerochen hätte. Ich heulte vor Lachen. „Geh dich waschen. Ich bin bereit, sobald du sauber bist."

Er wirbelte sein Tanktop durch die Luft und verschwand dann unter mir, kam durch den Seiteneingang des Fitnessraums. Ich blieb noch für ein oder zwei Momente auf dem Balkon, fragte mich, wie ich es je geschafft hatte, an der Ostküste zu überleben. All der Schnee und das Eis. Ugh. Ich liebte Arizona – das Wetter, die Leute, das Essen, alles. Es würde so schwierig sein, im Herbst zu packen und wieder zurück nach Pennsylvania zu gehen. Zum Glück hatten Henry und ich den ganzen Sommer.

Es war bereits Mitte Mai, die Play-offs nahmen Fahrt auf und es sah so aus, als würden die Railers ins Finale kommen. Ich vermisste Adler schrecklich und betete, dass wenn die Railers es bis zum Ende schafften, sie gegen ein Westküstenteam spielten, damit er mich besuchen oder wir zu einem Spiel fliegen konnten.

Ich staubte fertig ab und ging dann in die Küche, um einen Krug *Agua de Jamaica* zu machen, ein frisches, süßes Getränk, das meine Mutter im Sommer immer für die Lockhart-Familie zubereitete. Ich hatte es einmal gemacht und Henry hatte es geliebt, darum versuchte ich jetzt, immer welches dazuhaben. Ich vermisste auch Mama. Ich hatte versucht, sie zu überreden, in den Ruhestand zu gehen, genau wie Tía Sofía, aber sie war zu stur und zu stolz, ihre Rolle als Chefin der Hausangestellten der Lockharts aufzugeben. Vielleicht konnten ihre Schwester und ich sie eines Tages hierherlocken. Sie hatte letzten Winter gestanden, dass die Kälte anfing, ihren Händen Probleme zu bereiten.

Während Henry duschte, ließ ich die Hibiskusblüten auf dem Herd kochen. Sie wuchsen hier im Wintergarten und der Gärtner, Mateo, pflückte sie für mich im Austausch für eine Dose *Torticas de Moron*, kleine kubanische Zuckerkekse mit einer Füllung aus Guave und Zitrone, die ich jede Woche backte. Henry mochte sie auch sehr. Ich würde die Blüten ziehen lassen, während wir weg waren. Dann, wenn ich nach Hause kam, würde ich den Zucker und etwas kaltes Wasser hinzufügen und den Krug für das Abendessen kühlen.

Henry traf sich mit mir um kurz nach elf im Foyer. Er trug eine beige Hose, ein weißes Polohemd und Sneaker. Über seine Schulter hatte er eine große Tasche mit einem schreienden Raubvogel auf der Seite hängen. Er kam zu mir, gab mir einen Kuss auf die Lippen und starrte für eine gefühlte Ewigkeit auf mich herunter.

„Was? Habe ich etwas im Gesicht?" Ich wischte über mein Kinn. Er schüttelte seinen Kopf, seine feuchten Haare bewegten sich kaum. „Oh, ich weiß, es ist mein hübsches Gesicht, das dich so bezaubert, nicht wahr?"

„Ja, irgendwie schon."

„Mach weiter." Ich stupste seinen Arm mit meiner

Schulter an. Wir schlenderten in die Garage, standen dann nebeneinander, schauten uns die Autos an, die in dem gewaltigen Raum geparkt waren. „Also, auf was haben wir heute Lust?"

„Den goldenen Alpha Romeo", gab er zurück. Also holten wir die Schlüssel von dem Schlüsselhalter und sprangen in das luxuriöse Sportauto, ich hinter dem Lenkrad, er auf dem Beifahrersitz. „Besitzen die Lockharts keine normalen Autos wie Chevy Impalas oder Toyota Corollas?"

Ich lenkte das Auto zwischen einem Maserati und einem alten Rolls heraus. „Nein, nicht wirklich."

Henry vernetzte mein Handy mit der Stereoanlage, ich klappte das Dach auf und wir donnerten mit „Like a Virgin" in voller Lautstärke nach Tucson. Die schimmernden, verspiegelten Seiten des Santa Catalina Stadions fingen meinen Blick ein, als wir daran vorbeifuhren. Ich schaute zu Henry, der das Stadion anstarrte, als wäre es ein lang vermisster Liebhaber. Seine Stimmung blieb positiv, als wir zum Draper Neurological Rehabilitation and Performance Center abbogen. In diesem Reha-Zentrum war Tennant Rowe nach seiner schlimmen Kopfverletzung gewesen. Henry war hier ebenfalls auf Reha gewesen und revanchierte sich jetzt, indem er Patienten besuchte, eine Tasche voller Raptors-Fan-Merch-Geschenke in der Hand.

Wir kamen durch einen Seiteneingang herein, ich hinter Henry und er warf einen Blick in die Station dort, wurde von vielen, vielen Frauen umarmt und geküsst. Ich hielt mich im Hintergrund, begierig darauf zuzuhören und zu sehen, wie er mit den Angestellten und später den Patienten interagierte. Die Kinder fingen zu strahlen an, als sie ihn sahen, so viele Einwohner von Tucson kannten ihn vom Team. Er verteilte signierte Pucks, Jerseys, T-Shirts und große Plastikbecher mit dem Logo der Raptors darauf. Das hier war nicht Teil von Sebastians PR-Arbeit. Seb und Alex waren den Sommer über in Großbritannien. Nein, das hier war allein Henry, und es sorgte dafür, dass ich ihn noch mehr mochte, wenn das überhaupt möglich war.

„Lass mich die Tasche rausbringen", flüsterte ich, als er die ganzen Kleidungsstücke mit dem Logo der Raptors und die Geschenke verteilt hatte. Henry spielte eine Killer-Runde Kicker mit einem High School Footballspieler, der einen Autounfall gehabt hatte. „Du spielst das zu Ende."

Er schenkte mir ein schnelles Lächeln. Ich tätschelte seinen Arm, hob die große Tasche vom Boden auf und machte mich auf den Weg zum nächsten Ausgang. Glücklich wie eine Lärche freute ich mich auf die Fahrt nach Hause und Henrys sanftes Lächeln und ging an dem Wachmann vorbei, der in dem großen Eingangsbereich saß.

„Hey! Du mit der Tasche. Stehenbleiben", rief er. Ich hielt inne, schaute nach hinten und erstarrte. Mama hatte keinen dummen Jungen erzogen. *Jedes Mal, wenn jemand mit einer Marke und einer Waffe dir sagt, dass du stehen bleiben sollst, dann bleibst du stehen, Bebé*, hatte Mama mir in meinen braunen Kopf gebläut. „Bring die Tasche hierher und lass mich reinsehen."

„Ja, Sir", murmelte ich, ging langsam zu ihm, ließ dabei die Tasche von meiner Schulter in meine Hand gleiten. „Ich habe sie nur ins Auto gebracht. Ich arbeite mit Henry Greenaway."

„Uh-huh, klar tust du das. Wie viel willst du wetten, dass wenn ich diese Tasche öffne, ich gestohlene Sachen darin finde?" Er riss mir die Tasche aus der Hand. Ich trat einen Schritt zurück, dann zwei, brachte mich außer Reichweite eines Schlags mit der Pistole. Wie gesagt, Mama hatte ihren Jungen so erzogen, dass er wusste, wie der Hase lief. „Wenn ich hier drin eine Sache finde, die nicht Bohnenjunge sagt, dann wirst du ein schönes, langes Gespräch mit der Polizei führen."

„Da ist nichts drin. Wir haben alles den Patienten gegeben."

Er schaute mich finster an. Ich presste meine Lippen zusammen. „Wirst du frech, Pedro?" Ich schüttelte meinen Kopf. Er war größer als ich, mit dünnen blonden Haaren und blauen Augen. Auf seinem Namensschild stand Peter Marks. Ich vermutete, dass er ein prahlerischer, rassistischer Arsch war, der sich wünschte, er hätte die Fitnessprüfung für die Polizeiakademie bestanden. „Das solltest du besser nicht, *Amigo*. Wir befördern deinen schmutzigen Hintern über die Grenze nach Mexiko, bevor du Taco sagen kannst."

„Ich bin in Maine geboren", informierte ich ihn. Er hatte wohl einen schlechten Tag oder vielleicht war ich der tägliche Latino, den er aufmischen wollte, aber ehe ich richtig reagieren konnte, hatte Mr Aushilfspolizist mich mit dem Gesicht voran gegen die Wand gedrückt, sein Arm um meine Kehle.

„Habe ich gesagt, dass du reden darfst, du schmieriger kleiner-"

Er zerrte hart an meinem Hals, sein Unterarm drückte sich in meinen Adamsapfel und dann hörte ich ein heftiges Grunzen und der Griff des Wachmanns löste sich. Ich hustete und keuchte, wirbelte herum, während ich meine verletzte Kehle rieb, um zu sehen, wie Henry – mein süßer, schüchterner Henry – vor dem Wachmann ausflippte. Er warf Marks gegen eine Wand und ging dann mit zurückgezogener Faust auf ihn los.

„Stopp, stopp! Henry, bitte, stopp!", flehte ich, hängte mich an seinen rechten Arm.

Er taumelte herum, während ich an seinem Arm hing, seine Augen brannten vor Wut. „Niemand fasst den Mann, den ich liebe, so an!", brüllte Henry. „Entschuldige dich *auf der Stelle* bei ihm!"

Marks spuckte nach mir. Henry wollte erneut auf den Mann losgehen. Ich schaffte es irgendwie, ihn aufzuhalten. Schwestern und Besucher sammelten sich um uns. Die Hölle brach los. Mehr Wachmänner erschienen. Aussagen wurden gemacht, von mir, Henry und jeder POC, die in dem Reha-Zentrum arbeitete. Diese Aussagen über Marks und seine Schikanen, zusammen mit der Videoaufnahme von der Begegnung, reichten aus, um sicherzustellen, dass Peter Marks entlassen wurde. Er drohte, Henry und mich zu verklagen, aber das waren leere Drohungen, da war ich mir sicher. Wenn er vor Gericht ziehen wollte, war das in Ordnung. Ich kannte jemanden, der ein Team aus Anwälten zu seiner Verfügung hatte. Ich fuhr nach Hause, die Fahrt war still, wir waren beide in unseren eigenen Welten verloren. Wir fuhren in die Garage, ich schaltete den Motor aus und dann saßen wir eine ganze Minute da.

„Henry, was da passiert ist-"

„Ich glaube, ich möchte auf dem Wasser treiben."

Ich nickte ihm zu. Er kletterte aus dem Auto. Ich schaute zu, wie er ging, meine Nerven waren am Ende, mein Magen ein knotiges Durcheinander. Ich wusste, wohin er ging – zum Pool. Er liebte es, auf seinem Rücken im Wasser zu liegen und in den Himmel zu starren. Ich gesellte mich in der Regel zu ihm, Tag oder Nacht und dann redeten wir über Dinge, von Kindheitstraumata bis hin zu welchen Avenger wir daten wollten oder welche Katze wir wären, wenn wir in diesem Musical mitspielen würden. Da ich spürte, dass er Zeit zum Verarbeiten brauchte, genau wie ich, schleppte ich meinen Hintern und diese dämliche, leere Tasche in die Villa und ging in die Küche, um das Getränk fertigzustellen und nachzudenken. Ich ließ die Tasche direkt hinter der Tür zu Boden fallen und fing an zu arbeiten. Ich dachte, dass es besser wäre, mich zu beschäftigen. Die Blumen abzuseihen half. Während ich Tasse um Tasse Zucker in den lila-roten Saft goss, spielte ich in Gedanken immer wieder ab, was Henry in der Hitze des Augenblicks gesagt hatte.

Niemand fasst den Mann, den ich liebe, so an.

Meine Hände fingen zu zittern an. Ich stellte den Tee in den Kühlschrank und rannte nach oben. Sobald ich in meinem Zimmer war, kletterte ich ins Bett, berührte Jesus an seinen nackten Zehen, bekreuzigte mich und bat den Himmel um göttliche Intervention.

Der Nachmittag war heiß, die Winde, die von den

Bergen herunterrasten, ließen die Vorhänge wie wild
tanzen, während ich auf meinem Bett saß, darauf
wartete, dass Jesus antwortete. Meine Beine hatte ich im
Lotussitz. Er ließ sich Zeit. Vielleicht hatte er wichtigere
Dinge zu tun, als sich um die verwirrten Probleme eines
schwulen Latino-Mannes in einem niedlichen lila
Jumpsuit zu kümmern. Wahrscheinlich. Wie Kriege und
winzige Babys in Käfigen an der Grenze. Größere
Probleme hatten natürlich Vorrang.

Der Klang eines Platschens kam mit den pfeifenden
Winden herauf. Ich glitt vom Bett, um auf Henry
hinunterzusehen. Er trug seine grüne Badehose, schnitt
durch das Wasser mit starken Bewegungen. Vor und
zurück, Bahn um Bahn. Dann hielt er in der Mitte des
olympischen Pools an und drehte sich auf den Rücken,
seine Arme ausgebreitet, sein Gesicht in den Himmel
gewandt. Ich zog mir meine gelbe Badehose an, die mit
den rosa Flamingos, und ging nach unten zu ihm. Der
Geruch nach Chlor traf mich, als ich auf die kühlen,
beschatteten Fliesen der Veranda trat. Auf leisen Sohlen
begab ich mich zum Pool, die Sonne traf meinen
Rücken, als ich am flachen Ende ins Wasser trat. Ich
ging zwei Schritte nach unten, setzte mich dann, das
Wasser plätscherte um meinen Brustkorb.

Henry drehte sich auf seinen Bauch und sank unter
Wasser, kam ungefähr einen halben Meter vor mir
wieder hoch. Wasser lief über sein Gesicht auf seinen
Brustkorb, an seinen Armen und seinem Bauch nach
unten. Wir starrten einander an, während Hummeln in
den bunten Blumen arbeiteten und Vögel sangen.

„Es tut mir leid, dass ich so reagiert habe", sagte er,

strich sich dann mit seinen Händen über seinen Kopf, drückte Wasser aus seinen Haaren. „Du hast verängstigt ausgesehen."

„Es war keine Furcht, nicht wirklich. Ich hatte Angst, dass du verletzt wirst. Du bist noch in der Genesungsphase, machst immer noch Physiotherapie als ambulanter Patient. Was, wenn dieser rassistische Bastard dich am Kopf getroffen hätte oder am Auge? Er hätte dich um Monate zurückwerfen können."

Er dachte darüber nach, die Sonne glitzerte auf seiner feuchten Haut. „Die Gewalt hat dir also keine Angst gemacht oder dir Übelkeit bereitet?"

„Nein, überhaupt nicht. Er hat es verdient, dass jemand ihm in den Hintern tritt." Ich strich mit meinen Händen über die Oberfläche des kristallklaren Wassers.

„Willst du etwas wissen?"

„Klar."

„Als ich dich verteidigt habe, habe ich mich wie ein Mann gefühlt. Ich weiß, dass hier kranke und verquere toxische Männlichkeit spricht, aber für dich einzutreten hat mir das Gefühl gegeben, wirklich stark zu sein."

Ich schenkte ihm ein schüchternes Lächeln und einen einladenden Blick, von dem ich hoffte, dass er ihn verstand. Ihm entgingen manchmal visuelle Hinweise, wenn er mir nicht direkt ins Gesicht schaute.

„Es mag krank und verquer klingen, aber ich habe es geliebt zu sehen, dass du mich verteidigt hast. Meintest du, was du gesagt hast?" Ich schaute durch meine Wimpern. „Hast du es ernst gemeint, als du gesagt hast, dass ich der Mann bin, den du liebst?"

Das erwischte ihn kalt. Seine wunderschönen Augen blitzten auf. „Ich weiß nicht. Es ist nicht …"

Ich griff nach ihm, hakte meinen Finger in den Bund seiner Badehose.

„Es ist in Ordnung."

Mit einem sanften Zug war er genau dort, wo ich ihn wollte. Ich stand auf, konnte ihm direkt in die Augen blicken und ich schlang mich um ihn wie eine Kletterpflanze um eine starke Rankhilfe. Mein Mund knallte auf seinen, meine Arme legten sich um seinen Hals und meine Beine schlossen sich um seine Taille. Seine Reaktion war zunächst schüchtern, nur eine Berührung seiner Zungenspitze auf meiner Unterlippe, aber dann fing er Feuer. Seine Hände glitten unter meinen Hintern, seine Finger gruben sich in das Fleisch, als unsere Zungen tanzten.

Er schmeckte wie ein neuer Tag, wie ein lang erwarteter Traum, der endlich wahr wurde. Ich hielt mich fest, als er aus dem Pool stieg, das Wasser in Kaskaden von uns herunterprasselte und mich auf die Veranda trug, uns auf die Liege mit den weichen seegrünen Kissen legte. Ich packte seinen Hals, hielt seinen Mund auf meinem. Er passte perfekt zwischen meine Beine, sein langer Körper presste sich an mich, nasser Schwanz neben nassem Schwanz. Ich wölbte mich auf, leckte in seinen Mund, als er seine Hüften rollte, sein Schwanz über meinen glitt. Wir beide holten scharf Luft.

„… fühle dich", keuchte ich, knabberte an seinen Lippen, meine Hände wanderten über seinen Kopf, meine Fingerspitzen fanden die hochstehende Narbe von seinem Autounfall. Ich küsste ihn härter, als ich sie berührte, sagte ihm so, dass es mir egal war, wenn er Narben hatte. Ich hatte auch welche. Sein großer Körper zitterte vor Begehren. Wir trennten uns lang genug, um unsere Badehosen weit genug nach unten zu schieben, damit wir unsere Schwänze befreien konnten. Da unsere Körper sich so nahe waren, konnte ich seinen Schwanz nicht sehen, aber ich konnte ihn spüren. Lang, hart, in meiner Hand. Ein schauderndes Stöhnen entkam mir, als er anfing, seinen Hintern zu pumpen, seinen Schwanz an meinem rieb.

„Das ist … gut, so gut", keuchte er, stieß wie verrückt zu. Die Reibung schickte Schockwellen bis in meine Zehen. Eine Hand an seinem Hals, riss ich seinen Mund zurück zu meinen Lippen, während wir uns aneinander rieben. Ich glaube, dass ich zuerst kam, es war schwer zu sagen. Ich schrie auf. Henry grunzte, vergrub dann sein Gesicht an meinem Hals, während wir unsere Orgasmen genossen. Der Druck seines Kiefers an meiner Kehle schmerzte, aber ich ignorierte den dumpfen Schmerz der sich formenden Prellung. Sein Schwanz zuckte, verspritzte heißen Samen, der sich mit meinem mischte. Die Beben rollten weiter und weiter …

„So wunderschön", murmelte ich, stupste ihn an, damit er seinen Kopf hob. Als er das tat, führte ich seine Lippen zurück zu meinen, unsere Bäuche waren mit Wichse bedeckt, unsere Beine verflochten, ein Kissen war nach oben und beinahe über die Seite der Liege gerutscht. „Scheiße, das war … heiß."

„Mm hmm, du bist heiß, wunderschön." Er

knabberte an meiner Unterlippe, löste sich dann langsam von mir. Wir waren eine Sauerei, Wichse war überall auf uns verschmiert, aber wir lächelten. „Komm, ich wasch dich ab."

Ich stand auf, trat aus meiner Badehose und kletterte dann wieder auf ihn wie ein geiler Affe, der eine sexy Palme erklomm. Mit einem Schnauben wand er sich, hielt mich fest, bis seine Badehose an seinen Beinen nach unten glitt. Er ließ sie auf der Veranda liegen. Mit mir an sich geklammert, joggte er hinunter zum Pool, sein Schwanz hüpfte und schlug mir auf den Hintern – lecker – und ging dann eine Stufe nach der anderen in den Pool. Sein Mund bewegte sich über meinem, während das Wasser immer höher stieg. Als es unter mein Kinn reichte, stoppte er, seine Füße fest auf dem Zementboden.

„Du bist mir wirklich wichtig", flüsterte er und das Wasser schwappte um uns herum.

„Du bist mir auch wirklich wichtig."

„Du gibst mir das Gefühl, sicher und umsorgt zu sein."

„Da bin ich froh. Küss mich noch einmal, nur damit ich ganz sicher sein kann, wie besonders die Gefühle sind."

Das tat er. Ja, ich war es. Verdammt sicher und absolut erstarrt vor Angst.

ACHT

Henry

_____

Lorraine reichte mir eine Augenbinde.

„Wofür ist die?" Ich wollte nicht einmal darüber nachdenken, warum sie mir mitten in einem Trainingsraum eine Augenbinde reichte.

„Sinnesentzug", verkündete sie, aber das ergab keinen Sinn, denn da mein Auge ja kaputt war, war mir bereits meine volle Sicht entzogen.

„Ich bin verwirrt."

„Genaugenommen siehst du entsetzt aus." Sie kicherte. „Denk mehr an einen *Star Wars*-Held als einen *Fifty Shades*-Kink", erklärte sie.

„Huh?" Nein, nichts davon machte das hier klarer.

Ich war mir nicht sicher, was mir mehr Sorgen bereitete, dass sie Kink erwähnt hatte oder dass ich überhaupt keine Ahnung hatte, wovon sie sprach. Dazu kam noch, dass ich Apollo in der Ecke des Raumes kichern hörte, wo er im Lotussitz auf einem Stapel Yogamatten saß. Nur der Klang seines Lachens ließ mich alle möglichen unanständigen Dinge denken, die ich mit einer Augenbinde machen könnte und ich musste meine gesamte Willenskraft einsetzen, um nicht in meiner losen Jogginghose hart zu werden.

„Also gut, wir werden Folgendes tun. Ich werde das hier benutzen." Sie hob den Ball hoch – ein weicher Schaumstoffball in knallgrün. Dann reichte sie mir ein Stück Plastik in der Form eines winzigen Hockeyschlägers. Es sah aus, als ob das Ganze vielleicht ein Hockey-Set für ein Kleinkind war und nein, ich kapierte es immer noch nicht. „Ich werde hier stehen und dir den Ball zuwerfen und du wirst ihn wegschlagen. So." Sie warf den Ball auf mich und überraschte mich. Er prallte gegen meine Nase und rollte zu Boden.

Das klang ziemlich einfach, und als sie den nächsten Ball warf, folgte ich mit meinem guten Auge, wo sie stand, schlug ihn mit Leichtigkeit weg und fühlte mich so stolz wie ein Kind bei seinem ersten Krippenspiel. Ich hatte diese Schläger-und-Ball-Sache voll im Griff.

„Jetzt setz die Augenbinde auf", sagte sie und hielt den Ball eng an ihrem Brustkorb.

„Dann kann ich nicht sehen."

„Das ist der Sinn. Ich nehme dir deine gesamte Sicht und du wirst auf mich lauschen, auf den Ball, wirst das Gewicht des weichen Schlägers in deinen Händen spüren und ich möchte, dass du mit mir redest und mir sagst, was du fühlst."

Ich schaute zu Apollo, war mir nicht sicher, ob ich wollte, dass er Zeuge wurde, wie ich mit einer Augenbinde blind nach einem Schaumstoffball schlug. Vielleicht war es mein Gesichtsausdruck, vielleicht war es sein eigenes Mitgefühl, aber er stand auf und öffnete mit einem Winken die Tür. „Ich brauche einen Kaffee", log er und schloss die Tür hinter sich. Jetzt war ich allein mit Lorraine, der Maske und dem Kinder-Hockey-Set und ich fühlte mich unsicher. Mehr als das, ich hatte Angst. Mein schlimmster Albtraum war es, mein Augenlicht zu verlieren und am Anfang war ich unsäglich erleichtert gewesen, dass nur ein Auge verletzt war, natürlich nur, bis mich diese Realität wie ein Puck mit hundert Stundenkilometern getroffen hatte.

„Rede mit mir", bat Lorraine und mir wurde klar, dass sie mich anstarrte, darauf wartete, dass ich diese verdammte Maske anzog.

„Ich mag es nicht, nicht sehen zu können."

Sie trat näher zu mir und nahm mir die Binde ab. „Das verstehe ich und es wird nicht für lang sein. Fünf Minuten, das ist alles und du kannst jederzeit aufhören."

Was machte ich? Ich war so eine schwache Person, wollte nicht einmal eine Maske anziehen.

Du kannst nicht einmal Sex haben, ohne dass ich dir sage, was du tun sollst. Mein Brustkorb zog sich zusammen, als Aarnis Worte mich trafen, aber ich antwortete den Worten in meinem Kopf. *Ich schien am Pool mit Apollo kein Problem gehabt zu haben, oder?* Dann glitt der Selbstzweifel herein und plötzlich war ich wieder dort, erinnerte mich an den Moment, der dazu geführt hatte, dass wir zu den Liegen gingen, und war das ich gewesen? Hatte ich das getan? Oder hatte er mir gesagt, dass ich ihn hochheben sollte?

„Henry? Henry! Schau mich an." Ich blinzelte Lorraine an und sie hielt mir die Maske hin. „Du kannst aufhören, wenn du möchtest." Plötzlich streckte Stahl mein Rückgrat. Dan wäre stolz auf mich, weil ich so hart arbeitete.

Apollo wird sich so freuen.

Vorsichtig reichte ich ihr den Schläger und zog mir die Augenbinde an, warf noch einen letzten Blick auf ihre freundlichen Augen, bevor alles schwarz wurde. Meine Haut prickelte vor Furcht und meine Atmung stockte und beruhigte sich, als Lorraine mir gut zuredete.

„Atme einfach nur, ein, aus, ein, aus …"

Ich umklammerte den Schläger, lauschte ihren Worten, wusste, wo sie stand.

„Ich bin bereit", murmelte ich.

„Ich bin hier, genau vor dir. Ich werde dir den Ball auf drei zuwerfen, versuch, ihn zu treffen, hör auf meine Stimme und meine Bewegungen. In drei. Zwei. Eins. Los."

Der Ball prallte von meinem Brustkorb ab, eine Berührung, leichter als Luft, die mich dennoch zusammenzucken ließ, sogar während ich den Schläger schwang.

„Scheiße." Ich konnte meine Enttäuschung nicht unterdrücken.

„Sag mir, wie du dich fühlst."

„Ich bin wütend auf mich selbst, weil ich ihn verfehlt habe."

„Du hast am Ende geschwungen. Vielleicht solltest du beim L von los schwingen? Möchtest du das versuchen? Drei. Zwei. Eins. Los."

Ich machte, was sie sagte, aber der Ball traf mich

erneut und wieder fluchte ich, als Frust sich in mir aufbaute. *So verdammt nutzlos.* „Ich kann das nicht."

„Wie wäre es bei eins?" Sie ignorierte meine mangelnde Positivität. „Hör auf meine Worte und geh auf die Eins. Drei, zwei, eins, los."

Ich schwang bei eins, spürte den Kontakt, das weiche Gewicht des Balls verband sich für eine Sekunde mit dem Plastik und der Schläger verbog sich bei der Berührung.

„Ja!", sagte ich und ließ einen kleinen Freudenschrei los.

„Noch einmal. Drei, zwei, eins, los."

Ich traf wieder und wieder und dann verpasste ich ein paar, wurde zu übermütig, schwang auf die Zwei, schwang auf das L, versuchte alle möglichen Zeitintervalle, aber es war immer die Eins, bei der ich traf und ich fragte mich, was mich das lehrte.

„Jetzt möchte ich, dass du auf meine Stimme hörst", sagte sie und die Worte bewegten sich im Raum, während sie ging. „Ich befinde mich an einem anderen Punkt im Zimmer. Kannst du erkennen, wo ich bin?"

Das war einfach. Sie war hinter mir und ich drehte mich zu ihr. Schlug den Ball jedes Mal, wenn sie ihn warf.

„Jetzt werde ich nicht zählen, sondern einfach nur werfen. Bereit?"

Ich war verwirrt, woher sollte ich wissen, wann ich schwingen musste? Der Ball traf mich mitten auf der Brust und ich fluchte. „Ich kann nicht erkennen, wann du ihn wirfst, wie soll ich wissen, wann ich versuchen muss ihn zu treffen?"

„Hör auf die Geräusche, das Rascheln der Baumwolle an meinem Arm, die Veränderung in der Luft, meine Atmung. Lass es uns noch einmal versuchen."

Ich lauschte, so gut ich konnte. Die nächsten vier Bälle prallten harmlos von mir ab, aber ich weigerte mich aufzugeben. Ich konnte die Bewegungen spüren, das Gleiten der Baumwolle, die Art, wie ihre Atmung sich subtil veränderte und in meinem Kopf schuf ich mein eigenes drei, zwei, eins, los. Ich traf den fünften Ball so heftig, dass ich wusste, ich hatte zu schnell geschwungen. Der sechste Ball war besser. Ball sieben war das perfekte Treffen von Plastik und Schaumstoff.

„Gut, du kannst die Maske abnehmen."

„Aber ich mache es wirklich gut."

„Was der Grund ist, warum wir es jetzt beenden, an einem Höhepunkt. Wir machen beim nächsten Treffen mehr, aber ich möchte, dass du immer wieder deine Augen schließt und dich auf die Welt um dich herum konzentrierst, dir die subtilen Geräusche anhörst."

Hör auf das Eis. Hatte Apollo nicht gesagt, dass ich das tun sollte? Ich konnte das machen, wenn ich dann zurück auf meine Schlittschuhe kam.

Apollo war still, als wir zurück zum Auto gingen, aber ich musste reden, weil ich high vom Leben war. „… und dann habe ich ihn so heftig getroffen, dass ich schwöre, sogar dieser winzige Schaumstoffball hätte ein Loch in die Wand geschlagen. Es geht um sensorische Aufmerksamkeit und ich nehme an, wenn ich meinem Block vertrauen muss, dass sie zur richtigen Zeit am richtigen Ort sind, dann muss ich sie nicht sehen, um zu wissen, wo sie sind. Ein blinder Pass, rückwärts durch meine Beine, im Vertrauen darauf, dass meine Jungs hinter mir stehen. Das könnte wirklich funktionieren und vielleicht muss ich mir gar nicht so viele Sorgen um die schwarzen Flecken machen? Es ist natürlich noch früh und es war nur ein dämlicher Schaumstoffball und ein Hockeyschläger aus Plastik für Kinder, aber man kann nie wissen, oder? Ich könnte mich zu Pucks hocharbeiten."

Ich stieg ins Auto und wartete, bis Apollo seinen Gurt zugemacht hatte, bereit, ihm mehr darüber zu erzählen, wie ich mich fühlte und was ich machte und wie alles in meinem Universum aus Sonnenschein und verdammten Regenbögen bestand und dann las ich seinen Gesichtsausdruck.

„Was? Was ist passiert? Geht es dir gut? Ist mit Dan alles in Ordnung? Rede mit mir."

Anstatt etwas zu sagen, reichte er mir das Handy, das er umklammert hatte, entsperrte den Bildschirm, wodurch ich die Überschrift eines Hockey-Blogs lesen konnte, der sich auf Geschichten über die eher tratschende Seite des Hockeys spezialisierte.

„Über den Druck des Ruhms" las ich laut vor, schaute dann zu Apollo. „Worum geht es da?"

„Es wurde gerade gepostet", murmelte Apollo und bedeutete mir, weiterzulesen.

Darum tat ich es. „Seine Position bei den Raptors zu verlieren war eine Sache, die Aarni Lankinen … was zur Hölle?" Ich schaute zu Apollo. „Warum willst du, dass ich das lese?" Er schien zutiefst erschüttert zu sein, in seinen dunklen Augen schimmerten Tränen. Warum war Apollo so aufgewühlt? Was konnte so schlimm sein, dass er aussah, als ob seine Welt auf den Kopf gestellt worden wäre? Ich las weiter, die meiste Zeit laut. „Als ich den muskulösen Verteidiger interviewt habe, hat er klar gemacht, dass er nach diesem Tag viel bereut. Tatsächlich hat er uns in seinen eigenen Worten gesagt … es hat alles an dem Tag geendet, als ich den Unfall gebaut, meinen Beifahrer verletzt habe und das ist etwas, das ich bereue, wofür ich aber keine Worte habe. Ich habe Henry geliebt und trotz all seiner Fehler habe ich wirklich geglaubt, dass er mich auch geliebt hat. Als er mich gebeten hat, ihn nach Hause zu fahren-" Ich stoppte, las diesen Teil noch einmal und dann weiter, dieses Mal schweigend.

Ich weiß nicht, warum Henry an diesem Tag so früh nach Hause wollte, aber er hat gesagt, dass er seine Medikamente nehmen muss. Ich weiß nicht, wofür seine Medikamente waren, obwohl er davor einen Puck ans Knie bekommen hatte, darum waren es vielleicht Opioide, aber das bitte nicht zitieren …

Ich schloss den Artikel, ohne weiterzulesen, saß dann in absolutem Schweigen da. Ich hatte in meinem ganzen verdammten Leben nie etwas Stärkeres als Tylenol genommen, bevor das Krankenhaus meinen zerbrochenen Körper wieder zusammenfügen musste. Opioide? Verdammt. Was, wenn das Team das sah? Schlimmer, was, wenn sie glaubten, was Aarni in diesem Blog erzählte, der den Untertitel *ein intimer Artikel über die Gedanken eines Mannes unter Druck* trug? Druck? Aarni wusste gar nichts über Druck. Er kannte nur Kontrolle und er machte es jetzt immer noch, von hinter den Grenzen jeglicher Beziehung, die wir je gehabt hatten.

„Henry?", fragte Apollo vorsichtig, doch ich war behutsam, als ich ihm sein Handy zurückgab.

„Ich muss nach Hause."

„Was kann ich tun? Soll ich jemanden anrufen?"

„Ich möchte nach Hause."

„Henry, bitte, wir sollten jemanden anrufen. Das Team? Du kannst das nicht einfach so hinnehmen."

Du hast kein Rückgrat, weder auf dem Eis noch abseits davon, du bist ein Feigling. Aarni war wieder in meinem Kopf, wie ein Virus, das jeden Teil von mir infizierte und welchen Sinn hatte es, dass ich irgendetwas zum Team sagte? Dieser Blog war da draußen und es spielte keine Rolle, dass die meisten Leute wussten, dass Aarni betrunken gewesen war, schließlich war das öffentlich einsehbar, aber es würde diese Leute da draußen geben … die mich anstarrten, dachten, dass es meine Schuld wäre.

„Ich werde es nicht einfach so hinnehmen." Ich fauchte die Worte so nachdrücklich, dass Apollo vor mir zurückwich, und Schuld überkam mich. „Ich bin nicht besser als er!", platzte ich heraus und er streckte die Hand nach mir aus. Ich war ein Durcheinander aus Widersprüchen und war so für Apollo nicht gut. Ich kämpfte mit dem Türgriff und taumelte aus dem Auto, marschierte von allem weg, das in meinem Leben gut sein könnte. Wohin ich ging, wusste ich nicht, aber zumindest konnte ich atmen. Wen sollte ich laut Apollo anrufen? Wer zur Hölle konnte Aarni davon abhalten, alles zu sagen, was er wollte, und eine ganze Menge Leute zu glauben, was er sagte?

Apollo kam mir nicht zu nahe, aber ich konnte

hören, dass das Auto mir in einiger Entfernung folgte. Doch in dem einen Moment, als ich dachte, ich würde nachgeben und wieder einsteigen, rief ich mir stattdessen ein Taxi. Apollo beobachtete mich von dort, wo er geparkt hatte, und folgte mir dann nach Hause. Ich war dumm, ich wusste das, es war kindisch und dumm und ich verletzte einen der wenigen Menschen, die mir zuhörten und mir das Gefühl gaben, dass ich etwas Besonderes sein könnte. Ich betrat das riesige Haus, fragte mich, in welchem Zimmer ich mich verstecken sollte, aber Apollo war da und er wedelte mit einem Handy vor meinem Gesicht herum.

„Das ist für dich", sagte er und tat so, als würde er es fallenlassen, darum nahm ich es ihm ab.

Zuerst ergab es keinen Sinn, wer auf dem Bildschirm bei diesem Facetime zu sehen war, weil ich durch eine Wolke aus Selbsthass und Wut schaute und dann ergab es absoluten Sinn und das Eis um mein Herz brach ein wenig. Jemand anderes, der unter Aarnis Manipulationen gelitten hatte, die andere Person, die wirklich verstehen konnte, wie ich mich fühlte.

„Bryan", murmelte ich.

Er hatte Falten in seinem Gesicht, wo seine Goalie-Maske sich eingedrückt hatte, und er schwitzte, als ob Apollo ihn aus dem Training gerufen hätte und das Railers-Blau war beruhigend.

„Erzähl es ihm", erklang eine Stimme hinter Bryan und ich erkannte Adler. „Bring es in Ordnung."

„Lass uns in Ruhe, Ads", erwiderte Bryan, dann ging er und schließlich befand er sich an einem ruhigen Ort, lehnte sich an eine Tür. „Hi, Henry, wie geht es dir?"

„Ich weiß es nicht", sagte ich mit so viel Elend in meiner Stimme, dass Bryan das Gesicht verzog.

„Setz dich, Henry. Ist Apollo jetzt bei dir?"

Ich schaute nach links, wo Apollo stand und aussah, als würde er erwarten, dass ich ihn anschrie wegen dem, was er getan hatte. Woher hatte er gewusst, was er tun musste? Woher hatte er gewusst, dass er Bryan anrufen musste? Mein Herz füllte sich mit Hoffnung und ich streckte Apollo meine Hand hin, die er nahm und festhielt. Dann setzten wir uns aufs Sofa, eng nebeneinander, und Bryan fing an zu reden.

NEUN

Apollo

Ich saß neben Henry, seine große, warme Hand umklammerte meine und ich hörte zu und weinte stumme Tränen. Natürlich konnte ich Bryan sehen und hören, was er sagte, aber ich gab keinen Ton von mir. Es ging mich nichts an. Diese beiden Männer kannten einander kaum, aber sie teilten eine Erfahrung. Sie waren beide vom selben Mann missbraucht worden. Ich schniefte wie verrückt, als das Gespräch sich entwickelte und versuchte, meine Hand aus dem festen Griff zu befreien, den Henry um sie hatte.

Ich deutete auf meine laufende Nase und dann die Schachtel mit den Taschentüchern auf der anderen Seite des Raums. Er nickte. Ich stand vom Sofa auf, strich mit meinen Fingerspitzen über seine und dann fiel seine Hand auf die Couch. Die Taschentücher waren notwendig. In die Küche zu schleichen, um uns große Gläser *Agua de Jamaica* einzuschenken, und dann einen Teller *Torticas de Moron* herzurichten, war keine Notwendigkeit. Es war eine Entschuldigung, mir Wasser ins Gesicht zu spritzen, mich zu sammeln und Henry und Bryan Privatsphäre zu geben. Als ich mit unseren Getränken zurückkehrte und Henrys neuen Lieblingskeksen auf der ganzen weiten Welt – seine Worte, nicht meine – saß er mit dem Handy auf seinem Oberschenkel da, sein Blick war auf den steinernen Kamin gerichtet.

„Du hast fünfundzwanzig Minuten gebraucht, um Getränke zu holen", bemerkte er, sein Blick wanderte zu mir, als ich das Tablett auf den Kaffeetisch stellte.

„Es tut mir leid. Ich habe mich wie ein Stalker gefühlt, bei diesem Gespräch zuzuhören." Er seufzte, streckte mir dann seine Hand hin. Ich nahm sie, setzte mich mit einem Bein unter mich gezogen. „Hat es geholfen? Mit ihm zu reden? Ich hoffe, ich habe keine Grenzen als dein …" Ich zögerte, suchte im Geiste nach dem richtigen Wort. Ich war als Gesellschafter angeheuert, aber wir hatten die Dinge weit über eine einfache Koch/Haushälter/Versorger-Beziehung hinausgetrieben. Wir hatten diesen Moment auf der Veranda gehabt. Das hatte alles auf so viele Arten anders gemacht. „Ich bin mir nicht mehr sicher, was wir sind."

„Nein, ich auch nicht. Ich weiß, dass meine Tage sonniger sind, wenn du in ihnen bist."

Ja, bei meinen war das auch so. *„Amigos Soleados."* Er starrte mich verwirrt an. „Sonnige Freunde."

Er nickte. Ich löste meine Finger lang genug von seinen, um ihm sein Getränk zu geben und ein paar Kekse anzubieten. Dann kuschelte ich mich an ihn, knabberte an einem Keks und trank den süßen

Hibiskus-Tee, während seine Finger mit meinen spielten. Freunde. Ich wollte nicht mit ihm befreundet sein, nicht wirklich. Ich wollte mehr mit ihm, obwohl ich wusste, dass ich das nicht sollte.

„Danke, dass du Bryan angerufen hast. Das hat wirklich geholfen."

„Jederzeit. Ich möchte dich nur glücklich und gesund sehen", sagte ich um ein Stück Keks herum.

„So empfinde ich auch für dich, Apollo."

Er drückte einen Kuss auf mein Ohr, als ich auf Abspielen für *Evita* drückte, einen Film, den Henry noch nie gesehen hatte. Es war eine einfache Geste, nichts Großartiges oder Erotisches, aber sie war durchtränkt von Zärtlichkeit und einer warmen Vertrautheit, die eine wilde Kettenreaktion an Emotionen tief in mir auslöste. Ich holte tief Luft, hielt sie an, und ließ sie wieder entweichen, war mir aber immer noch sicher, dass ich mich durch einen einfachen Kuss aufs Ohr absolut verliebt hatte. Ich schob den Keks in meiner Hand in meinen Mund, kaute und fing dann an, eine stumme Panikattacke zu haben. Ich verschlang Keks um Keks und dann noch mehr Kekse, in dem Versuch, das Entsetzen zu ersticken, das sich zu verlieben ausgelöst hatte. Gerade als Antonio Banderas „High, Flying Adored" sang, griff ich nach dem letzten Keks auf dem Teller.

Henry grapschte spielerisch danach, als ich ihn an meinen Mund hob. Die winzige Leckerei fiel aus meinen Fingern auf meinen Schoß und Henry angelte nach dem Keks. Seine Hand bewegte sich über meinen Schwanz, als wir um die Süßigkeit zwischen meinen

Beinen kämpften. Es war, als ob der Himmel sich geöffnet hätte und ein Blitz aus Begehren, Lust, Furcht und Liebe nach unten auf die Erde tanzte, uns beide gleichzeitig traf. Ich konnte nicht sagen, wie Henry sich fühlte, aber ich wusste, dass ich für immer verkokelt sein würde. Sein himmelblauer Blick begegnete meinem, der Keks war vergessen, als seine Finger über meinen hart werdenden Schaft glitten.

„Zur Hölle mit diesem Keks", grunzte ich und schob meine vom Zucker klebrigen Finger in seine Haare.

Er umfasste meinen Schwanz, als ich seinen Mund auf meinen riss. Der Film, der Keks, die Welt verschwanden, als seine Zunge über meine glitt. Die Küsse, die wir teilten, waren feuchte, heiße, tiefe Erkundungen, vermischt mit zärtlichen Schmatzern und sanften, gehauchten Atemzügen. Hände zogen und zerrten an Kleidung, sein großer Körper presste mich auf das Sofa, während ich mich aus meiner Unterwäsche wand, unbedingt seine warme Haut auf meiner spüren wollte.

„Himmel, du bist so weich", stöhnte er, bewegte seinen Mund über meine Schulter und dann an meinem Brustkorb nach unten. Er flickte einen Nippel und ich schrie auf. Unsere Schwänze waren zwischen uns eingesperrt, hinterließen feuchte Spuren auf unseren Bäuchen. „So glatt. Nirgendwo Haare ..."

„Magst du mich weich und glatt?"

„Ja, oh ja. Ich mag dich weich."

„Und du bist so hart", konterte ich, schob meine Hand zwischen uns. Ich fand seinen Schwanz mit Leichtigkeit, nahm ihn in die Hand und streichelte ihn wie verrückt. „Komm für mich, komm auf mir, komm in mir."

„Himmel, Apollo, ich … Scheiße." Er stieß in meinen Griff, löste sich dann, kam über mich, sein Mund strich über meinen Bauch und meine Seiten und dann wieder zu meinem Mund. Es war ein wildes Durcheinander aus Armen und Beinen, Fingern, die packten, Mündern, die suchten. Der Mann musste in mich, auf der Stelle, bevor ich mich auflöste und über den Rand fiel, ohne ihn tief in mir zu spüren.

„Gleitgel, etwas … Spucke, Butter, Keksfüllung, es ist mir egal! Komm nur endlich in mich", flehte ich, wand mich unter ihm, unsere Schäfte rammten gegeneinander, jede Berührung machte meine Eier härter und ließ sie kribbeln. „Ich stehe so kurz davor, bitte. Ah, Henry, ich muss dich in mir haben. Bitte, *te amo*. Ich liebe dich, Henry, fick mich, nimm mich."

„Okay, ja, okay, nur … eine Sekunde." Er stahl sich einen schlampigen Kuss und bewegte sich dann zur Seite, tastete auf dem Boden nach seiner kurzen Hose. „Ich glaube … ich bin mir nicht sicher, wie alt es ist, ich meine … Autsch, dein Knie ist in meinem Hodensack."

„Tut mir leid, oh, zur Hölle, tut mir leid, Baby. Hast du Gleitgel in deinem Geldbeutel?"

„Ja und ein Kondom, wir brauchen ein Kondom."

Ich stöhnte bei der Erwähnung einer Barriere zwischen uns. Er fand, wonach er suchte – ein einzelnes Kondom und eine Packung Gleitgel. Ich flüsterte einen Dank an den Himmel und half ihm dann, Gleitgel überall auf seinem mit Latex bedeckten Schwanz zu verteilen.

„Oh, okay, hör auf, bitte, hör auf", schnaufte er. „Ich bin zu kurz davor", hustete er. Ich ließ seinen Schwanz los und schob dann meine Finger zwischen meine Beine, um etwas Gleitgel in mich zu bekommen. Henry gab diesen rauen Laut von sich, der Schauder an meinem Rückgrat nach unten schickte. Ich bearbeitete mit diesen beiden Fingern mein Loch, rein und raus, während er zwischen meinen Oberschenkeln kniete und zuschaute. „Ich will, lass mich jetzt rein."

„Verdammt, ja!" Ich zog meine Finger heraus, drückte meine Fersen in die Polster und hob meinen Hintern von der Couch. Seine runde Eichel drang in mich ein. Ich keuchte, die Dehnung und das Brennen waren intensiv, weil es so lang her war. „Hör nicht auf. Füll mich mit deinem Schwanz. Ja, mmm, scheiße, ja. Ah!"

Er drang tiefer ein, an dem Ring vorbei und dann glitt er in mich, Zentimeter für Zentimeter, seine Hände waren um meine Knöchel geschlungen, er nahm mich langsam in Besitz, bis er ganz in mir war. Wir beide keuchten, schwitzten und standen kurz davor, in den Abgrund zu taumeln. Oder vielleicht ging es nur mir so. Ich liebte ihn, ich wusste es, und ich wollte ihn für immer. Aber das hier war kein Arrangement für immer, es war ein Sommerjob, eine Romanze, die nur überleben würde, bis die Blätter anfingen Farbe zu bekommen. Dann würde er wieder aufs Eis gehen, im Trainingscamp sein und er würde mich nicht länger brauchen. Ich kniff meine Augen zu, um die Tränen zu verbergen.

„Tue ich dir weh?", fragte er, kam nach unten, seine

Hände zu beiden Seiten meines Kopfes, meine Knie ruhten jetzt an seinem Brustkorb. „Bitte, sag es mir, wenn ich das tue."

„Nein, nein, niemals. Liebe mich jetzt, schnell, hart, nimm mich in Besitz, Henry."

„Himmel, Apollo." Er beugte sich nach unten, leckte in meinen Mund und fing an zu stoßen. Es war keine Zeit für langsam, keine Notwendigkeit, etwas aufzubauen. Wir waren beide schon kurz davorgestanden, bevor er diesen langen, harten Schwanz in mich gestoßen hatte. „Himmel, ich habe nie …"

„Nein, Baby, ich … auch nicht." Meine Finger gruben sich in seinen Bizeps. Die Couch rutschte über den Boden, Kissen fielen herunter, die Lampe auf dem Beistelltisch wackelte und fiel. Er pumpte hart, stahl mir den Atem, genau wie mein Herz und meine Seele. Wer zuerst kam, war schwer zu sagen, ich packte meinen Schwanz, als die erste Ladung Wichse aus mir herauskam. Henry stöhnte leise und lang, stieß ein letztes Mal in mich, sein Schwanz zuckte tief in mir. Mit verschmierten Fingern pumpte ich meinen Schwanz, molk ihn, während mein Hintern sich um meinen Liebhaber zusammenzog, seinen Schaft drückte. Meine Zunge spielte mit seiner.

„Heilige Scheiße", flüsterte er, küsste meine Lippen, dann meine Nase, dann mein Kinn, bevor er sich aus mir zurückzog und einen Arm um meinen Rücken legte. Mit einem Grunzen hob er mich hoch, fiel dann zurück auf die Couch, mein klebriger Bauch und Brustkorb waren an ihn gepresst. Ich stahl mir einhundert Küsse, während ich ihm dämliche spanische Dinge zuflüsterte und die kalte Luft aus den Bergen über uns wehte, uns beide abkühlte. „Oh Mann, das war der beste Sex aller Zeiten. Du bist so ... Ich mag dich so sehr."

Als ich so auf ihm lag, der Geruch von Sex um uns herum wie eine sinnliche Decke, blinzelte ich die Tränen weg, während Madonna „Don't Cry for Me Argentina" schmetterte und Antonio sie aus der Menge beobachtete. Das würde eines Tages ich sein müssen, ein Gesicht in der Menge, wenn Henrys Genesung und zukünftiger Ruhm uns trennten.

EINE WOCHE SPÄTER, als Henry in Therapie war und so tat, als wäre er ein zukünftiger Jedi, besuchte ich Tía Sofía in der Arbeit. Die Büros von Queen Color Cosmetics befanden sich im Herzen von Downtown Tucson direkt an der Bank of America Plaza. Sie erwartete mich, weil ich an diesem Morgen angerufen hatte, während Henry unter der Dusche war und ich sie angefleht hatte, mich *heute* zu sehen, bevor ich noch mehr Kekse aß. Meine Jumpsuits und Skinny Jeans wurden eng. Zu sagen, dass ich wegen meines Sprungs von der Klippe der Vernunft in die tiefen, dunklen Wasser der Liebe ausflippte, war eine Untertreibung. Ich befand mich in einem ausgewachsenen romantischen Zusammenbruch.

Ich lief auf Zucker und Angst, als ich auf einem reservierten Parkplatz von QCC das Auto abstellte und mir vollkommen egal war, wer Vizepräsident war. Ich war der Neffe der Präsidentin und ich drehte hier durch!

Da ich mich an meine letzten Besuche hier erinnerte, fuhr ich in dem Wolkenkratzer bis ganz nach oben, hechtete aus dem Aufzug und rannte, so schnell meine Flip-Flops es erlaubten, zu den Büros. Tía Sofía war in ihrem Eckbüro und trank heißen Tee, während die Stadt Tucson unter ihr geschäftig herumwuselte. Ihre Haare waren hoch auf ihrem Kopf aufgetürmt und sie trug ein strahlend gelbes Kleid, auf das Limettenscheiben gedruckt waren. Ihre Stöckelschuhe waren grün, wie die Limetten auf ihrem Kleid.

„Dein Neffe ist da", rief Ramona, als ich in das geräumige Zimmer flippte und floppte.

Meine Tante schaute mich über den Rand ihres Computermonitors an. „Der Junge liebt seine dramatischen Auftritte", erwiderte Tía Sofía und lachte dann leise. „Ramona, bring dem Jungen eine Tasse grünen Tee, entkoffeiniert." Ramona, die älter war als der hölzerne Jesus an meiner Schlafzimmerwand, schlurfte los, um Tee zu machen. „Sie wird in ungefähr zwanzig Minuten zurück sein, vielleicht mit Tee, vielleicht ohne."

„Warum behältst du sie? Sie muss einhundertzwanzig sein", schnappte ich, tigerte im Raum herum, meine Flip-Flops und silbernen Armreifen klapperten.

„Weil sie eine der ersten Trans-Personen war, die ich kennengelernt habe, als ich hierhergezogen bin. Ohne sie und die anderen LGBT-Älteren in dieser Stadt wäre ich immer noch ein verlorener kleiner Latino-Junge, der nur von dem Mädchen träumen konnte, von dem er wusste, dass er es sein sollte. Ist dieser Grund gut genug?"

Ich kam an den großen Fenstern vorbei und legte meine Braue an das dicke Glas. „Ja, natürlich. Es tut mir leid, dass ich wegen Ramona gezickt habe. Ich glaube, dass ich verliebt bin."

„In einen Mann?" Ich hob meinen Kopf um ihr einen „Ernsthaft?"-Blick zuzuwerfen, ließ meine Stirn dann wieder gegen das Glas sinken. „Nun, ich musste fragen. So wie du heute Morgen herumeierst, dachte ich, du hättest dich in diesen Tiger aus dem Disneyfilm verliebt, der dir Angst gemacht hat, als du ein kleiner Junge warst."

„Nein, Tantchen, ich bin *nicht* in Shir Khan verliebt. Und nur fürs Protokoll, er wollte Mogli fressen, also Ja, ich hatte Angst vor ihm. Große Katzen, die eine Vorliebe für braune Jungs haben, sind angsteinflößend."

Sie kicherte in ihren Tee. „Warum setzt du dich nicht an den Probentisch?" Ich seufzte dramatisch, machte aber, was sie wollte. Sie stellte ihren Tee auf ihren Schreibtisch, erhob sich anmutig und ging zu dem langen weißen Tisch an der Wand. „Lass uns ein paar dieser neuen Foundations an dir ausprobieren. Du bist heller als ich und ich hätte gern ein paar Auswahlmöglichkeiten, wenn sie ins Marketing geschickt werden." Ich hielt ihr meinen Arm hin und sie setzte sich neben mich, schlug ein langes Bein über das andere, während sie einen goldenen Deckel von einer rauchweißen Flasche drehte. „Sie haben natürlich noch keine Namen, aber diese hier ist X-18, die vielleicht zu deinem Hautton passt." Sie tauchte einen Finger in die Flasche und fing an, das Make-up auf die Innenseite meines linken Unterarms zu reiben. „Hmm, nein, die ist zu hell."

„Tía Sofía, ich helfe gern mit Make-up, das weißt du, aber ich muss dir von meinem launischen Herz erzählen."

„Du hast dein Herz gelaugt? Oh, das ist nicht weise, Apollo." Ich sah das schelmische Funkeln in ihren braunen Augen. „Oh, Baby, schau nicht so finster drein. Sonst bekommst du frühzeitig Falten."

„Tía, ich denke, dass ich mich in Henry verliebt habe. Nein, das ist zu dunkel", sagte ich, als sie eine andere Farbe auf meinen Arm auftrug. Sie nickte zustimmend. „Ich habe nach dem letzten Mal mit diesem beschissenen Dildokopf, dessen Name niemals wieder über meine Lippen kommen soll-"

„Du könntest auch etwas Lippenfarbe vertragen, benutzt du den Gloss nicht, den ich dir geschickt habe?"

„Tía Sofía, *bitte*! Ich erzähle dir, dass dein Lieblingsneffe-"

„Mein *einziger* Neffe", korrigierte sie, tupfte dann einen weiteren Klecks Foundation über den anderen beiden runden Flecken auf und rieb.

Ich schnaubte. „Was mich zu deinem Lieblingsneffen macht. Ich habe mein eigenes Versprechen an mich selbst gebrochen und an Jesus und ich habe zugelassen, dass ich mich in Henry verliebe, obwohl ich weiß, dass das nur ein Sommerjob ist."

„Hmm, dieser weiche Eichelton kommt näher, aber nicht ganz. Und was ist falsch daran, Henry zu lieben?

Er ist ein reizender junger Mann, der offensichtlich von dir hingerissen ist."

„*Was ist daran falsch?*"

„Du musst nicht schreien. Ich sitze direkt vor dir."

„Es tut mir leid, ja, ich weiß, dass du das tust. Versuch diese hier." Ich deutete auf eine Flasche weiter hinten auf dem Tisch. „Nein, ja, die. Die könnte hinkommen."

„Gute Wahl. Also, das Ende der Welt steht bevor, weil du Gefühle für Henry hast. Soll ich uns eine Kabine auf einem Kreuzfahrtschiff buchen, dass wenn die Himmel fallen und die Erde aufbricht, wir draußen auf dem Ozean sind und so das Armageddon vermeiden, das Jesus uns sicher schicken wird, weil ein kleiner schwuler Junge sich in einen anderen schwulen Jungen verliebt hat?"

„Ich bin mir nicht sicher, warum du gerade so eine sarkastische Kuh bist."

„Weil du überreagierst, Apollo. Ja, Jean-Claude war ein verdorbener Schweinebastard, aber Henry ist nicht Jean-Claude. Er ist Henry. Dieser Junge könnte keiner Fliege etwas zuleide tun."

„Du hast nicht gesehen, wie er auf diesen Wachmann losgegangen ist", murmelte ich, stocherte in den Lipgloss-Tuben herum, die zwischen den Concealern und den falschen Wimpern lagen.

„Er hat das getan, um dich zu retten, *mijo*."

„Nun, ja, okay, das hat er. Himmel, das war so toll. Ich habe noch nie erlebt, dass ein Mann wegen mir so zum Berserker geworden ist, aber ich reise dennoch im September ab. Und dann bin ich zurück in den Schatten und der Kälte mit einem erneut gebrochenen Herzen! Ah! Warum tue ich mir das an?"

Sie tippte meine Nase mit einem Klecks von dem Concealer an, den ich ihr gezeigt hatte. „Hysterie sieht an einem Mann nicht gut aus, Apollo. Warum bist du so sicher, dass du gehen wirst? Liebst du es hier nicht?"

„Ja, aber Henry wird mich nicht mehr brauchen, sobald er wieder bei einhundert Prozent ist. Ich kann nicht einfach hier in Tucson bleiben!"

„Warum nicht? Henry mag dich, du liebst die Stadt und das Wetter und deine Lieblingstante ist hier." Ich wollte anfangen einzuwenden, dass Henry mich nicht liebte. Er hatte das kein einziges Mal gesagt, abgesehen in diesem Moment der Berserkerwut und das zählte nicht. Wir hatten uns geliebt und er hatte nur gesagt, dass er mich mochte. Nicht liebte. „… verrückt nach dir. Die anderen haben dich nur benutzt, weil du so hübsch bist und sie unbedingt umsorgen wolltest. So viele Männer suchen nach Liebhabern, die ihre Mütter ersetzen und darum stürzen sie sich auf jeden Mann oder jede Frau, die ein fürsorgliches Herz haben. Sie haben dich nicht geliebt, nicht wirklich, sie haben es geliebt, bemuttert zu werden. Du bist ihm wichtig."

„Henry braucht mich aber auch", bemerkte ich, verteilte den Klecks Concealer auf meinem Nasenrücken.

„Ja, aber nicht als Mutterersatz. Er braucht dich aus anderen Gründen, wie Gesellschaft, Lachen, Liebe und Leidenschaft. Ein oder zwei schlechte Beziehungen heißen nicht, dass du nie wieder etwas für einen anderen

Mann empfinden sollst. Es heißt nur, dass du dein Herz dahingehend führen musst, weiser zu wählen."

Ich saß einen Moment oder zwei da, dachte nach, während sie Puder über den Concealer gab, den sie gerade auf meinem Arm verteilt hatte.

„Denkst du, mein Herz hat weise gewählt? Ich habe solche Angst, wieder verletzt zu werden", fragte ich. Meine Kehle war zugeschnürt und meine Augen feucht.

„Ich denke, dein Herz hat *sehr* weise entschieden."

Ich warf mich auf sie, umarmte sie fest. Sie rieb meinen Rücken mit ihrer freien Hand. Die Tür öffnete sich und Ramona kam mit einer Papierserviette und einer Dose Tomatensaft herein. Meine Tante und ich seufzten und teilten uns eine Dose Tomatensaft. Als ich eine Stunde später ging, hatte ich einen neuen Look und eine neue Einstellung zu meinen Gefühlen für Henry. Zu großen Teilen neu. Irgendwie neu. Eine Art von neu, aber auch moderat unsicher.

Als Henry mich auf einer Bank vor dem Büro von PT sitzen sah, wurden seine Augen so rund wie Gullydeckel.

„Wow, du ... wow. Make-up."

Ich klimperte mit meinen superlangen und dichten Wimpern. „Ich habe Tía Sofía in der Arbeit besucht. Es kann sein, dass wir mit den Produkten herumgespielt haben. Gefalle ich dir mit Make-up? Manche Männer mögen es, andere nicht."

„Nein, mir gefällt es. Deine Lippen sind so rosa und glitzernd." Er setzte sich neben mich, seine Aura war ruhig und stark, wie sie es jetzt nach seinen Therapiestunden eigentlich immer war.

„Möchtest du sie küssen?", zog ich ihn auf und schürzte meine Lippen wie ein Model.

„Ja, möchte ich." Er beugte sich vor und legte seine Lippen auf meine. Sie glitten direkt ab. Wir lachten beide darüber. „Vielleicht verwendest du nächstes Mal etwas weniger."

„Vielleicht", kicherte ich und benutzte meinen Daumen, um den knallrosa Gloss von seinen Lippen zu wischen. „Du siehst glücklich aus, Henry."

„Das bin ich. Das liegt irgendwie an dir. Du machst mich so glücklich und sicher."

Ich spürte, wie Röte an meinem Hals nach oben kroch und wollte ihm gerade sagen, dass ich dachte – nein, ich war mir ziemlich sicher – dass ich ihn liebte, als eine Gruppe Männer zu uns rannte. Fans, offensichtlich, weil sie alle Raptors-T-Shirts trugen.

„Die nächste Saison wird der Hammer!", schrie einer der jungen Männer, schlug Henry dabei auf die Schulter. Die anderen fingen an, gleichzeitig zu reden, alle ganz aufgeregt und über die anderen plappernd, während Henry und ich dasaßen und angesichts dieser Energie verwirrt waren. „Ich habe irgendwie im Stillen gebetet, dass sie ihn bekommen würden, und das haben sie!"

„Mann, im Ernst, er hat den Schwanz eingezogen und hat Dallas und seine irre Ex-Verlobte hinter sich gelassen. Ich bin total begeistert, dass er ein Raptor wird, weil er dieses Loch in der Mitte des ersten Blocks stopfen wird, aber scheiße, welcher Kerl verlässt sein Team, weil irgendeine Tussi eine andere Tussi öffentlich blöd anmacht?"

„Langsam, Kumpel, auf gar keinen Fall bekommt Collins diesen Platz im ersten Block von Madsen!"

„Ach, fick dich, natürlich wird er das!"

„Moment, langsam, Jungs", sagte Henry, stand auf, um zu sprechen. „Wollt ihr damit sagen, dass die Raptors Tate Collins von Dallas *unter Vertrag* genommen haben? Das Letzte, was ich gehört habe, war, dass es nur Gerüchte sind."

Sechs Handys wurden Henry unter die Nase gehalten. Natürlich las ich gleichzeitig mit ihm. In einem überraschenden Schachzug hatte das Management der Raptors irgendwie den Superstar Tate Collins nach Tucson gelockt. Es hatte sie 81,2 Millionen Dollar gekostet, den frei werdenden Spieler für sieben Jahre zu verpflichten. Ich musste dieses Gehalt mehrere Male lesen, um sicherzustellen, dass mein neuer Eyeliner nicht in meine Augen gelaufen war und bewirkte, dass ich eine falsche Zahl las. Nein. Es stand da, auf mehreren Seiten – 81,2 Millionen Dollar für sieben Jahre. Heilige Scheiße. Die Westman-Reids nahmen diesen Neuaufbau wirklich ernst. Natürlich hatten sie dafür ein paar hervorragende Draft-Picks aufgegeben, aber Collins war erst fünfundzwanzig und hatte noch eine Menge Jahre Höchstleistungen in sich.

„Verdammt", flüsterte Henry, während er sich setzte, nachdem die durchgedrehten Fans losgelaufen waren, um die Ankunft von Tate in Tucson im September zu feiern. „Mussten die Eigentümer Körperteile verkaufen, um sich diesen riesigen Vertrag leisten zu können? Und was ist mit uns kleineren Jungs? Ist noch Geld übrig nach so einer großen Ausgabe?"

„Ich bin mir sicher, dass sie wissen, was sie tun. Mach dir keine Sorgen über Dinge, die du nicht kontrollieren kannst."

„Du hast recht, ja. Es ist nur … wow, Tate Collins. Ich bin mir nicht sicher, ob ich je genug heilen werde, um neben jemandem wie ihm zu spielen."

Ich rutschte näher, nahm sein Kinn in meine Hand und starrte in seine besorgten Augen. „Du bist ein erstaunlicher Mann und kannst alles, was du dir vornimmst. Vertrau mir, diese großen Namen wie Collins und Madsen-Rowe ziehen ihre Hosen genauso an wie du."

Dann küsste ich ihn, direkt auf den Mund, in der Öffentlichkeit, wo die Welt uns sehen konnte. Dieses Mal blieben unsere Lippen zusammen und ich schmolz in seine starken Arme, die sich fester um mich legten.

„Ich liebe es, wie du immer die richtigen Dinge sagst", murmelte er über meinen geschwollenen Lippen, als wir den Kuss unterbrachen. „Du bist meine persönliche Sonne, die ich in meinen Armen halten kann."

„Hinfort, Schatten", flüsterte ich, zog ihn dann näher für eine weitere Kostprobe.

ZEHN

Henry

Der Gruppenchat lief heiß und als ich alles aufgeholt hatte, was darin über die ganze Tate-Angelegenheit gesagt und gemacht worden war, hatte ich Kopfschmerzen und die nagende Sorge, dass die Raptors als Team vielleicht auseinanderbrechen würden. Auf der einen Seite der Debatte standen Ryker, Jens und Alex, die sagten, dass sie super-aufgeregt waren und dass Tate ein weiteres Stück in dem Puzzle war, das der Team-Neuaufbau darstellte. Ich konnte sehen, dass sie alle das Rookie-Medientraining durchlaufen hatten, weil sie sogar im Gruppenchat diplomatisch waren. Aber einige der Dinge, die passierten, waren lustig und ich wollte Apollo alles erzählen, darum wechselte ich zur anderen Seite der Debatte.

„Und dann hat Colorado gesagt, dass er es liebt, Tate einfach so zum Spaß aufs Eis zu schubsen und dass Tate beim letzten Mal, als sie gegeneinander gespielt haben, die Beherrschung verloren hat und das hat Colorado ziemlich aufgeregt. Also war Ryker ganz bla,

bla, bla und vielleicht hätte Colorado den Mann erst gar nicht ärgern sollen und dann war das so lustig, weil Vlad das ganze Gespräch rigoros beendet hat."

„Vlad ist ein guter Kapitän", warf Apollo ein.

„Ja, aber im Ernst, ich habe noch nie gesehen, dass Vlad so streng mit dem Team war wie in diesem Chat, er war ganz *unterstützt das* und *versteht jenes* und sogar Colorado hat am Ende nachgegeben. Hör dir an, was Jens gesagt hat-"

Apollo nahm mir das Handy weg und legte es auf die Arbeitsplatte, schaltete es aus und hielt seine Hand darüber. „Es wird nicht weitergelesen", verkündete er und ich war gebannt von dem winzigen Fleck Glitter in seinen Augenwinkeln. Er hatte mich gefragt, wie ich es fand, wenn ein Mann Make-up trug und um ehrlich zu sein, hatte ich davor noch nie darüber nachgedacht, aber wenn Apollo Gloss und geschminkte Augen und Glitter trug, wurde ich so heiß, dass es albern war. Jede Schattierung Farbe hatte seine Gesichtszüge mehr betont und er war wunderschön.

„Ich habe mir nur den Chat angeschaut."

„Das ist nicht gut für dich."

„Es geht mir gut", log ich.

„Ich kann sehen, dass du deine Augen verdrehst, und der Spezialist hat dich gewarnt, dass du den Bildschirm nicht länger als zehn Minuten anstarren sollst. Nicht zu vergessen, dass du dich aufregst, wenn du einen Kommentar zu diesem Aarni-Artikel siehst."

Ah ja, das. Er war ein Dorn in meinem Auge und ich spielte mit dem Gedanken, meinen eigenen Artikel zu machen. Adler hatte vorgeschlagen, dass wir Aarni wegen Verleumdung verklagten oder etwas in der Richtung, aber ich wollte nicht noch mehr darüber nachdenken, als ich es ohnehin schon tat. Ich hätte den Post nicht einmal checken sollen, aber für alle zehn Kommentare, die über mich redeten und dass ich das Opfer war, gab es immer einen, der sich an Aarni als einen ‚verdammt guten Spieler' erinnerte, und dass ‚ihm unrecht getan worden war'.

„Na gut, ich werde nicht weiterlesen", versprach ich, obwohl ich gerade mein Handy wieder hochhob. Als er die Stirn runzelte, steckte ich es in meine Tasche. Dann lungerte ich noch kurz in der Küche herum, während Apollo etwas Interessantes mit einer grünen Paprika und Ingwer anstellte. Aber es war offensichtlich, dass er nicht daran interessiert war, meine Zusammenfassung der Meinungen des Teams darüber zu hören, dass Tate Collins mit uns ins Sommer-Camp gehen würde oder die Auswirkungen auf die Höhe der Gehälter. Wer konnte es ihm zum Vorwurf machen? Wenn eine Person nicht Hockey spielte, würde sie nicht verstehen, wie ein Spieler mit demselben Können wie Tennant Madsen-Rowe, wenn nicht besser, uns beeinflussen würde. Mit Ryker und seinem Block und jetzt Tate, der seinen eigenen Block bekommen würde, würden die Raptors einen Doppelschlag haben, der beiden Centern die Gelegenheit gab zu glänzen. Es war aufregend, aber gleichzeitig war es auch nervenaufreibend.

Denn nach der ersten Aufregung konnte ich nur denken, wo stand ich dadurch? Und ich dachte nicht einmal über meine Verletzung nach, hier ging es nur um die Tatsache, dass ich ein solider Flügelspieler war, der bereits seine Chance auf einen Platz in Rykers Flügel verloren hatte, jetzt wo er Teil des berühmten Jens-Alex-Ryker JAR Blocks war. Dort hatte ich immer gehofft zu sein, mit Ryker und Alex zu spielen.

Und das hast du alles verbockt, weil du mit Aarni in das Auto gestiegen bist.

Wenn mein Auge heilte oder es eine wunderbare Intervention gab, oder sogar, wenn ich so hart arbeitete, dass ich meinen Rhythmus mit dem Team fand, wie Coach das wollte, würde ich nicht schnell genug sein, um an Tates Seite zu spielen. Ich würde im dritten Block spielen, wahrscheinlich dem vierten und das war ein wunder Punkt in meiner Zukunft, der mich mit einem hohlen Gefühl zurückließ.

Wenigstens konnte ich, wenn ich laut darüber redete, was die anderen Jungs im Team dachten, meine eigenen Ängste aussprechen, ohne wie ein sich selbst bemitleidender Idiot dazustehen. Die Hälfte des Teams war nicht glücklich mit der Vorstellung, Tate im Team zu haben, die andere Hälfte war diplomatisch und Vlad brachte uns alle mit Nachdruck zum Schweigen. Mit Tate in unserem Team hatten wir eine Chance, dem Ende der Liga zu entkommen und unter all dem Zicken und den Sorgen, ging es schlussendlich darum, dass das Team sich gut machte.

Ich wanderte im Haus herum, durch das Schlafzimmer und die Gästezimmer und das Atrium und auf den Balkon und hinunter zum größten Zimmer, das ich Ballsaal getauft hatte. Es war mindestens fünfzehn Meter lang und genauso breit – ein riesiger Raum mit hohen Decken und einer beweglichen

Trennwand, mit der man das Zimmer teilen konnte. Für mich war es eine Art Trainingsbereich geworden. Ein absolut leerer Raum, in dem ich Drills machte. Die Art, bei denen ich von einem Ende zum anderen rannte, dann auf kleinstem Raum umdrehte und in die gleiche Richtung zurückrannte. An jedem Ende gab es große Fenster, die Vorderseite schaute auf einen Zierbrunnen und einen Teil der Auffahrt, die kurvig war, die Rückseite bot eine wunderschöne Sicht auf Tucson und darüber hinaus.

Energie entfachte in mir und ich hüpfte auf meinen Zehen, schlug ein paar Räder und ging eine kurze Strecke auf den Händen. Ich war nicht so gelenkig wie Apollo – er bestand quasi aus anmutigen Bewegungen und Flexibilität. Ich dagegen hatte den typischen Eisläuferhintern, dicke, schwere Muskeln, und mein Zentrum lag eher hinten unten. Ich fiel um, versuchte es aber erneut, bis ich mindestens sechs Schritte mit den Händen schaffte, dann kam ich wieder nach oben und kämpfte gegen den Schwindel. Ein Teil meines Gedankenprozesses war es, dass dies vielleicht Teile von mir lockern könnte, wie den Vorhang vor meinem Auge oder die Muskeln, die in meinen Schultern schmerzten, auch wenn meine Therapeutin mir sagte, dass ich *ein Idiot war, der die Dynamiken einer Augenverletzung nicht verstand.*

„Hey, Henry", grüßte Dan von der Tür. Er hatte mich seit meinem Zusammenbruch im Garten mehr als einmal besucht, nur war er dieses Mal nicht allein. Ein älterer Mann – groß, dürr, mit riesiger runder Brille – stand neben ihm, sah sehr offiziell aus in einem Anzug mit Krawatte.

„Ich habe mich nur gedehnt", erklärte ich und hoffte, das ergab Sinn.

„Cool, hör zu, das ist Miles Butler. Können wir uns irgendwo unterhalten?"

Ich ging zu Miles und schüttelte seine Hand. Er schien um die sechzig zu sein, mit dichten weißen Haaren und der Aura von jemandem, der selbstbewusst sein Leben im Griff hatte.

„Henry Greenaway", sagte ich, während wir uns die Hände schüttelten, und ich schaute zu Dan, der mir nicht wirklich in die Augen sehen konnte. „Worum geht es?", fragte ich meinen wortkargen Bruder, der mich endlich anschaute und sein Kinn anhob.

„Wir müssen Papiere unterzeichnen, diese Art Zeug", erklärte er und wollte eindeutig keine weiteren Fragen hören. Wir mochten uns als Brüder im wahrsten Sinne des Wortes auseinandergelebt haben, aber ich konnte die Entschlossenheit in Dans Augen sehen, darum entschied ich mich, auch weil die Kopfschmerzen noch da waren, einfach mitzumachen. Ich führte sie durch den Wintergarten, der hinten am Haus angebaut war. Die Hitze des Tages wurde hier durch den Schatten von extrem kleinen Palmen im Inneren bekämpft und mit der Kälte eines Kühlsystems unter dem Boden und wir landeten in dem Zimmer, das ich mir ausgesucht hatte, um all meine Hockeysachen zu verstauen. Ich fühlte mich in diesem Zimmer wohl, als ob ich dorthin gehörte.

Miles räusperte sich und ich passte auf. „Ich bin hier als Repräsentant von Butler, Mitchener und Holmes, Anwälte, die sich auf Spielerverkäufe, Agenten und die

Politik und das allgemeine Geschäft im Hockey spezialisiert haben. Ihr Bruder hat mich gebeten, gewisse Dinge aufzusetzen, und ich bin hier, um Sie mit Ihnen zu besprechen und auch, um alle Fragen zu beantworten, die sie vielleicht haben." Er hielt inne.

Ich dachte, dass er erwartete, dass ich etwas sagte, aber ich hing an der Tatsache fest, dass seine weißen Haare am Hinterkopf hochstanden und auch daran, dass er ein Hockey-Anwalt war. Welcher Spieler hatte überhaupt so etwas?

„Miles hat die Papiere, die du unterschreiben musst für das Geld, das ich benutzen werde, um die Gläubiger zu bezahlen, die-"

„Zur Hölle, nein." Ich stand so schnell auf, dass mein Stuhl klapperte und mir schwindlig wurde. „Ich habe gesagt, dass ich dein Geld nicht will-"

„Setz dich hin!", schrie Dan mich an und zur Hölle mit mir, aber das funktionierte einwandfrei und ich sank auf meinen Stuhl. „Du *wirst* diese Papiere unterschreiben, Henry. Du wirst zustimmen, dir von mir helfen zu lassen, wir werden das in Ordnung bringen und dann wirst du wieder aufs Eis gehen. Sind wir jetzt mit dem Unsinn fertig?"

Er war ganz rot und ich fragte mich, ob es für ihn so schwierig war wie für mich, hier zu sitzen und das zu tun. Miles räusperte sich und schob mir ein dickes Blatt Papier mit der Anschrift seiner Firma hin, auf dem sechs Namen standen, sowie eine Reihe Zahlen. Ich las sie einmal und dann die Gesamtsumme ganz unten und las sie dann erneut. „Was ist das?" In meinem Herzen wusste ich bereits, was es war, und mir war schlecht.

„Eine Zusammenfassung Ihrer Gläubiger", sagte Miles sanft. „Und die im Moment ausstehenden Zahlungen bis zum Abschluss des heutigen Geschäftstags."

Ich ging die Zahlen erneut durch, aber sie waren so hoch, dass ich nur noch verschwommen sah, und ich war mir nicht sicher, ob es wegen meiner Tränen war oder weil mein kaputtes Auge abschaltete. „Drei Millionen, mehr als das, beinahe dreieinhalb Millionen Dollar? Ich habe nicht einmal ansatzweise so viel verdient, wie haben Ed und Mom ... wie haben sie ...?"

Miles schob mir ein weiteres Papier hin, das voller Anwalt-Jargon war und ganz unten befand sich meine Unterschrift und daneben schien Dans Name zu stehen. Ich hatte seine Signatur schon zuvor gesehen, wenn ich schaute, was er so trieb und das hier sah seiner Unterschrift überhaupt nicht ähnlich.

„Sie haben sie gefälscht, Henry, als ich meinen letzten Vertrag mit Philadelphia unterschrieben habe, acht Millionen, und es sieht so aus, als hätte Ed diese Investoren überzeugt, dass ich dieses Projekt unterstütze, von dem er Teil war. Das hier ist auch mein Problem, aber es würde vor Gericht keinen Bestand haben, weil das nicht meine Unterschrift ist." Er deutete ganz unten hin. „Ist es deine?"

Meine verschwommene Sicht wollte nicht kooperieren, aber durch reine Willenskraft schaffte ich es, mich auf die winzige Schrift zu fokussieren und es sah wie meine aus, auch wenn ich das Dokument nicht erkannte. Warum hatte ich unterschrieben, was der Anwalt mir hingeschoben hatte, warum hatte ich die freien Stellen neben meinem Namen nicht hinterfragt, warum hatte ich Mom vertraut? Ich war innerlich tot, verloren und sogar als Dan um den Tisch rutschte und sich neben mich setzte, fühlte ich nichts anderes als Einsamkeit. Ich hatte meine Mom geliebt, hatte ihr vertraut und das hatte sie mir angetan. Ich hatte Aarni vertraut und gedacht, dass ich ihn liebte und was war da passiert? Welche Art Mann war ich, dass ich diese Dinge nicht sah?

Miles fing wieder an zu reden. „Ich habe eine Überweisung von drei-Komma-vierundsiebzig Millionen an die Gläubiger veranlasst. Das Geld kommt von Daniel Greenaway, um alle Schulden zu tilgen, die durch diesen Vertrag zustande gekommen sind." Das dritte Papier wurde mir zugeschoben und dieses Mal war es ein leereres Stück, das die Überweisung autorisierte und von Dan unterzeichnet war und dann weiter unten ein Hinweis, dass dies kein Kredit war, sondern die Auflösung von Familienschulden.

„Ich kann das nicht unterzeichnen. Hast du überhaupt so viel Geld? Himmel, Dan."

„Lass uns das durchziehen", murmelte Dan. „Ich verdiene im Moment sechs Mille pro Jahr. Lass es uns einfach machen, alle auszahlen. Dann müssen wir uns nur noch mit Mom herumschlagen und das können wir zusammen machen."

„Ich kann dich nicht bitten, das zu tun."

Miles stand auf und räusperte sich. „Ich werde Sie einen Moment alleinlassen."

Erst als ich mir sicher war, dass Miles gegangen war, drehte ich mich zu Dan um und flippte aus. Ich war mir nicht sicher, ob ich geweint habe oder gefleht oder einfach nur einen gewöhnlichen Zusammenbruch hatte, aber er zog mich in eine Umarmung und hielt mich für eine Ewigkeit an sich gedrückt. Ich fühlte mich sicher in den Armen meines Bruders und er plauderte in mein Ohr über Familie und Mom und Brüder-Zeug, bis ich anfing zu glauben, dass alles gut werden würde. Als ich die Dokumente unterzeichnete, spürte ich das Gewicht der Verpflichtung, aber es wurde von einem fragilen Frieden gekontert, weil ich wusste, dass ich kein Geld schuldig war.

„Ich liebe dich, kleiner Bruder", flüsterte er in mein Ohr, als wir uns zum Abschied umarmten und dann, vollkommen benommen, schaute ich zu, wie sie beide davonfuhren, Miles in seinem Mercedes, Dan in seinem Porsche.

„Geht es dir gut?", fragte Apollo, während er mir ein Getränk reichte. Es war rosa, zischte und war mit einer Ananas und einem Schirm dekoriert. Der Drink entlockte mir ein Lächeln, Apollo brachte mich zum Lächeln und mein Bruder war wieder mein Bruder. Sogar meine Kopfschmerzen waren weg. Ich wollte ihm erzählen, was gerade passiert war, weil es um Mom ging und Geld und meinen Bruder und es zu wichtig war, um es für mich zu behalten. Aber … war das eine zu große Bürde für ihn? War es richtig, von ihm zu erwarten, dass er es verstand? Würde er überhaupt anfangen zu sehen, was ich in meiner Dummheit getan hatte? Darum mied ich es stattdessen, überhaupt darüber zu reden.

„Ja, nur familiäres Anwaltszeug."

Apollo schenkte mir ein Lächeln und ich liebte es,

dann drehte er vor mir eine Pirouette, bevor er einen Kuss auf meine Lippen drückte und davontanzte. „Komm, großer Junge. Ryker und Jacob werden in dreißig Minuten hier sein und ich brauche deine Hilfe, um etwas aus dem obersten Schrank zu holen." Er ging in die Küche und ich folgte.

Denn jetzt war ich hungrig auf mehr Küsse.

RYKER FING ZU REDEN AN, bevor er und Jacob überhaupt richtig im Haus waren. Jacob kümmerte sich darum, das Auto abzuschließen, ihren Beitrag zum Abendessen hereinzutragen und mit Apollo zu plaudern. Ich? Ich hörte aus erster Hand, was Ryker *wirklich* von der Neuigkeit hielt, dass Tate zu uns stoßen würde und er hatte noch keine Pause zum Atemholen gemacht.

„Dann hat Dad gesagt, dass es wie in Pittsburgh sein würde, ja, dass wir zwei Blöcke mit Top-Centern haben würden, um die Verteidigung der Gegner zu teilen, und ich konnte nur denken, dass ich stolz bin, dass er denkt, dass ich so gut bin und wütend, weil ich sicher bin, dass ich im zweiten Block sein werde. Aber dann hat Ten gesagt, dass es um den Cup und das Team geht und es ist eine Freude, Teil eines starken Teams zu sein und dann hat er angefangen darüber zu reden, als er mit Tate gespielt hat und dass er versteht, wie ich mich fühle und-"

Apollo stand zwischen uns, aber Ryker und ich waren größer, darum fing er an, auf und abzuspringen.

Zuerst redete Ryker weiter, lehnte sich um den hüpfenden Latino herum, aber dann kapierte er es, ungefähr zur gleichen Zeit, als Apollo aufhörte zu hüpfen. Jacob lachte schnaubend, und dann legte Apollo seine Hand auf Rykers Brustkorb und schob ihn rückwärts, bis er beim Sofa war und dann, nach einem finalen Stoß, saß Ryker neben Jacob. Nur diese Handlung schien Ryker neu aufzusetzen, weil er jetzt viel ruhiger war, während er an einem fruchtigen Drink nippte und viel rationaler redete.

Irgendwie hatten wir, zwischen Rykers Geplapper, Jacobs Versuchen, ihn zu beruhigen, dem Essen, das Apollo servierte und dessen Verzehr nicht darüber gesprochen, was ich dachte, wie Tate ins Team passen würde. Ich konnte den Moment sehen, als Ryker klar wurde, dass er das Gespräch monopolisiert hatte und er wurde knallrot, als Jacob ihn mit dem Ellbogen anstieß, um ihn daran zu erinnern, dass er mir keine einzige Frage gestellt hatte.

„Mein Fehler." Ryker schlug seine Faust gegen meine und es war mir egal, dass er mir keine Fragen zu Tate gestellt hatte, weil das weit hinten auf meiner Liste von Genesung, Reha und der Verwirrung war, die meine Gefühle für Apollo auslösten.

„Wie geht es dir, Henry?", fragte Jacob und warf Ryker einen Seitenblick zu.

„Mir geht es gut, ich arbeite an Drills, muss aufs Eis, wenn du Lust hast, Ry?"

„Immer", stimmte Ryker sofort zu.

Und dann, als ob ich keine Kontrolle über meine Mund-Hirn Verbindung hätte, brach meine sorgfältig konstruierte Mauer zusammen. „Außerdem haben meine Mom und dieser Typ mich in den Bankrott getrieben und haben mir über drei Millionen Schulden beschert und mein Bruder finanziert die Rückzahlung der Schulden und ich bin finanziell ziemlich am Arsch, aber das ist okay, denn wenn ich wieder im Team bin, wird alles gut sein." Nur der Himmel wusste, warum ich damit herausgeplatzt war.

Neben mir versteifte Apollo sich. „Das hat sie gemacht? Wer ist der Mann?"

Ich wusste, dass ich es ihm früher hätte sagen sollen, schließlich hatten wir Sex gehabt, oder? Ich schuldete ihm einen Teil von mir, den andere nicht zu sehen bekamen, den verletzlichen Unterbauch, den man nur den Leuten zeigt, denen man nahekommt. Ich rechtfertigte vor mir, dass ich es ihm nicht erzählt hatte, weil wir das Abendessen vorbereitet hatten oder weil ich immer noch unter Schock gestanden war oder weil Ryker kam oder sogar, weil ich über Tate hatte nachdenken müssen, aber ich hatte Apollo vergessen. Ich wusste, dass diese Enthüllung den Raum nicht verlassen würde, weil ich Ryker vertraute und Ryker kam mit Jacob und sie waren das beste Paar, das ich je gesehen hatte. Ich vertraute Apollo, weil …

Er wurde angestellt, um dir zu helfen. Er steht unter Vertrag, nichts auszuplaudern.

Nichts davon hörte sich in meinem Kopf richtig an, aber es musste einen Grund geben, warum ich die Neuigkeit verkündet hatte, wenn ich nicht allein war mit Apollo? Bewies das, dass ich ihn nicht liebte? Oder war ich nur verloren in dem Gefühl, dass ich es nicht verdiente, ihn zu lieben? Wusste ich überhaupt, was Liebe war?

Apollo war still, während Jacob mir Fragen stellte, was passiert war und der ganze traurige Schlamassel kam in leisen Erklärungen heraus. Ryker und Jacob umarmten mich fest, als sie gingen, beide versicherten mir, dass alles in Ordnung kommen würde und dann ging ich zu Apollo, der in der Küche hantierte und Sachen aufräumte.

„Ryker scheint mit den Nachrichten zufrieden zu sein", fing Apollo fröhlich an. „Über Tate, meine ich, nachdem ich wie ein Clown vor ihm auf und abgesprungen bin, damit er aufhört, dir jedes Gespräch, das er geführt hat, seit er es erfahren hat, ins Gesicht zu schreien."

„Apollo-"

„Und hast du gesehen, wie Jacob die ganze Zeit seine Hand gehalten hat, als ob er Ryker durch schiere Willenskraft dazu bringen kann, sich zu beruhigen."

„Können wir -?"

„Hilfst du mir, diese Gewürze wieder in den obersten Schrank zu stellen? Ansonsten muss ich die Trittleiter wieder herausholen und das letzte Mal ist sie unter der Arbeitsplatte stecken geblieben und war schwierig herauszuholen."

„Stopp." Ich war an der Reihe zu reden und ich hatte eine Menge, was ich ihm sagen musste. Ich hob ihn hoch und setzte ihn auf die Arbeitsplatte, stellte mich zwischen seine Beine und hielt ihn dort fest. „Es tut mir leid, dass ich dir nicht erzählt habe, warum Dan hier war", flüsterte ich an seiner Wange und wartete darauf, dass er wütend wurde.

„Das ist in Ordnung." Er legte seine Hände auf meine Schultern und lehnte sich von mir weg. „Du musst mir im Moment gar nichts erzählen. Ich bin nur die Person, die hier ist, um-"

„Sag das nicht. Für mich bist du kein nur." Ich küsste ihn und goss jede Entschuldigung und verdrehte Emotion in diesen Kuss. Zuerst versuchte er, sich zu entziehen, und dann wuchs die Leidenschaft und der Kuss vertiefte sich und er hörte auf, sich zu wehren, seine Hände legten sich um meinen Hals.

Ich bedauerte es, ihm nicht jedes Geheimnis erzählt zu haben, das ich je gehütet hatte, ich wünschte, ich hätte mich ihm anvertraut, um ihm zu zeigen, wie viel er mir bedeutete.

Ich bin so dumm.

Und wenn Apollo nach Hause ging, würde ich mich meinen Gefühlen nie gestellt haben und schlimmer, ich würde niemals in Betracht gezogen haben, ob ich noch einmal jemanden wirklich lieben konnte.

ELF

Apollo

Als Anfang Juni das Finale des Stanley Cups stattfand, hatte ich meine Emotionen fest im Griff. Nicht wirklich. Ich verbrachte eine Menge Zeit damit, mich in meinem Schlafzimmer zu verstecken, mein dämliches Herz zu verfluchen und in die Kissen zu wimmern, während „Who's That Girl" die ganze Nacht in Endlosschleife spielte. Ich redete so oft wie möglich mit Adler, aber da er und die Railers im Finale gegen ein hartes San Diego Swarm Team standen, waren unsere Gespräche auf ein Minimum reduziert. Nicht, dass ich es ihm erzählt hätte. Sich in Henry zu verlieben war nichts, womit man angab, egal, was Tía Sofía gesagt hatte. Nein, es machte keinen Sinn, mich emotional auf Henry zu werfen. Körperlich versuchte ich, Abstand zu halten, ehrlich, das machte ich. Aber eine Woche verging und dann küsste er mein Ohr oder machte mir ein Kompliment über meine Knöchel oder kaufte mir einen neuen Armreif und dann stellte ich fest, dass mein Herz vor Emotionen überfloss. Diese Emotionen schienen direkt in meinen Schwanz zu fließen. Zwei harte Schwänze im selben Zimmer endete mit meinen Fersen zu Jesus. Ich war so eine kleine Schlampe …

Darum stürzte ich mich, anstatt etwas wegen meiner Gefühle für einen Mann zu unternehmen, der meine Liebe nicht erwiderte, darauf, der beste Gesellschafter in Arizona zu sein. Was bedeutete, dass ich Henry umsorgte und Partys veranstaltete. Wir hatten ständig Leute zu Gast, aus allen möglichen Gründen. Der Großteil des Teams war weg, Alex und Seb waren in England, Vlad in Russland und Colorado und die Chaotic Furballs tourten an der Westküste entlang. Während einer langen Nacht mit Madonna und meiner begrabenen Zuneigung, kam mir eine hervorragende Idee. Heute erwachte diese Idee zum Leben und es war eine großartige Sache, auch wenn ich das selbst sagte.

„Erklär mir noch einmal, warum du künstliches Eis im Ballsaal hast", sagte Tía Sofia, als wir in der Tür zu dem großen Raum standen und Henry Runden auf dem künstlichen Eis drehte.

„Weil es eine Viewing-Party für das siebte Spiel im Cup-Finale ist!"

Sie starrte mich an, als ob ich komplett den Verstand verloren hätte. „Wenn du meinst. Ich persönlich finde, ein Buffet für die Gäste und ein großer Bildschirm hätten ausgereicht, aber wer bin ich, so etwas zu sagen? Es ist ganz klar, dass du diese übertriebenen Soiréen nicht benutzt, um deine Gefühle zu verbergen, wie wir es in den letzten paar Wochen ungefähr viertausend Mal diskutiert haben, oder? Ich Dummerchen. Altes Tantchen Sofia, was weiß *ich* schon über Liebe und Romantik? Rein gar nichts. Geh nach Hause, du alte Schachtel, du bist betrunken."

Ich ignorierte sie. Es war nicht leicht, eine ein Meter fünfundachtzig große Frau in einem Tennant Rowe-Madsen Jersey, schwarzer Leggins und funkelnden silbernen Sandalen zu ignorieren, von denen ich mir wünschte, dass sie mir gehörten, aber ich schaffte es, sie zu ignorieren. Ein wenig. Überhaupt nicht.

„Ich benutze nichts für gar nichts. Sei einfach still." Mit diesen Worten marschierte ich davon, um nach dem Essen zu sehen und zu schauen, wo ich diese silbernen Sandalen online bekommen konnte. Henry hatte das künstliche Eis gefallen, als ich es ihm gezeigt hatte. Das war alles, was zählte. Ihn so glücklich zu machen, wie ich konnte, solange ich hier war. Es klingelte. Ich hörte, wie Tía Sofía loseilte, um aufzumachen.

Ich begrüßte die ersten Gäste mit einem Lächeln und einem Tablett Cocktails. Mark Westman-Reid und Coach Rowen Carmichael wirkten beide eher verloren, nahmen aber die Margaritas, die ich ihnen anbot, mit einem peinlichen Lächeln. Ich wusste, dass der Head Coach nicht oft auf Spieler-Partys ging, aber da die Spieler in der Gegend im Moment dünn gesät waren, hatte ich die Coaches, das Management und die Eigentümer anzapfen müssen.

„Das ist ein ziemliches Haus", bemerkte Rowen, nahm dabei einen Schluck von seinem Cocktail. „Und deine Tante ist eine hervorragende Gastgeberin." Tía Sofía hatte Mark am Arm, zerrte ihn herum, um ihm den Rest der Lockhart-Villa zu zeigen. Ich lächelte breit und führte ihn zum Ballsaal. Seine Augen flammten auf. „Wow", murmelte er. Salz klebte an seinen Lippen.

„Hey, Coach!", schrie Henry, während er eine weitere Runde drehte. Seine Kufen glitten über das künstliche Eis, als wäre es echt. „Hast du deine Schlittschuhe mitgebracht?"

„Ich, äh … nein. Es tut mir leid. Ich dachte, das wäre ein Druckfehler auf den Einladungen", gab Rowen zurück.

„Es ist der Wahnsinn, nicht wahr? Ich wollte eine Fläche draußen beim Pool haben, aber es hatte eine Woche lang vierzig Grad, darum haben wir stattdessen das hier gemacht!" Ich hüpfte herum, die Cocktails schwappten auf dem silbernen Tablett ein wenig über. „Im Unterhaltungszimmer ist alles vorbereitet. Das Essen wird bald serviert! Folge einfach der großen Latina in dem Tennant Rowe Jersey und-"

Es klingelte. Tía Sofía eilte an der offenen Doppeltür vorbei. Ich lächelte Henry an, als er vorbeifuhr, mit einem Puck vor seinem Schläger. Ryker und Jacob tauchten hinter mir auf und das war es. Sie rieben mir zum Dank über den Kopf, setzten sich und zogen sich ihre Schlittschuhe an.

Ich wanderte davon, um Getränke zu servieren und dann die Rippchen, Chicken Wings, das Chili und andere sportliche Nahrungsmittel ins Fernsehzimmer zu schleppen. Wir hatten am Ende zwanzig Leute, sechs von ihnen waren Westman-Reids, die sich wahrscheinlich verpflichtet fühlten, auf eine Einladung zu reagieren, auf der der Name Lockhart stand. Wir setzten uns, um Spiel Nummer sieben anzusehen, die meisten von uns im Dunkelblau der Railers, aber ein paar trugen das Grün und Weiß des Swarm.

Am Ende des Spiels feierten die beiden in den Swarm Jerseys. Diejenigen von uns, die Dunkelblau trugen, waren wie vom Donner gerührt. Die Railers hatten um ein Tor verloren. Es schmerzte mich tief in meiner Seele. Diese Männer waren für mich wie eine Familie. Adler war mein Bruder von einer anderen Mutter. Die Kamera, die ihre niedergeschlagenen Gesichter zeigte und Stan, der in seinem Netz kniete, während der Puck, der an ihm vorbeigeschlittert war, noch im Netz lag, brach mir das Herz. Ich rannte aus dem Fernsehzimmer, um in der Küche zu weinen.

„Hey, geht es dir gut?" Ich wirbelte herum, um mein Gesicht vor Henry zu verstecken, als er auftauchte.

„Es geht mir gut, ich bin nur enttäuscht. Hast du Adlers Gesicht gesehen?"

Henry legte von hinten seine Arme um mich, küsste meinen Hals und hielt mich fest. Ich schmolz in ihn, Tränen liefen an meinen Wangen nach unten.

„Du bist so empathisch, so freigiebig, so im Einklang mit allen anderen. Ich liebe das an dir."

Ich wusste, dass die Worte als Trost und Lob gemeint waren, aber sie machten mich nur noch unglücklicher. Er liebte mein freigiebiges Herz, aber nicht mich. Ich wand mich aus seinen Armen und trat von ihm weg, wollte im Moment gerade nicht von ihm gehalten werden, weil alles ein verwirrtes Durcheinander war. Er sah verletzt aus. Dieser Gesichtsausdruck reichte in der Regel, dass ich zurückeilte, um ihn zu berühren, ihn zu trösten, aber der Schock über die Niederlage der Railers und mein Mitgefühl für Adler, weckten in mir den Wunsch, allein zu sein.

„Ich bin eine Heulsuse." Ich hustete und eilte zur Spüle, um mir kaltes Wasser ins Gesicht zu spritzen. „Es ist nur ein Hockeyspiel. Und wir haben Gäste." Ich tupfte meine feuchten Wangen mit einem Geschirrtuch mit Hühnern darauf trocken – ein lustiges Scherzgeschenk von Alex, der sehr gerne erwähnte, dass die spanische Bezeichnung für Huhn *pollo* war, was Apollo supernahe kam – und klebte mir dann ein Lächeln an. „Gehst du bitte zurück und schaust nach den Gästen? Ich bringe gleich ein paar süße Sachen." Ich konnte ihn nicht ansehen, weil ich wusste, dass er immer noch diesen verwirrten Gesichtsausdruck tragen würde und worüber war er verwirrt? Er liebte mich nicht. Er verstand nicht, wie Liebe war.

„Bist du sicher, dass es dir gut geht?" Er kam zu mir, um meine Wange zu berühren. Ich wäre beinahe wieder ausgeflippt, aber ich schniefte und zwang mich zu einem Grinsen.

„Ja. Ich rufe Adler an, bevor ich ins Bett gehe."

Er beugte sich vor, um einen Kuss auf meine Wange zu drücken, dem ich auswich und mit einem leisen Seufzen schlenderte er los, um den Gastgeber zu spielen. Zitternd und schniefend schaffte ich es, die Kekse und Tarts, die ich gebacken hatte, auf ein Tablett zu legen und trug sie nach draußen zu den Gästen. Die Party neigte sich nach den Süßigkeiten und dem Kaffee dem Ende zu. Henry und ich befanden uns an gegenüberliegenden Seiten des Raumes. Ich konnte sehen, dass er ein paar Mal mit mir reden wollte, aber ich wechselte das Thema oder plauderte mit jemand anderen. Tatsächlich führte ich ein nicht wirklich faszinierendes Gespräch mit Mark über die Mode dieses Jahr, nur damit ich nicht mit Henry reden musste und ich konnte sehen, wie Henrys Frust wuchs. Schließlich standen Tía Sofía, Henry und ich an der Eingangstür, um uns von allen zu verabschieden.

„Du musst zu wasserfester Mascara wechseln, Baby", flüsterte Tía Sofía, während sie unseren die kurvige Einfahrt hinunterfahrenden Gästen winkte.

„Ich hatte nicht vor zu weinen. Ich dachte, wir würden gewinnen", gab ich zurück, als die letzten Rückleuchten aus unserer Sicht verschwanden. Henry drehte sich von uns weg und verschwand nach drinnen, ohne meiner Tante Gute Nacht zu sagen. Das war ziemlich unhöflich und passte überhaupt nicht zu ihm. „Es tut mir leid, dass er sich nicht verabschiedet hat. Vielleicht hat er Kopfschmerzen."

„Schon gut. Es braucht mehr als eine kleine Brüskierung, um mir einen Knoten ins Höschen zu machen. Gib mir einen Gute-Nacht-Kuss, *mijo*." Sie beugte sich nach unten und ich gab ihr Küsschen auf beide Wangen, begleitete sie dann zu ihrem roten Jaguar, der im Schatten der Villa geparkt war. „Apollo, tu mir einen Gefallen. Rede mit Henry. Sag ihm, was du empfindest."

Ich nickte.

Sie seufzte, wusste, dass ich wahrscheinlich nicht tun würde, was sie von mir wollte. Mit einem Verdrehen ihrer wunderschönen braunen Augen faltete sie sich hinter das Lenkrad, fuhr das Dach ein, band sich einen weißen Schal um ihren Kopf und raste in die Wüstennacht hinaus.

Ich wanderte durch den Garten auf der Suche nach Henry. Er saß am Rand des Pools und weichte seine Füße ein. Die Nacht war erfüllt vom Gesang von Insekten. Er schaute zu mir auf, als ich mich näherte und ich konnte sehen, dass Verwirrung sich zu Gereiztheit gewandelt hatte und dass er auf Streit aus war. Die Zeichen für Kopfschmerzen lagen um seine Augen und er presste seine Finger an seine Schläfen und verzog das Gesicht, noch während er redete.

„Du hast ‚wir‘ gesagt", meinte er.

„‘Wir‘ was?"

„Du hast gesagt, dass du dachtest, *wir* würden gewinnen, als du über die Railers gesprochen hast. Ich dachte, dass die Raptors jetzt vielleicht dein Team sind, so wie sie meines sind, aber ich kann sehen, wo deine Loyalitäten liegen."

Mein Mund klappte auf. War er wirklich wütend, weil ich immer noch ein Railers-Fan war? Wollte er heute Nacht wirklich streiten? Was hatte er erwartet? Es war nicht so, dass wir irgendwie real waren, und wieder stützte ich mich auf eine Beziehung, von der ich *wusste*, dass ich geliebt wurde.

„Meine Loyalität gilt dem Mann, mit dem ich aufgewachsen bin. Adler ist für mich wie ein Bruder-"

„Ja, ich weiß, was Adler dir bedeutet. Gut, dass du bald wieder zu ihm zurückgehst."

„Was machst du da?", fragte ich.

„Ich weiß endlich sicher, wo ich hineinpasse!"

Mit diesen Worten stand er auf und stürmte davon, seine Fäuste waren geballt, seine nassen Füße platschten auf den Zement und seine Schultern waren angespannt. Ich dachte darüber nach, ihm nachzulaufen und eine Entschuldigung und eine Erklärung zu verlangen. Was kümmerte es ihn, was zwischen mir und Adler war? Henry liebte mich nicht, hatte nicht einmal irgendeine Art Wunsch ausgedrückt, mit mir und nur mit mir zusammen zu sein. Ugh. Ugh. *Ugh.*

Die Liebe war beschissen. Warum machte ich das immer wieder? Ich stapfte ins Haus, um aufzuräumen. Der Anblick der Berge an schmutzigen Tellern, Besteck und Gläsern ließ mich stöhnen, aber ich stürzte mich darauf, wusste, dass es mir helfen würde, mich von der Traurigkeit über den Verlust abzulenken.

Zwei Stunden später, lange nach Mitternacht, schlich ich an Henrys Tür vorbei. Es konnte sein, dass er immer noch wütend war oder Schmerzen hatte, aber ich hatte meine Wut vor einer Stunde überwunden. Jetzt wollte ich mich nur versöhnen und von ihm lieben lassen, bis der Morgen graute. Der Drang, zu ihm zu gehen, war stark, aber ich hatte diese eine Barriere zwischen uns aufrechterhalten. Wenn ich in seinen Armen aufwachte, würde ich auf gar keinen Fall im September hier abreisen können, ohne in Stücke gerissen zu werden. So wie die Dinge lagen, würde meine Abreise brutal genug sein. Das große Haus war still, abgesehen von der Klimaanlage, die im Wintergarten ein kleines Windspiel zum Klingen brachte. Ich zog mich aus und duschte, wollte den Schweiß und den Gestank des Kochens loswerden. Ich trug nichts als einen seidenen Bademantel, als ich in mein Bett ging.

Es war zu groß, zu kalt und zu leer, aber ich kletterte dennoch hinein. Mit dem Handy rief ich Adler an. Ich war ihm in San Diego nur eine Stunde voraus und wusste, dass er wach war und den Abend durchleben würde, die Fehler, die er dachte, gemacht zu haben, die Spielzüge, die besser hätten laufen können, das Schicksal selbst, wahrscheinlich. Er ging nach dem ersten Klingeln ran.

„Hey", sagte ich, schob dabei meine Füße unter die dicke Decke und zog sie an meinen Brustkorb. „Das mit der Niederlage tut mir so leid. Ihr Jungs habt alles gegeben."

„Hey." Er seufzte. Mein Herz schmerzte. „Danke für den Anruf. Ich vermisse dich so sehr, Apollo."

„Ich vermisse dich auch. Willst du reden?"

„Über das Spiel heute Abend? Nein, das will ich wirklich nicht. Ich habe es verbockt. Dieser Puckverlust im ersten Drittel war unverzeihlich. Sie sollten meinen dämlichen Hintern verkaufen."

„Stopp. Hör einfach auf. Ein Team gewinnt und verliert als Ganzes. Alle haben Fehler gemacht. Tennant hat dieses Penalty für Tripping im zweiten Drittel bekommen, Eric hat diesen Penalty-Shot versiebt und Stan hat dieses schwache Tor am Ende des Spiels durchgelassen."

„Nicht seine Schuld. Er hat die letzte Woche mit einer Verletzung in der Leiste gespielt. Das war unser Fehler und der der Verteidigung. Wir hätten seinen Bereich besser decken müssen."

Ich schloss meine Augen und zählte bis zwanzig. Das war so typisch. Ich hatte den Verdacht, dass jeder Mann der Railers sich selbst dafür fertigmachte, im letzten Spiel Fehler gemacht zu haben. Keiner von ihnen würde stolz darauf sein, dass sie es so weit geschafft hatten, sie würden sich nur Vorwürfe machen, dass sie den Cup nicht zurück nach Harrisburg gebracht hatten.

„Warum schaust du nicht für einen Besuch vorbei, bevor du nach Hause fliegst. Ist Layton bei dir?"

„Ist er, ja."

„Dann kommt. Wir haben uns seit Monaten nicht gesehen. Es ist schließlich dein Haus, komm und verbring etwas Zeit hier. Ich mache dir Kekse."

„Die mit der Limetten-Guaven-Füllung?"

Das brachte mich zum Lächeln. „Ja. Ein ganzes Blech. Du wirst dich aber mit Henry darum prügeln müssen."

„Okay, ja, das würde mir gefallen. Es besteht kein Grund, sofort nach Hause zu fliegen und den Abscheu in den Gesichtern der Fans zu sehen. Ich sage dir Bescheid, wenn wir aufbrechen. Hey, Mann, danke für die Einladung. Zeit mit dir zu verbringen, wird wirklich helfen. Ich liebe dich, Bro."

„Ich liebe dich auch, Adler. Wir sehen uns morgen." Ich legte auf, wischte mir über die Augen und kuschelte mich in die Decke, fragte mich, warum es der falsche Mann war, der gerade gesagt hatte, dass er mich liebte und der richtige Mann in seinem Zimmer saß und wütend auf mich war.

ADLER KAM AM NÄCHSTEN TAG AN, Layton an seiner Seite. Henry hatte den ganzen Morgen nicht mit mir gesprochen, hatte sich wie ein Geist durchs Haus bewegt und war erst jetzt aufgetaucht, um Adler zu begrüßen. Weil ich ziemlich zickig sein konnte, wenn jemand Minuspunkte bei mir hatte, zeigte ich Henry die kalte Schulter, als die blaue Corvette zum Haus hochfuhr und Adler seine langen Beine hinter dem Lenkrad herausfaltete.

Ich brachte mich beinahe selbst um, als ich losrannte, um ihn zu begrüßen. Er hob mich hoch, als wäre ich eine Lumpenpuppe, umarmte mich fest und küsste meinen Kopf ein paar dutzend Mal, bevor er mich absetzte und lang und intensiv anstarrte.

„Du siehst gut aus. Gebräunt, lächelnd und hübsch wie ein Bild. Henry! Hey, Mann." Adler marschierte zu Henry, schlug ihm auf die Schulter, umarmte ihn, tätschelte seinen Kopf und zerrte ihn dann nach drinnen, während er über Hockey plapperte. Ich ging zu Layton, der Taschen aus dem Kofferraum des Autos hob.

„Brauchst du Hilfe?", fragte ich, nachdem ich ihn kurz umarmt hatte.

„Nein, danke, wir haben nur wenig gepackt, damit Adler Einkaufen gehen kann, wenn uns die Kleidung ausgeht. Ich war zu müde, um zu streiten." Er schulterte die beiden großen Taschen und schlug den Kofferraum dann zu. „Du siehst gut aus. Er hat nonstop darüber geredet, dich zu sehen. Das war eine hervorragende Idee. Danke, dass du es vorgeschlagen hast."

„Nun, für mich ist es auch schön. Ich vermisse ihn sehr. Das mit den Railers tut mir leid."

„Uns auch, aber es gibt immer die nächste Saison. Der Swarm hat diesen Cup-Sieg verdient." Wir gingen ins Haus und folgten den Geräuschen von zwei erwachsenen Männern, die über künstliches Eis rutschten.

„Heilige Scheiße, das ist der Hammer!", jubelte Adler, während er auf Strumpfsocken herumrutschte. „Foxy Man, wir brauchen das bei uns zu Hause!"

„Ja, das ist genau das, was wir zu Hause brauchen", flüsterte Layton.

Ich schob ihn weiter, mein Blick huschte zu Henry, der mich von der anderen Seite des Eises anstarrte. Die Firma, die das Eis ausgelegt hatte, würde morgen kommen, um alles wegzuräumen, darum konnte er es jetzt genauso gut noch genießen. Nicht, dass er es genoss, so wie es aussah, weil er mehr darauf konzentriert war, mich anzustarren, als ob ich seinen Schläger gestohlen hätte oder etwas in der Art. Ugh. Gefühle. Ugh. Romantik. Ugh. Männer.

Der Rest des Tages verging wie im Flug, sobald Adler das Eis verließ. Wir verbrachten den Großteil am Pool, aßen und redeten über Hockey und Filme und Musik. Weil Adler hier war, gestattete ich, dass die Musik, die im Haus spielte, von Achtzigerjahre Hair Bands kam. Die Nacht fiel über die Wüstenstadt und wir hatten nichts getan, außer zu schwimmen, zu essen und zu plaudern. Es fühlte sich an, als wären wir ewig getrennt gewesen, nicht nur ein paar Monate.

„... die längste Zeit, die wir je getrennt waren",

sagte Adler, als er und ich im Pool auf Luftmatratzen lagen, unter einer Million Sterne. „Hier ist es echt cool. Warum verbringe ich nicht mehr Zeit hier?"

„Weil Layton in Harrisburg ist."

„Das stimmt."

Er paddelte in trägen Kreisen um mich herum. Layton und Henry waren vor zwei Stunden ins Bett gegangen. Layton hatte gesagt, dass er erschöpft war und Henry, dass er Kopfschmerzen hatte. Ich würde auf meinem Weg ins Bett bei ihm vorbeischauen, um zu sehen, wie es ihm ging. Nur weil er sich mir und Adler gegenüber seltsam benahm, hieß das nicht, dass ich mir keine Sorgen um ihn machte. Was, wenn seine Gehirnerschütterung ihm plötzlich Übelkeit bereitete? Oder sein Auge Druck auf sein Hirn ausübte? Oh, scheiße. Ich war ein furchtbarer Gesellschafter, weil ich den ganzen Tag nicht mit ihm gesprochen hatte!

„… ein Wort von dem, was ich in den letzten fünf Minuten gesagt habe?"

„Was? Wer? Ja, natürlich habe ich zugehört. Ich muss nach Henry sehen. Ich glaube, sein Hirn steht unter Druck."

Was auch immer Adler mich nannte, ich blockte es, als ich nach drinnen rannte, Wasserspuren auf meinem Weg zu Henrys Tür hinterließ, an die ich klopfte. Als er ein oder zwei Minuten später aufmachte, vom Schlaf zerzaust, wäre ich vor Erleichterung beinahe in die Luft gesprungen.

Er musterte mich kurz von oben bis unten. „Du machst Pfützen auf dem Boden."

„Die wische ich später auf." Ich zog meine

klatschnasse Badehose hoch. „Ich habe mir Sorgen um deinen Kopf gemacht. Tut er noch weh? Sollten wir vielleicht einen Arzt rufen? Die Kopfschmerzen hattest du den ganzen Tag-"

„Es geht mir gut." Ich verschränkte meine Arme vor meinem Brustkorb. „Wirklich, es geht mir gut. Die Kopfschmerzen sind nicht so schlimm. Ich komme nur nicht damit klar, dich und Adler zusammen zu sehen. Ich weiß, dass das selbstsüchtig und dumm ist." Er presste erneut seine Finger an seine Schläfen und ich wusste, dass er Probleme hatte. „Ich war der einzige Mann, um den du dich gekümmert hast und jetzt, wo er da ist-"

Ich warf mich auf ihn, kletterte an ihm nach oben, als wäre er das heißeste Klettergerüst der Welt. Er umfasste meinen Hintern, als mein Mund seinen fand. Ich schlang mich um ihn und wir küssten uns wie Liebende, die sich seit Äonen nicht gesehen hatten. Ich strich mit meinen Fingern durch seine Haare, zementierte seinen Mund an meinen.

„Sucht euch ein Zimmer", meinte Adler als er auf dem Weg in das Mauve-Gästezimmer an und vorbeischlenderte. Henry hätte mich beinahe fallengelassen. Ich fing mich am Türrahmen ab, warf Adler einen finsteren Blick zu und schaute dann in Henrys süßes, süßes Gesicht. Die Tür weiter den Flur entlang schloss sich mit einem Klicken.

„Du bist der einzige Mann, um den ich mich auf diese Weise kümmern möchte", flüsterte ich Henry zu, ging auf meine nassen Zehenspitzen, um mir einen weiteren Kuss zu stehlen. „Adler ist mein Bruder. Du bist mein Liebhaber."

Er beugte sich nach unten, um an meinem Mund zu lecken. „Ich bin nicht einmal eifersüchtig auf Adler oder irgendetwas davon … ich bin durcheinander. Bitte komm rein. Ich möchte dich heute Nacht wirklich lieben. Lass es mich gutmachen, dass ich den ganzen Tag so ein dämlicher Arsch gewesen bin."

Es war verführerisch. *So* verdammt verführerisch. Aber wenn ich über diese Türschwelle trat, würde es kein Zurück geben. Jedes winzige Atom meines Seins würde zurückgelassen werden, wenn ich nach Norden ging. Ich musste mich an etwas festhalten, wenn es Zeit war zu gehen, auch wenn es nur eine winzige Prise Apollo-Essenz war, ich musste sie für mich behalten.

„Ich kann nicht. Du weißt, wie laut ich bin. Sie werden uns hören." Ich tätschelte seine stoppelige Wange, machte mich dann auf den langen Weg in mein Zimmer, wo ich mich beeilte, durch die Tür zu kommen, bevor meine Entschlossenheit davonschmolz wie Eis unter heißer Sonne.

Adler und Layton blieben eine Woche. Wir verbrachten die ganze Zeit zusammen, begleiteten Henry sogar zu seinen Reha-Terminen. Wir waren in der Wüste, wanderten in den Bergen, wir besuchten den Grand Canyon, Monument Valley und den Versteinerten Wald. Wir spielten Golf, fuhren Wasserski und machten eine Floßfahrt den Colorado River hinunter. Wir fuhren für zwei Tage nach Seattle, um Colorado und die Chaotic Furballs in einer Bar spielen zu sehen, von der Layton und ich fanden, dass sie abgerissen werden müsste. Meine Ohren brauchten zwei Tage, um sich von der Metal-Musik zu erholen, und Henry bekam eine weitere Migräne von den Wänden aus pulsierenden Lautsprechern. Die Band hatte eine After Party, zu der wir eingeladen waren, was wir aber ablehnten, sobald wir sahen, dass sie im Tourbus stattfand. Ein Blick in diese Höhle fleischlicher Freuden ließ Henrys Gesicht knallrot werden und Laytons Wangen brennen.

Als es Zeit für ihre Abreise war, weinte ich ein wenig, als ich Adler zum Abschied umarmte.

„Wir sehen uns im September", sagte ich zu Adler. Er schaute von mir zu Henry, der Layton half, die Taschen in den Kofferraum der Corvette zu quetschen, lächelte und stupste dann mein Kinn an.

„Ja, okay, wenn du das sagst. Pass auf ihn auf."

„Das werde ich, das weißt du."

„Ja, tue ich. Liebe dich, Mann."

Sie fuhren los, die Reifen wirbelten Staub in die heiße Luft. Henry schlang seine Arme um mich und hob mich hoch, als ich schockiert aufjaulte.

„Sie sind jetzt weg. Du kannst so laut sein, wie du willst."

„Worauf wartest du? Bring mich schnell rein!", sagte ich lachend.

Er trug mich ins Haus, legte mich auf die nächste Gelegenheit mit einem Kissen, was zufällig eine Bank im Foyer war, und brachte mich dann dazu, das Haus mit leidenschaftlichen Schreien zu füllen.

ZWÖLF

Henry

„Ich sehe eine Menge Verbesserungen." Doktor Sykes trat von mir weg, legte die winzige Taschenlampe mit dem angeschraubten Vergrößerungsglas auf seinen Schreibtisch und schrieb etwas in seine Unterlagen.

Ich griff nach Apollos Hand. Er nahm sie und hielt sie fest. „Und das ist gut?" Ich hoffte, dass der Doc nicken würde und wir damit fertig wären. Ich wollte nicht, dass er diese Aussage mit noch mehr Verzögerungen und Warnungen beschwerte, weil das Trainingscamp in drei Tagen anfangen würde und ich entschlossen war, aufs Eis zurückzukehren. Ich hatte mit Ryker und Alex trainiert und meine Sinne hatten sich von leidlich zu intensiv gesteigert. Ich war mit ihnen beiden auf dem Eis in eine Fahrgemeinschaft geglitten, die nicht andauern würde, wenn Jens aus dem Urlaub zurückkam, aber ich wusste, dass ich auf dem Eis etwas leistete, und das musste eine gute Sache sein.

„Darf ich nach den Kopfschmerzen fragen?", sagte er stattdessen und ich hätte schreien können, aber das machte ich nicht, weil das hier ein zehntausend Dollar Termin war und sogar die Luft in diesem Raum wurde wahrscheinlich nach Stunden abgerechnet. Es war ein Zimmer in einer ganzen Flucht von Räumen nur für Doktor Sykes, der der Beste der Besten war, wie das Team mir versichert hatte. Sie hatten ein großes Interesse daran, mich gesunden zu sehen, jetzt da sie entschieden hatten, dass ich es wert war.

„Die letzten Kopfschmerzen waren vor ein paar Monaten", gab ich zurück, direkt nach meinem Zusammenbruch nach dem Stanley Cup. Apollo und ich hatten Wege gefunden, die Spannung in meinem Hals zu lindern, von der wir beide dachten, dass sie den Großteil der Schmerzen verursachte. Er hatte sich belesen, was die Manipulation der Stellen betraf, an denen die Muskeln am Knochen angeheftet waren und ich schwöre, meine Kopfschmerzen wurden innerhalb von Tagen leichter und waren bis jetzt nicht zurückgekehrt. Die Tatsache, dass sie nicht in Zusammenhang mit meinen Augenproblemen zu stehen schienen, war ein positiver Schritt in die richtige Richtung, aber das hieß nicht, dass ich mich nicht insgesamt um die Augenverletzung sorgen musste.

„Na gut." Doc unterzeichnete schwungvoll ein Papier, schloss dann die dicke Akte. „Sie können sich als offiziell entlassen ansehen."

„Huh?" *Brillant, wie du hier Sprache anwendest.* „Ich muss nicht zurückkommen? Gibt es nichts, was Sie tun können? Bin ich als Hockeyspieler fertig-?"

Apollo drückte meine Hand sehr heftig, so heftig,

dass es mich aus meinen Gedanken riss und dann sah ich das Lächeln von Doktor Sykes.

„Nein, ich entlasse Sie, weil Sie so gut verheilt sind, wie es geht und das ist besser, als wir je erwartet hätten. Sie werden *niemals* den Teil ihrer peripheren Sicht zurückerlangen, den sie verloren haben, aber die Schwellung ist weg, es gibt weniger Schatten und soweit es mich betrifft, können Sie spielen. Wenn das für die Raptors oder ein anderes Profi-Team ist, dann möchte ich Sie jeden zweiten Monat sehen. Andererseits, wenn Sie sich entscheiden, an diesem Punkt *aufzuhören* und eine Karriere als Coach oder hinter einem Schreibtisch beginnen, dann können wir die Termine auf zwei Mal pro Jahr reduzieren."

„Danke." Diese beiden Worte schienen nicht genug zu sein, um sie zu dem Arzt zu sagen, dafür, dass er mir meine Optionen in einer Sprache erklärt hatte, die sogar ich verstehen konnte und wie er sich seit meiner Überweisung zu ihm um mich gekümmert hatte.

Er beugte sich vor und verschränkte seine Finger, legte seine Hände auf den Schreibtisch. „Was werden Sie tun?"

Ich wechselte einen Blick mit Apollo, aber sein Gesichtsausdruck war sorgsam neutral. Was wollte ich tun? Was sollte ich tun? Was wollten andere von mir?

Triff jetzt in diesem Moment Entscheidungen für dich selbst, damit du dann eines Tages vielleicht zu größeren und besseren Dingen weiterziehen kannst.

„Ich werde ins Trainingscamp gehen", verkündete ich. „Ich bekomme meinen Platz im Team zurück und dann starte ich mein Leben neu."

Doktor Sykes nickte. „Sie sind wie jeder professionelle Athlet in seinen besten Jahren, der je hier gesessen ist und dasselbe gesagt hat." Wir schüttelten uns die Hände, nahmen eine Terminkarte von der wunderbaren Dame an der Rezeption mit und mit steigender Energie, die ich nicht unterdrücken konnte, zog ich Apollo aus dem Gebäude und sobald wir draußen waren, ließ ich ein freudiges Johlen hören, zog ihn in meine Arme und wirbelte ihn in einem großen Kreis herum. Er lächelte und lachte und auf der Treppe neben dem Auto küsste ich ihn.

Die beste Nachricht der Welt und ich teilte sie mit dem Mann, den ich –

Liebte? War das Liebe? Dieses verzweifelte Bedürfnis, jede Emotion in mir mit Apollo zu teilen?

„Lass mich runter, du großer Teddy!", befahl Apollo grinsend.

Ich stöhnte, als er an mir nach unten glitt, um selbst zu stehen. Ich wollte nicht, dass er meine Arme verließ, ich wollte ihn für immer halten.

Fuck. Das könnte …

Als wir nach Hause kamen, hatte ich eine geistige Liste an Leuten, die ich anrufen wollte. Coach, Ryker, ich musste einen neuen Agenten finden, der mich auf das nächste Level brachte, aber zuerst musste ich mit Dan reden. Apollo machte Drinks und rumorte in der Küche herum. Ich rief meinen Bruder an, der nach dem dritten Klingeln abnahm und klang, als wäre er zum Telefon gelaufen.

„Was ist passiert?", fragte er sofort.

Ich hörte, wie jemand hinter ihm etwas murmelte.

Ich hatte seine feste Freundin, Anna, noch nicht kennengelernt, aber sie war in Schweden ein Fernsehstar und nicht oft in den Staaten. Wenn man das bedachte, war dies wahrscheinlich der Grund für seine Atemlosigkeit, weil er verlorene Zeit gutmachte, und ich fühlte mich schuldig, weil ich ihn vielleicht unterbrochen hatte.

„Nichts ist passiert. Es tut mir leid, dass ich anrufe, aber ich bin für gesund erklärt worden. Ich darf im August ins Trainingscamp. Ich bin gesund!"

„Oh, Scheiße, Himmel, Junge, das ist traumhaft. Das sind die besten Nachrichten, Henry." Mehr Gemurmel. „Okay, ich sage es ihm, ja. Anna lässt dich grüßen und gut gemacht. Ja, ich weiß, dass er kein Junge ist", fügte er hinzu, redete eindeutig mit Anna. „Aber er ist mein kleiner Bruder, darum darf ich ihn so nennen."

Ich war unglaublich glücklich über diesen Anruf. „Grüße sie zurück und sag ihr, dass ich sie bald kennenlernen möchte und dass wir dann feiern können. Und, oh Himmel, mir ist gerade erst klar geworden, wenn ich einen vernünftigen Vertrag bekomme, kann ich anfangen, dich zurückzuzahlen."

„Henry-"

„Nein, Dan, lass mich das tun."

„Schon gut, schon gut, darüber reden wir später und-"

„Ich streite nicht. Jetzt werde ich Apollo küssen und Kekse essen. Bis dann!"

Wir verabschiedeten uns und ich wirbelte Apollo erneut herum, presste ihn gegen die Arbeitsplatte und stellte mich zwischen seine Beine. Die Worte lagen mir direkt auf der Zunge. *Ich liebe dich, ich bin mir nicht sicher, ob Liebe real ist, aber du machst mich besser, du bist mein Leben, bitte geh nicht.*

Dann fingen unausweichlich die negativen Gedanken an, sich zu drehen, weil ich mich nicht überwinden konnte, so etwas zu sagen. *Er muss es müde sein, auf mich zu warten, warum ist er immer noch hier? Ich muss ihm sagen, wie ich empfinde.*

Ich wünschte, ich könnte es ihm sagen, aber dieser Teil von mir, der aussprechen wollte, was ich fühlte, war kaputt. War es mein Herz? Oder mein Kopf? Ich wusste nur, dass dieses fragile Bedürfnis in mir, ihm zu sagen, wie ich mich fühlte, feststeckte und ich mich nicht überwinden konnte, die Worte auszusprechen.

„Ich freue mich so für dich", sagte Apollo fröhlich und verschränkte seine Hände in meinem Nacken. „Es ist an der Zeit für dich, den nächsten Schritt zu machen."

Wir machten eine Ewigkeit herum, bis er sich von mir löste, etwas über Schokolade sagte und Backen und Dosen und ich konnte nur denken, dass er diesen zerbrochenen Teil von mir spürte und dass er sich jetzt zurückziehen würde.

Wahrscheinlich verdiene ich das.

———

Lorraine lehnte sich auf ihrem Stuhl zurück, sah extrem selbstzufrieden aus. „Habe ich dir doch gesagt", gurrte sie und gab mir ein High Five. „Das sind die besten Neuigkeiten", fügte sie hinzu und dann bedeutete sie mir, dass ich mich in dem großen Raum setzen sollte. Ich sank auf das weiche Sofa und verschränkte meine Hände auf meinem Schoß, wartete, bis sie mir andeutete zu sprechen, bevor ich es dem Damm gestattete zu brechen. Der Himmel wusste, wie ich alles so lang zurückgehalten hatte, wenn man bedachte, dass ich ganze vierundzwanzig Stunden im Haus auf Zehenspitzen um Apollo geschlichen war, weil ich nicht wusste, wie ich mit den Gefühlen in meinem Kopf und dem Schmerz in meinem Herzen umgehen sollte.

„Ich habe dich angerufen, weil ich etwas von dem anderen Zeug brauche, von dem du gesagt hast, dass du es machst, das Reden."

Sie neigte ihren Kopf. „Okay, schieß los."

Ich öffnete meinen Mund, um zu reden, und die Worte blieben mir im Hals stecken. „Scheiße." Ich konnte nicht glauben, dass alles, was ich in meinem Kopf hatte, sich weigerte, zu Worten zu werden. „Ich sehe eine Therapeutin und ich kann mit ihr reden, aber wenn ich hier sitze, weiß ich nicht, was ich sagen soll."

„Dir ist klar, dass wir uns bei jedem Training, das wir hatten, unterhalten haben? Erinnerst du dich an das erste Mal, als du über den Medizinball gefallen bist und du nicht aufstehen wolltest und wir uns über die Berge unterhalten haben, die du erklimmen musst?"

„Du hast gesagt, dass es manchmal in Ordnung ist, im Basiscamp zu bleiben", murmelte ich. „Aber dass manchmal die Aussicht von der Spitze den Aufstieg wert ist und dass ich mich entscheiden muss, ob ich die Schönheit von ganz oben will oder …"

„Die Sicherheit des Basiscamps. Siehst du? Jeden

Moment, den du mit mir verbracht hast, haben wir über
deine Karriere gesprochen, haben deine Bedürfnisse
eingeschätzt, an deiner mentalen Gesundheit
gearbeitet."

„Das ist mir nicht einmal aufgefallen", gab ich zu
und dann deutete ich auf den Raum. „Warum sind wir
heute hier?"

„Weil du geklungen hast, als ob du reden wolltest,
ohne dass ich Berg-Metaphern benutze. Also, warum
hast du angerufen?"

Ich erinnerte mich an den Moment, als ich Apollo
dabei erwischt hatte, wie er in der Küche zu einem
Madonna-Song tanzte, seine Hüften gekreist und die
Hände dramatisch geschwungen hatte. Es war lustig
gewesen und niedlich und ich war von *etwas* überwältigt
gewesen.

„Mein Ex, Aarni, er hat mich kontrolliert." Nein, es
war nicht richtig, dort anzufangen. Ich musste weiter
zurückgehen. Ich rutschte auf dem Sofa nach unten.
Das Gewicht von allem, was ich mir von der Seele reden
musste, drückte mich nieder. Oder vielleicht hoffte ich
irgendwie, dass das Ding mich ganz verschlucken würde.
„Ich muss ziemlich weit ausholen. Ist das in Ordnung?"

„Immer."

„Mein Dad ist gestorben, als ich zehn war. Es kam
plötzlich, ein Herzinfarkt, eines Tages war er da, am
nächsten war er tot. Genau wie mein Bruder Dan.
Eines Tages war er zu Hause, umarmte mich und
erzählte mir, dass alles gut werden würde, am nächsten
war er gedraftet und auf seinem Weg nach Denver,
dann Philly. Mom wurde kontrollierend. Sie

kontrollierte mich, nicht sich selbst. Sie hatte feste Freunde und sie alle sollten mein neuer Dad werden und ich ignorierte, was sie sagte. Niemand würde Dad ersetzen können und kein Stiefbruder konnte Dan ersetzen." Ich machte eine Pause und schaute auf, sah, dass Lorraine nickte. „Ergibt das Sinn? Muss ich noch weiter ausholen?"

„Wenn du denkst, dass es nötig ist."

Ich schüttelte heftig meinen Kopf. „Nein, so ist es gut. Also, die Sache ist die, Mom hat diesen Typen kennengelernt, Ed. Er schien am Anfang ein guter Mann zu sein. Er machte Mom glücklich, aber wenn sie nicht da war, erzählte er mir, dass ich ständig Mist baute. Nicht nur, dass ich nicht genug trainierte oder dass ich nicht so gut war wie Dan oder dass ich härter arbeiten musste. Er implizierte Dinge auf subtilere Art und Weise, manipulierte mich."

„Gaslighting?"

„Ja, so könnte man es wohl bezeichnen. Es war meine Schuld, dass er und meine Mom stritten oder dass er einen beschissenen Job in einem Supermarkt machen musste, um uns zu ernähren. Es war meine Schuld, dass Dan gegangen war und dass er nicht genügend Geld nach Hause schickte. Und ich hörte ihm zu und als Mom mich nicht unterstützte, nahm ich alles, was er sagte, ernst. Ich war erst zehn, als Dan gegangen ist und er hatte dieses ganze neue Leben und er wollte seinen kleinen Bruder nicht dabeihaben oder zumindest hat Ed mir das erzählt. Er wollte nicht, dass ich mit Dan über das redete, was passierte und das erkenne ich erst rückblickend."

„Wie hat Ed dich dazu gebracht, nicht mehr mit Dan zu reden?"

„Ich weiß es ehrlich gesagt nicht. Dann war da noch das Geld. Ed hat Dan Briefe geschrieben und um Geld gebeten, erklärt, dass es Dans Job war, uns zu schicken, was wir brauchten, und dann hat er mich dazu gebracht, sie zu unterschreiben. Er hat mir das Gefühl gegeben, als würde Dan mir etwas schulden und ich weiß immer noch nicht, wie Ed es geschafft hat, in meinen Kopf zu kommen, aber Mom hat nie etwas dagegen getan und das hat meine Beziehung zu Dan zerstört."

„Zu wissen, dass du manipuliert wurdest, ist sehr einsichtig", murmelte sie.

„Das macht es nicht richtig."

„Nein, aber es ist ein Schritt in die richtige Richtung. Du kannst dir an allem die Schuld geben, aber wenn du den Hauch einer Ahnung hast, wie du in diese Lage geraten bist, dann ist das ein Anfang. Hast du mit deinem Bruder gesprochen?"

„Ja. Ja, habe ich. Er hat mich im Krankenhaus besucht und dann hat er versucht, danach in Kontakt zu bleiben, aber ich habe ihn weggestoßen. Mom war so verzweifelt wegen dem, was mir zugestoßen war und ich wollte nur alle glücklich machen. Doch als sie und Ed mir alles genommen haben ..." Ich schnaufte laut, war mir nicht sicher, wie ich es erklären sollte, ohne wie der verdammte Idiot zu klingen, der ich gewesen war.

„Sie haben wie alles genommen? Emotional?"

„Nun, ja, das nehme ich an, aber sie haben auch all mein Geld genommen, haben mir Millionen Schulden beschert, weil ich dumm genug war zu glauben, dass, obwohl sie mit Ed zusammen ist, Mom mich liebt und stark genug war, auf mich aufzupassen."

„Du warst nicht dumm." Lorraine schüttelte ihren Kopf. „Er hat dich manipuliert und du hattest keine Wahl. Er hat dein Selbstwertgefühl sabotiert, dir das Gefühl gegeben, klein zu sein, hat dir deinen Wert abgesprochen und mir scheint, dass er ein Experte in diesem Spiel ist. Hast du in Betracht gezogen, dass deine Mom ebenso ein Opfer war wie du?" Sie hielt für einen Moment inne und fuhr dann fort. „Sei ehrlich, Henry."

„In Bezug auf was?"

„Wie fühlst du dich, wenn ich dir sage, dass es nicht deine Schuld war? Willst du Ed verteidigen?"

„Nein, auf gar keinen Fall."

„Deine Mom?"

Ich weiß nicht. „Vielleicht."

„Und dein Bruder? Wie fühlst du in Bezug auf seinen Anteil an dem allen? Er hätte sicherlich einen Weg durch deine Verteidigung erzwingen und zu dir zurückkehren können."

„Nein, verstehst du, das konnte er nicht. Ich weiß das, weil ich ihm gesagt habe, dass er mich in Ruhe lassen soll und er liebt mich und hat auf mich gehört und dachte, dass er das Beste macht, was er kann."

„Das führt also irgendwie zu deinem Ex?"

Ich konnte bei dem Gedanken an Aarni und was er getan hatte und an den Blog, den er geschrieben hatte, der nichts weiter als ein Gespinst aus Lügen war, ein Schaudern nicht unterdrücken. Wie oft hatte ich mich an meinen Laptop gesetzt und angefangen, die wahre

Geschichte aufzuschreiben, aber es war immer in Worten herausgekommen, die vor Gift troffen und ich hatte nie etwas davon gespeichert. Apollo sagte, dass ich mich selbst tröstete und da hatte er wahrscheinlich recht. Meine Therapeutin sagte, dass es gut war, wenn ich es aus mir herausbekam, aber es war etwas anderes, das Lorraine zu mir gesagt hatte, was der Grund für mein Hiersein war.

„Um es kurz zu machen, er hat eine Leere in mir gefüllt und ich habe zugelassen, dass er mich verletzt."

„Das tut mir leid", murmelte Lorraine und ich nickte, um zu zeigen, dass ich sie gehört hatte.

„Das ist eine Nebensache." Ich wollte nicht wirklich über Aarni reden, ich wollte über Hockey sprechen, was mein sicherer Hafen war. „Der Grund, warum ich mit dir reden wollte, war etwas anderes, was du letzte Woche gesagt hast. Es war keine Berg-Metapher, aber du hast gescherzt, dass ich Hockey sehr lieben muss, um so viel Arbeit hineinzustecken."

Da lachte sie. „Hockey liegt dir im Blut und definiert dich im Moment. Der Grund, warum du beinahe jeden Tag hier bist, und mit mir arbeitest, liegt darin, dass deine Liebe zu Hockey größer ist als deine Abneigung für einige der Dinge, die ich von dir verlangt habe."

„Wie an der Wand hochzuklettern. Ich habe die Höhe gehasst."

„Aber du hast es gemacht, zwei Mal und dann hast du den Rekord für die schnellste Kletterrunde gebrochen, nur um zu beweisen, dass du das kannst. Die Liebe zum Hockey siegt also über die Furcht." Sie lachte über ihre eigenen Worte. „Das klingt so kitschig."

Plötzlich teilte ein Vorhang in meinem Kopf sich und Licht flutete herein, als ob ich eine Erleuchtung hätte. War es möglich, dass alles, was ich in meinem Kopf über meine Gefühle für Apollo bekämpfte, all die Barrieren und Neins, nur deswegen da waren, weil ich ihn wirklich liebte, aber mich noch nicht durch genügend Schmerz gearbeitet hatte, um zum Ende der Reise zu kommen?

Als ich Lorraine verließ, war mir schwindlig und als Apollo mich vom Fahrersitz aus anstrahlte, wurde es noch schlimmer. Ich küsste ihn heftig, ignorierte meine quälenden Gedanken und schnallte mich an.

„War das Training gut?", fragte er, als wir uns trennten. Er hatte kein Problem gehabt, als ich verkündet hatte, dass ich allein reingehen würde. Er hatte sich mit seinem Kindle und einem Kaffee hingesetzt und mir gewunken. Er war immer für mich da, ganz egal, was ich brauchte. *Für alles.*

„Ja, es war gut."

„Also jetzt zum Stadion?"

Ich hatte heute Training, einige der Jungs, die aus dem Urlaub oder den verschiedenen Spezial-Camps zurück waren, würden da sein und ich wollte die Kameradschaft und die Streiche und die dämlichen Witze aufsaugen. Das Eis. Zu fahren. Ich brauchte das, weil ich es liebte, weil es ein Teil von mir war, und nichts würde mich davon abhalten, mich für die Sache, die ich liebte, zu pushen.

Apollo drehte die Musik auf, sang mit, während wir zurück nach Tucson fuhren. Ich schloss meine Augen und ließ meine Gedanken wandern. Ich wusste, dass ich

Aarni nicht liebte und das auch nie tun würde. Ich liebte Mom nicht, aber es gab eine biologische Verbindung, die bedeutete, dass ich sie vielleicht eines Tages wieder lieben konnte. *Ja, genau, vielleicht, wenn die Hölle zufriert.* Ich wusste *sicher*, dass ich Dan liebte, aber er war mein Bruder und das war eine genetische Verbindung, oder? Wenn ich also wusste, wen ich lieben konnte und wen nicht, warum zögerte ich dann so, irgendetwas davon mit Apollo zu teilen?

Weil ich stärker sein muss. Jemand wie er könnte mich wieder verletzlich machen. Oder vielleicht weil ich mein Herz eventuellem Schmerz öffnen würde?

Der Parkplatz vor dem Trainingsstadion war voller als normal und ich erkannte einige der Autos, grinste aufgeregt, als ich an der Security vorbeiging und endlich die Umkleide erreichte. Apollo ging direkt zu den Sitzen, um zuzuschauen, und ich zog mich um, scherzte mit einigen der Jungs, bis es still wurde. Ich schaute in die Richtung, in die alle starrten und sah, warum alle aufgehört hatten zu reden.

„Hi", sagte der wunderschöne Mann mit den dunklen Haaren von der Tür. „Tate Collins", fügte er unnötigerweise hinzu und betrat den Raum.

Für einen Moment blieb es still, dann standen ein paar vom Team auf, um Hallo zu sagen. Ryker, Alex, angeführt von Vlad, dessen laute Stimme sich über die Begrüßungen erhob. Einige im Team rührten sich nicht, die älteren Jungs, die Tate alle misstrauisch musterten. Ich war viel zu nervös, um mit irgendjemandem zu reden, aber ich sagte Hallo, als wir aufs Eis gingen und wartete dann auf die Drills, war mir nicht sicher, wo ich mit dem neuesten Mitglied der Raptors stand. Schließlich war ich immer noch in der Langzeitverletztenreserve, nicht einmal Teil des Teams und er könnte denken, dass ich es nicht wert war, angesprochen zu werden.

Scheiße. Reiß dich zusammen. Du bist gut im Hockey. Du bist es wert, dass man mit dir spricht.

„Du bist schnell", meinte er nach einem Moment des Schweigens. „Dieses Manöver, das du gegen den Goalie von Vancouver gezeigt hast, dieser Wraparound Baseball-Move? Das war mehr als schnell, er hat den Puck nicht kommen sehen." Er streckte seine behandschuhte Hand aus und ich stieß dagegen. „Möchtest du in meinem Flügel trainieren?" Er beugte sich zu mir. „Ich könnte die Unterstützung grade brauchen."

Superstar Tate Collins erinnerte sich an eines meiner Manöver? *Und* er wollte, dass ich in seinem Flügel trainierte? Als wir an der Reihe waren, verließen wir mit Geschwindigkeit die Bande und fuhren zwei Mal von einem Ende zum anderen. Ich versuchte, besser zu sein als Tate und war auf der Geraden schneller, aber Tate machte dieses Tate-Ding, wo er die Ecken so schnell durchlief, dass er mich einholte und dann kam ein Puck dazu.

Wir waren golden. Ryker kam auf der anderen Seite und wir brannten. Ich wusste irgendwie, wo Tate sein würde, und er hatte ein Gefühl für mich.

Es war Poesie.

Bei unserem letzten Lauf stoppte ich am Glas vor Apollo und klopfte mit meinem Schläger dagegen. Er schaute von seinem Kindle auf und grinste mich an und ich formte mit meinen Händen ein Herz, obwohl das mit den Handschuhen natürlich schwierig war. Er machte es mir nach und ich warf ihm einen Kuss zu und er tat so, als würde er ihn fangen und in seine Tasche stecken.

Apollo und ich waren unsere eigene Art von Poesie und wir passten zusammen. Ich musste nur einen Weg finden, ihm zu sagen, wovor ich mich fürchtete. Dann könnten wir für immer zusammen glücklich sein.

Finde nur einen Weg.

DREIZEHN

Apollo

Wie war es passiert?

Wie war die Zeit so schnell verflogen? Wo war sie hin? Der Sommer war in einem berauschenden Nebel aus Essen, Lachen, Freunden und Henry vergangen. Süße, selige Zeiten, in denen wir uns liebten, sonnige Tage, an denen wir schwammen oder im Garten spazierten, während ich zusah, wie er stärker und stärker wurde, seiner selbst sicherer, sich weniger auf mich stützte. Ich war hocherfreut über seine Fortschritte aber mein Herz brach gleichzeitig auch deswegen. Ja, ich hatte mich schwer in den Mann verliebt, obwohl mein zerbrechliches Herz mich gewarnt hatte, es nicht zu tun. Jetzt war es an der Zeit, mich aus Henrys Leben zu lösen und zurück nach Norden zu gehen. Zurück zu Adler, den Railers, den kurzen Wintertagen und den endlosen, einsamen, kalten Nächten.

Während ich im Laufe einer Woche meine Koffer packte, redete ich mir ein, dass es zum Besten war. Logisch betrachtet, wusste mein Hirn das. Henry mochte mich, Ja, und der Sex war der Hammer, aber er liebte mich nicht, nicht so, wie ich es brauchte. Und darum bewegte ich mich, als ich das Haus ein letztes Mal aufräumte, am Morgen meines Flugs zurück nach Pennsylvania, lethargisch von Zimmer zu Zimmer, nahm mir Zeit, alles zu berühren, in der Hoffnung, dass ich mir jedes winzige Detail einprägen konnte. Henry war im Training und arbeitete wie ein Dämon, um sich seinen Platz im Team zu sichern. Sein neues Leben, eines, in dem er solide, sicher, selbstbewusst und geschützt war, lag in Reichweite. Es war an der Zeit, ihn fliegen zu lassen.

Ich rückte die Kissen auf dem Sofa im Fernsehzimmer zurecht und dabei wirbelten Gedanken durch meinen Kopf wie ein Staubteufel durch die Wüste. Ich fand einen kleinen Keks zwischen der Lehne des Sofas und dem fetten, weichen Sitzpolster. Da kam es mir ... in der Nacht, als Henry und Bryan sich unterhalten hatten, waren wir hier drin gewesen. Die Nacht, in der wir so viele der mit Guave und Limetten gefüllten Kekse gegessen und uns dann um den einen gestritten hatten, den ich hatte fallenlassen. Die Nacht, in der er meinen Körper zum ersten Mal genommen hatte ...

Ein schepperndes Geräusch blubberte von irgendwo tief in meiner Seele hoch. Ich warf den Keks zur Seite, hörte mit dem Aufräumen auf. Ich *musste* dieses Haus verlassen. Jetzt. Nicht in fünf Stunden. Jetzt. Bevor Henry nach Hause kam. Bevor ich sein glückliches Lächeln sehen und zuhören musste, wie er mir erzählte, was für eine glorreiche Zukunft vor ihm lag. Vielleicht für ihn, nicht für mich. Sechs Monate hatte ich mit einem Mann gelebt und ihn geliebt, der mich nicht so mochte, wie ich ihn. Nicht einen Tag länger. Ich rief Tía Sofía mit zitternden Händen an, Tränen liefen an meinem Gesicht nach unten. Sie kam sofort, verließ ein Meeting, wie ich wusste, dass sie es tun würde, und fuhr mich und meine Koffer an den Tucson International Airport, wo ein Jet aus der persönlichen Flotte der Lockharts auf mich wartete.

„Apollo, so kannst du das nicht machen!", schalt Tía mich, während ich an einem der gefühlt zehn Koffer zerrte, die in den Kofferraum ihres roten Jaguar XF gestopft waren. „Was wird Henry denken, wenn er nach Hause kommt, und feststellt, dass du weg bist? Er sollte dich wegbringen."

„Ich kann das nicht. Dieser Keks war einfach … nein. Verdammtes Ding!" Ich ruckte an der Schlaufe meines Handgepäcks, aber es wollte nicht nachgeben. Tía Sofía, gekleidet in ein rotes Kleid, das zu ihrem roten Auto passte, schaute mich finster an und verschränkte ihre Arme. „Ugh! Warum stehst du nur rum?"

„Weil ich dir nicht helfen werde, einfach so wegzulaufen. Das ist feige und in unserer Familie gibt es keine Feiglinge."

„Du hast mich hergefahren! Das macht dich zu einer Komplizin. Ich weiß solche Dinge! Ich habe mir *How to Get Away with Murder* angeschaut", schrie ich, während ich an dieser Schlaufe zog.

„Ich habe dich hergefahren, weil du mir erzählt hast, dass du jetzt losfliegen musst, weil der Jet Mrs Lockhart zu der Zeit abholen muss, zu der du eigentlich hättest fliegen sollen." Ein Flugzeug startete, machte es für eine Sekunde unmöglich zu reden. „Wenn du mir die Wahrheit erzählt hättest, als du angerufen hast, anstatt erst am Flughafen, hätte ich die Arbeit nicht verlassen. So verhält ein Erwachsener sich nicht, Apollo. Ich bin gerade sehr enttäuscht von dir."

„Ich habe also gelogen! Verklag mich doch. Na los. Du hast keine Ahnung, wie es ist, jemanden zu lieben, der diese Liebe nicht erwidert!", schrie ich sie an, während Autos anhielten, Leute ausstiegen und andere Autos wegfuhren.

„Oh, Baby, ich habe *eine Menge* Männer geliebt, die meine Liebe nicht erwidern konnten oder wollten. Ich habe auch Männer geliebt, die das getan haben, darum weiß ich, dass Henry dich liebt."

„Nein, nein, das hat er nie gesagt. Er liebt mich nicht und er braucht mich nicht. Zur Hölle mit dir, wenn du mich auch nicht liebst." Ich drehte mich von ihr weg, um es mit einem anderen Koffer zu versuchen. Dieser löste sich. Ich belud meine Arme mit Taschen und zog zwei Rollkoffer hinter mir her, stürmte in den Flughafen, mit nassen Wangen und schaute nicht einmal zurück zu meiner Tante. Mein Herz zerbrach, meine Seele war kalt trotz des herrlichen Sonnenscheins, der Tucson erwärmte. Ich marschierte voran, mein Kinn angehoben und ging zu dem festen Terminal für jene, die mit Lockhart Aviation flogen. Es gab keine Security-Schlangen, in denen man warten musste, keine schreienden Kinder, überhaupt keine Wartezeiten. Ich würde in kürzester Zeit in diesem windschnittigen

Lockhart AD34K sitzen und den Schmerz hinter mir lassen. Dachte ich zumindest.

Wie es schien, mussten Jets betankt werden und es mussten Dinge erledigt werden, bevor sie abheben konnten. Wenn ich nur ein paar Minuten zu früh gewesen wäre, wäre alles in Ordnung gewesen, aber fünf Stunden früher bedeutete, dass das Flugzeug seine Checks noch nicht durchlaufen hatte. Es hatte auch noch keinen Treibstoff. Der Pilot und Co-Pilot waren noch nicht einmal am Flughafen. Hinter dem Tisch aus Glas und Chrom befand sich eine Frau, die wegen meiner frühen Ankunft nur leicht ausflippte.

„Das hier wird so schlecht aussehen, wenn das Hauptquartier davon erfährt", murmelte sie, während sie telefonierte, um die Menschen zu finden, die mich in höchster Eile in die Luft bringen sollten. „Adler Lockharts persönlicher Assistent ist hier und bereit abzufliegen", redete sie in ihr Blutetooth-Headset, drehte sich dabei von mir weg. „Ich weiß, dass er fünf Stunden zu früh ist, Tim, aber was zur Hölle soll ich ihm sagen? Dass er mit einer kommerziellen Linie fliegen soll?"

„Miss, Miss, es ist schon gut." Ich tippte ihre Schulter an. Sie wirbelte herum, ihre braunen Augen waren so groß wie Teller. „Ich werde warten. Sagen Sie dem Piloten, dass ich gerne warte. Ich bin derjenige, der alles durcheinandergebracht hat."

„Danke, dass Sie so verständnisvoll sind. Wir sollten Sie in weniger als sechzig Minuten in der Luft haben, Mr Vasquez. Es tut uns so leid."

Ich schenkte ihr mein bestes Lächeln. „Das muss

Ihnen nicht leidtun. Das ist alles meine Schuld. Ich werde mir einen Drink in dem mexikanischen Restaurant im Hauptterminal um die Ecke holen. Schreiben Sie mir, wenn das Flugzeug starten kann." Ich gab ihr meine Nummer, ließ meine Koffer bei ihr und kehrte zurück zu den Massen, der Ruf eines Krugs Margarita war wie ein Sirenengesang. Das Innere des Mexikaners war mit dichten, hängenden Pflanzen beschattet, die Bänke und Tische waren alle besetzt. Die Hostess schaute mich traurig an und zuckte mit den Schultern.

„Kann ich einen Drink bekommen und ihn mit zurück zum Lockhart Aviation Terminal oder wie immer er genannt wird, nehmen?"

„Sicher. Was möchten Sie?"

„Einen Krug Margaritas."

Sie blinzelte mich an. „Ich erwarte Freunde auf dem Flug."

„Hat der Jet keine eigene Bar?"

Fuck. „Sicher, ja, aber wir wollen einen Vorsprung." Genaugenommen wollte *ich* einen Vorsprung. Ich hoffte, komplett betrunken zu sein, wenn ich in Harrisburg landete. Adler würde mich von der Limo in unser Apartment tragen, wo ich einschlafen, dann drei Tage lang kotzen und zurück in das leere, kalte Leben gleiten würde, das ich vor Monaten hinter mir gelassen hatte.

„Lassen Sie mich nachfragen."

Ich nahm einen Hunderter und reichte ihn ihr. „Den Rest können Sie behalten."

Innerhalb von drei Minuten hatte ich einen Krug mit Tequila, Orangenlikör und Limettensaft, perfekt mit

Eis vermischt. Sie gaben mir sogar ein Plastikglas mit Salz am Rand. Den vollen Krug und das salzige Glas balancierend, fing ich an, mir einen Weg durch die Menge der Reisenden zu suchen. Ich schaffte es bis zum Buchladen des Flughafens, als ich dachte, dass ich jemanden meinen Namen rufen hörte. Da es kein gebräuchlicher Name war, es sei denn, man war ein griechischer Gott, der auf dem Olymp wohnte, blieb ich stehen, drehte mich vorsichtig um, um nichts zu verschütten, und starrte Henry an, der auf mich zugelaufen kam, immer noch in seiner Hockeyausrüstung, ohne die Schlittschuhe, die er durch Crocs ersetzt hatte. Ich senkte den Krug, den ich über meinen Kopf gehalten hatte, meine Kehle schnürte sich mit zehntausend Emotionen zu, als er über den Rollkoffer einer alten Frau in einem lila Hijab stolperte und beinahe auf seinem Gesicht landete.

„Henry, was zur Hölle?", fragte ich, als er sich aufrichtete.

„Es tut mir leid, Ma'am, so leid, ich musste meinen festen Freund erwischen, bevor er die Stadt verlässt", sagte er zu der aufgebrachten Frau aus dem Mittleren Osten, die ihn in einer musikalischen, wütenden Sprache ausschimpfte. Sein himmelblauer Blick huschte zu mir, als die Frau davon rollerte, dabei immer noch vor sich hinmurmelte.

Fester Freund.

Er hatte diesen Ausdruck verwendet. Ich hatte dieses Wort noch nie aus seinem Mund kommen hören. „'Fester Freund'?"

„Ja, ich meine, ja, natürlich, wenn du willst." Er trat

näher, seine Haare waren zu verschwitzten Spitzen getrocknet, sein Gesicht gerötet. „Ich dachte, du weißt es."

„Es gewusst? Was? Ich … woher sollte ich das wissen? Du hast mir nicht einmal gesagt, dass du mich als etwas anderes als einen Kumpel siehst, mit dem du …" Ich schaute mich um und sah Kinder und alte Leute. „Ein Kumpel, mit dem du nicht-kumpelhafte Dinge machst."

Seine Schultern sanken ein wenig nach unten, die Polster sackten nach. „Ich wusste nicht wie."

„Ich … was? Man sagt es einfach. Ich brauche einen Drink." Ich schenkte mein Glas voll und nahm einen Schluck, schauderte angesichts des kräftigen Tequilas und leerte dann die Hälfte des Glases in einem langen Zug. „Hier, würdest du das halten?" Ich reichte den Krug und das Glas einem korpulenten Typen in einem Dungeons & Dragons T-Shirt. Dann wandte ich mich wieder Henry zu, der aussah, als ob jemand gerade seinen Hund getreten, ihn dann überfahren hätte und danach zurückgekommen wäre, um ihm einen Tritt in die Eier zu verpassen. „Du sagst es einfach, Henry. Sag mir, was du fühlst. Ich muss es hören. Ich kann nicht länger hier wohnen, wenn wir nur Freunde mit gewissen Vorzügen sind. Ich will mehr."

„Liebst du mich?" Seine Stimme war leise, unsicher, voller Furcht und Zweifel. Mein armer, süßer Henry. „Du hast es auch nie gesagt."

„Das habe ich, Henry, auf so viele verschiedene Arten. Jedes Mal, wenn wir uns lieben, sage ich es dir. Jedes Mal, wenn ich für dich backe oder koche, jedes

Mal, wenn ich dich umarme oder mit dir Scrabble spiele oder neben dir auf dem Sofa lese, sage ich es dir."

„Das ist Unsinn. Du sagst mir, dass du mir auf Spanisch sagst, dass du mich liebst? Das zählt nicht! Du weißt, dass ich diese Sprache nicht spreche! Und du kochst und bäckst für Adler, aber du liebst ihn nicht auf diese Weise, darum ist das nur Unsinn, den du erzählst, obwohl du genau dasselbe machst!"

Okay, da hatte er mich erwischt. Ich befeuchtete meine Lippen, die salzigen Spuren erinnerten mich, dass mein einhundert Dollar Krug mit Margaritas jetzt … weg war. Arsch. Loch. Ugh. Das war *so* mein Leben.

„Apollo, warum gehst du, wenn du mich liebst und ich dich liebe?"

Ich zuckte mit den Schultern. Meine Zunge konnte plötzlich nicht mehr sprechen. Musste an dem Salz und dem Tequila liegen.

Er machte einen Schritt auf mich zu, seine Arme hoben sich langsam, seine Hände umfassten mein Gesicht. Mein Herz hämmerte. „Ich hätte es dir sagen sollen, aber ich hatte Angst. Du weißt, was Aarni mir angetan hat …"

„Und du weißt, was dieses Arschloch-Affenklöten-Gesicht mir angetan hat."

„Ja, das tue ich. Aber wir sind nicht sie, oder? Wir wissen es besser, wissen, wie sehr es wehtut. Wir können es besser machen. Das *werden* wir. Bitte, geh nicht. Bleib hier bei mir. Ich brauche dich in meinem Leben. Ich … ich liebe dich so sehr. Du bist mein Licht in all den Schatten."

Ich lehnte mich näher, ging auf meine Zehenspitzen. „Ich liebe dich auch. Bitte tu mir nicht weh."

„Das werde ich nicht, ich verspreche es." Sein Mund bewegte sich so zärtlich über meinen, dass ich mir vorstellte, es wäre ein Monarchfalter, der sich auf eine Seidenpflanze setzte. „Versprichst du, mir nicht wehzutun?"

„Ja, ja, das verspreche ich so fest."

Meine Arme legten sich um seinen Hals und er hob mich von meinen Füßen, sein Mund legte sich fest auf meinen. Applaus füllte die Luft. Tränen befeuchteten mein Gesicht, aber ich klammerte mich an ihn, als wäre er die einzige Quelle für Sauerstoff, die ich hatte. Und auf gewisse Weise war er das. Er war mein Leben, mein Atem, mein Sonnenschein und mein fester Freund.

Mein fester Freund.

„Bring mich nach Hause. Ich möchte jetzt mit dir zusammen sein", flüsterte ich, als wir den Kuss unterbrachen und das Klatschen verstummte. Henry hatte ein rotes Gesicht. „Bring mich nach Hause."

„Okay."

Wir rasten aus dem Tucson International, Hand in Hand, als hätten wir einen besseren Ort, an den wir gehen konnten, als jeder andere, an den ein dämliches Flugzeug uns bringen konnte. Das hatten wir. Unser Haus. Die Villa am Fuß der Berge, in der wir uns kennengelernt und ineinander verliebt hatten. Henry fuhr. Ich konnte meine Hände und meinen Mund nicht von ihm lassen, als wir die ungefähr vierzig Minuten unterwegs waren. Die Auffahrt war zu lang, zu kurvig, der Gurt zu verdammt fest. Er küsste mich hart, öffnete dann den Gürtel für mich. Ich kletterte über die Mittelkonsole, zwängte meinen Hintern zwischen seinen Brustkorb und das Lenkrad, und fing seinen Mund ein. Die Hupe erklang laut, entlockte uns kleine Schreie. Er lachte. Ich leckte in seinen Mund, wollte ihn schmecken.

„Mm, salzig", schnurrte er, umfasste dabei meinen Hintern. Die Hupe erklang erneut. Dieses Mal griff er nach unten, um den Hebel für den Sitz zu finden. Er flog mit einem Knallen zurück. Ich saß auf seinen Oberschenkeln, leckte an seinem Mund wie ein durstiger Hund. Seine Zunge wand sich um meine und tanzte mit ihr. Wir fingen an, an unserer Kleidung zu zerren. T-Shirts waren okay. Kurze Hosen und Hockeyhosen nicht so sehr. „Rein. Das Bett. Mein Bett, irgendein Bett."

„Ja, okay, ja." Wir waren halb nackt, bevor wir ganz im Haus waren. Henry hob mich hoch, meine Fußketten klimperten, genau wie meine Armbänder. Er trug mich nach oben in sein Zimmer und legte mich auf das Bett, kam kraftvoll über mich, seine Muskeln rollten und spannten sich, seine Augen funkelten vor Lust und Liebe. Ich kam beinahe auf der Stelle, als ich die Zuneigung in seinem Blick sah. „Ich liebe dich", sagte ich auf Englisch, während ich mit meinen Fingern durch seine Haare strich. „Ich vertraue darauf, dass du mich immer schätzen wirst. Sag, dass du es wirst. Sag mir, dass du mein sein wirst und niemandes sonst, für immer."

„Wer könnte je deinen Platz einnehmen? Du bist mein Sonnenschein. Mein einziger Sonnenschein." Ich kicherte über diesen dämlichen alten Song und spreizte dann meine Beine für ihn.

Er legte sich zwischen meine Beine, brachte seinen Schwanz auf eine Linie mit meinem. Ich wölbte mich auf, murmelte zärtliche kleine Worte in einer Mischung aus Englisch und Spanisch. Süße Nichtigkeiten und Dirty Talk. „Ich liebe deinen Schwanz. Deine Augen lassen mich an Sommertage denken. Berühr mich noch einmal … noch einmal … noch einmal."

Er drang in mich ein, sein Schwanz steckte in einem Kondom und war mit Gleitgel bedeckt. Himmel, ich liebte das so sehr! Die Dehnung, das Kribbeln, den Druck, wenn er mich füllte. Seine Lippen trafen meine. Er küsste mich gründlich, während er tiefer und tiefer eindrang. Ich legte ein Bein um seinen unteren Rücken, das andere ruhte auf seinen Waden. Ich leckte an seinen Lippen, dann seinem Kiefer, hinunter zu seiner Kehle, nahm die Schärfe von Mann und Schweiß auf.

„Langsam, Henry, langsam. Ich will, dass das ewig dauert", flehte ich, schob meine Finger in seine Haare, als er mit seinen Hüften stieß.

„Wir werden für immer sein, das verspreche ich."

In dem Moment hätte ich weinen können, hätte es getan, wenn sein Schwanz nicht über diese geheime, wunderbare Stelle in mir gerieben hätte. Ich keuchte, krallte mich an ihn, schrie und trat mit meiner Ferse gegen seinen Hintern. Er zog sich zurück, bis ich fürchtete, dass er ganz raus war, dann rollte er seine Hüften und drang wieder in mich ein. Mit einem scharfen Ruck seiner Hüften traf er meine Prostata erneut. Sterne explodierten an der Basis meines Rückgrats.

„Mehr, bitte, mehr", bettelte ich. Er senkte seinen Kopf, seine Hände waren zu beiden Seiten meines Kopfes zu Fäusten geballt und er pumpte langsam, bewegte seinen Hintern auf eine bestimmte Art und Weise und in diesem Winkel, der mich total fertigmachte. Er schob ein Knie unter meinen Hintern, hob mich höher, klemmte dann ein Kissen unter meinen Rücken, während er mich weiter gleichmäßig fickte. Meine Arme fielen von seinen Schultern, trafen auf das Bett. Ich krallte mich in die Decke. Seine Finger schlossen sich um meinen Schwanz und er streichelte ihn. Ich kam in Sekunden, der Orgasmus dauerte und dauerte, Schnüre von Wichse bedeckten meinen Bauch, meinen Brustkorb, mein Kinn. Die Zuckungen kamen schnell, dauerten an und raubten mir alle klaren Gedanken.

„So eng ... so wunderschön. Apollo ... liebe dich so sehr", hörte ich ihn knurren, dann kletterte er auf mir höher, kam so tief, dass ich ein wenig wimmerte. Sein Schwanz zuckte wild. Meine Augen verdrehten sich, als seine Erlösung ihn traf, ihn wie ein unerwarteter Wirbelsturm im Frühjahr umwehte. Sein Schwanz war so tief, dass Atmen schwierig war und ich griff nach ihm, packte seinen Bizeps, riss ihn dann zu mir herunter, bedeckte seinen Mund mit meinem. Wir ritten die Wellen gemeinsam, sein Gewicht auf mir war eine Freude, die ich für immer halten wollte.

„Ich glaube, ich bin ohnmächtig geworden", keuchte ich, als der Kuss endete. Er rollte sich auf die Seite, seine Arme hatte er um mich geschlungen, sein Schwanz glitt aus mir heraus. Ich rutschte auf ihn, siegelte meine Lippen auf seine. „Ich liebe dich", flüsterte ich. Er lächelte, ein träges, gut geliebtes Lächeln. Mein Herz brach auf und mein Inneres wurde warm und sonnig. „Bleib bei mir, hier, im Bett. Bitte. Den ganzen Tag. Die ganze Nacht. Kannst du das tun? Bitte? Kann nur dieses eine Mal Hockey an zweiter Stelle kommen?"

„Es wird immer an zweiter Stelle sein", sagte er, während er meine stoppelige Wange streichelte. „Ich gehöre dir für den Tag. Ich habe Coach gesagt, dass ich Durchmarsch habe. Was stimmte. Ich musste mich in Marsch setzen, damit ich dich erwische, nachdem deine Tía Sofía mich angerufen hat. Gut, dass wir noch nicht auf dem Eis gewesen sind und Coach mein Handy nicht gehört hat."

„Daher hast du gewusst, dass ich früher los bin. Sie mischt sich immer ein. Ich liebe sie so sehr. Dämlicher Keks."

„Keks?"

Eines Tages würde ich ihm von dem Couch-Keks erzählen, aber nicht jetzt. Ich küsste ihn hitzig und dann küsste ich ihn noch mehr und dann noch einmal und noch einmal und noch einmal. Wir liebten uns erneut, duschten und fielen wieder ins Bett, dieses Mal in meines. Wir blieben dort die ganze Nacht, berührten uns und hielten Nickerchen, schmeckten einander und aufzuwachen und ihn auf mir zu finden, war angsteinflößend und doch herrlich. Ich lag da und lauschte seinem Atem, seine tiefen Atemzüge flossen über meinen Nacken. Sein Bein lag über meinem, sein langer Arm war fest um meine Taille geschlungen, beinahe als hätte er Angst, ich würde in der Nacht davonlaufen.

Meine volle Blase zerrte mich aus den Ängsten, die versuchten, zu übernehmen. Ich schaffte es, unter ihm hervorzukommen, breitete die Decke über seinen nackten weißen Hintern und humpelte los, um zu pinkeln und mein Handy zu finden. Ich musste Adler und Tía Sofía anrufen. Erklärungen und Entschuldigungen mussten abgegeben werden. Mein Loch war empfindlich, superwund und meine Oberschenkelmuskeln schmerzten. Ich fühlte mich wunderbar und doch auch nicht. Ich konnte mich nicht erinnern, je in meinem Leben so gut geliebt worden zu sein. Als ich das Bad verließ, hörte ich mein Handy klingeln.

Ich folgte den Lauten und fand meine kurze Hose im Foyer zusammen mit Henrys Hockeyhose und seinem Jockstrap. Es gab eine Spur vom Auto zu den Schlafzimmern im oberen Stock und die Eingangstür stand weit offen. Wenn ein Kojote oder eines von diesen Pekari-Schweine Dingern im Haus war, würde ich durchdrehen.

„Hallo", sagte ich und schaute mich besorgt im Foyer um. Was, wenn ein Skorpion sich eingeschlichen hatte oder eine Klapperschlange oder ein Roadrunner?

„Wurde auch Zeit, *mijo*. Ich rufe dich schon seit Stunden an." Ich runzelte die Stirn und schaute dann auf die Zeit in der linken oberen Ecke des Handys. Scheiße. Es war beinahe acht Uhr. Ich rannte zur

Eingangstür, schlug sie zu und raste dann nach oben, um Henry zu rütteln. „Nur für den Fall, dass du dich wunderst, ich habe deine Koffer."

Ich kam vor der Schlafzimmertür rutschend zum Stehen. „Oh. Danke, Tía." Die hatte ich irgendwie vergessen. „Für die Koffer und dass du Henry angerufen hast und für so viel mehr. Es tut mir leid, dass ich dich angefahren habe. Ich wollte nicht so zu dir sein."

„Ich weiß, Baby. Ich lasse es dieses Mal durchgehen. Aber das nächste Mal, wenn du deinem Tantchen sagst, dass sie sich verziehen soll, werde ich deinen Knackarsch zu Boden schicken. Jetzt erzähl, haben du und Henry alles klären können? Gehst du komisch, weil ihr euch die ganze Nacht unterhalten und versöhnt habt?"

„*Sí.*"

„Das ist mein kluger Neffe. Jetzt geh zurück zu deinem Mann. Ich werde deine Koffer heute Nachmittag vorbeibringen. Ich bezweifle, dass du bis dahin Kleidung brauchst." Ich schaute auf meinen Schwanz, der im Wind wehte und seufzte. Sie legte auf und kicherte dabei wie die Perverse, die sie war. Herr im Himmel, ich liebte sie.

Wie ein Narr lächelnd trat ich ins Schlafzimmer, fand Henry aufrecht im Bett, seine Haare zerzaust, sein Hals mit Knutschflecken bedeckt, und mit funkelnden Augen.

„Morgen." Ich ließ die Kleidungsstücke und Hockeysachen auf den Boden fallen. Etwas in dem Bündel fing an zu vibrieren. Da ich mein Handy hatte, musste es seines sein. „Wenn du dich nicht beeilst, wirst du das Morgentraining verpassen. Ich wette, das ist entweder Ryker oder Alex, um dich daran zu erinnern."

Er schnitt bei dem Gedanken eine Grimasse. Das brachte mich zum Kichern. Ich wühlte mich durch die Polster, Hockeysocken und Unterwäsche, bis ich sein schlankes schwarzes Android unter seinem Raptors-Jersey fand. Ich zog es heraus, sprang aufs Bett, küsste ihn und reichte ihm dann das Telefon.

„Wenn Coach mich umbringt, sollst du wissen, dass ich dich liebe", flüsterte er, las dann die Nachricht, die hereingekommen war. Ich schmiegte mich an seine Seite, atmete die Gerüche eines warmen Tages in Arizona ein und des Mannes, den ich liebte. Ich würde heute später selbst einen Anruf tätigen müssen, um Adler zu erklären, warum ich nicht zurück nach Harrisburg kam. Das würde ein schwieriges Gespräch werden. Ich liebte ihn so sehr, aber ich liebte Henry mehr. Ich betete, dass Adler es verstehen würde …

„Scheiße." Ich hob den Kopf von seiner Schulter. Alle Freude, die in seinem Gesicht gewesen war, war jetzt verschwunden. Sein himmelblauer Blick begegnete meinem. „Das war von meiner Mutter."

VIERZEHN

Henry

„Was will sie?", fragte Apollo.

Ich konnte seinen besorgten Gesichtsausdruck sehen und wusste, dass ich wahrscheinlich schlimmer dreinschaute. Ich reichte ihm das Handy und er las die Nachricht laut.

„Können wir uns treffen und reden?" Er setzte sich neben mich und gab mir das Handy zurück. „Wirst du es tun?"

„Ich weiß es nicht." Ich hatte diesen nebulösen Gedanken, dass ich mich eines Tages mit ihr treffen und reden würde, aber das war für eine Zeit in ferner Zukunft. Eine Zeit, wenn ich mich nicht so verletzt und wund und durcheinander fühlte. Ich schaltete das Handy aus und legte es mit dem Bildschirm nach unten auf den Nachttisch, stand dann auf und ging ins Bad. Apollo folgte mir. Er saß auf dem Toilettentisch, während ich mich duschte, er stand neben mir, als ich mich anzog, und er gab mir an der Tür einen Abschiedskuss. Das war schön. Genaugenommen war es mehr als schön und ich zögerte am Auto, kehrte dann zurück und küsste ihn gründlich. Er umarmte mich fest und ich fuhr zum Trainingsstadion für das Work-out an diesem Tag. Ich fuhr erst wieder seit wenigen Wochen. Es kam mir seltsam vor, hinter dem Lenkrad zu sitzen. Selbstermächtigend, aber seltsam. Ich war daran gewöhnt, dass Apollo neben mir saß und fuhr, dabei zu Madonna sang und ich vermisste seine Anwesenheit.

Ich hätte das letzte Woche sagen sollen, dann hätten wir die Szene am Flughafen vielleicht vermeiden können, weil ich ihm hätte erklären können, dass ich ohne ihn nicht komplett war. Dann gäbe es keinen Clip von mir in den Sozialen Medien, wie ich in voller Montur Apollo anflehte, während ein Typ in einem Dungeons & Dragons T-Shirt mit einem Krug Margaritas davonrannte. Ich hoffte nur inständig, dass niemand von den Raptors das Video gesehen hatte, aber so viel Glück würde ich wahrscheinlich nicht haben.

Der Parkplatz war voll, jeder einzelne Spieler war für das Trainingscamp hier, alle wollten beweisen, dass sie einen Platz in der finalen Aufstellung verdienten. Es würde eine Mischung aus jenen sein, die ein Tryout angeboten bekommen hatten, den Spielern, die bereits unter Vertrag standen und jenen, die aus dem Feeder-Team der Raptors kamen, den Skylarks drüben in Sierra Vista. Ich hatte keine Garantie auf einen Platz, ich hatte erst ein Jahr meines zweijährigen Rookie-Vertrags absolviert und ich konnte leicht zu den Larks geschickt werden, wenn ich heute nicht glänzte. Natürlich hatten Leute wie Vlad, Ryker, Alex, Colorado und vor allem Tate hübsche Verträge oder das Können, um einen zu bekommen. Ich hoffte nur, dass ich zu den Besten gehören würde.

Glaube an dich selbst, hatte Lorraine gesagt.

Ich will dich in meinem Team, hatte Vlad verkündet und mir so heftig auf den Rücken geschlagen, dass ich beinahe umgefallen wäre.

Reiß dich zusammen und spiel Hockey, Cyclops, war Colorados Rat. Es waren so viele Leute in der Umkleide gewesen, die gehört hatten, wie er mich Cyclops nannte, dass ich genau wusste, dass mir der Name bleiben würde.

Du bist einer der schnellsten Flügelspieler in der NHL, du wirst zurückkommen, hatte Ryker mir gesagt und Tate hatte genickt, als würde er zustimmen. Trotz der Tatsache, dass Tates Auftauchen Ryker Sorgen bereiten musste, ließ er sich nichts anmerken und Tate hatte im letzten Training Ryker bei einigen Sachen die Führung übernehmen lassen.

Apollo gab mir keinen Ratschlag, er sagte nur, dass er einen Saisonpass haben wollte, um mich spielen zu sehen, und ich wusste, dass er blindes Vertrauen hatte, was kein Wortspiel sein sollte, dass ich es ins Team schaffen würde.

Neben einem Mietauto war ein freier Platz und ich parkte dort und schaltete den Motor aus, stieg mit meiner Ausrüstung aus und setzte meine Profimiene auf, machte mich auf den Weg zur Hintertür. Dort warteten ein paar Fans, unter dem Schatten eines breiten Vordachs und ich blieb stehen, um ein paar Autogramme zu geben, und unterhielt mich sogar mit einigen Leuten darüber, wie gut es war, wieder zurück zu sein.

Nervenaufreibend, herrlich, furchterregend, angsteinflößend, wunderbar, schrecklich, aufregend, ich hatte all diese Gefühle, die in mir herumrollten, aber mir fiel nur ein zu sagen, dass bei mir alles gut war. Tate brauchte länger, um durch die Reihe der Fans zu kommen. Es schien, als ob er zu jedem etwas persönlich zu sagen hätte, von den Dads zu den Kindern, zu den Moms, zu den jungen Frauen, die an ihm hingen, als wäre er eine Wäscheleine. Ich entschied mich, ihn zu retten, zog ihn weg, versprach, dass wir später noch einmal rauskommen würden und dann befanden wir uns endlich im Stadion und die Tür war hinter uns geschlossen.

„Gut gerettet", murmelte Tate.

„Was geht, Cyclops." Colorado schlug gegen meine Faust. „Ist es Zeit für Tequila?" *Scheiße, er hatte das verdammte Video gesehen.*

„Ich bin mir nicht sicher, ob mir dieser Spitzname gefällt", sagte ich selbstbewusst. Ich wusste nicht, was in letzter Zeit mit mir los war, aber ich stand für mich selbst ein und vielleicht war das besser so.

Colorado legte eine Hand auf meine Schulter und strich sich mit der anderen die Haare aus seinem Gesicht. „Keine Sorge, Kumpel, wir sagen Cy, weil das viel einfacher ist." Dann ging er, murmelte dabei, *Henry liebt einen Jungen.*

„Ich habe nicht gemeint …" Es machte keinen Sinn, ihm nachzuschreien, weil das nur alle dazu bringen würde, mich anzusehen, und ich wollte einfach nur vor meinem Spind sitzen und mich mental vorbereiten. Als ich zu meinem Spind kam, stand dort ein Plastikkrug, gefüllt mit irgendetwas Sprudelndem und auf dem Label stand *Tequila Liebe*. Ich hob ihn hoch und drehte mich zum Raum, aber niemand wollte mich ansehen, die Arschlöcher.

„Auf dem Eis in zwanzig Minuten." Coach hielt mich davon ab, zu sagen, was ich sagen wollte, was keine Komplimente gewesen wären. Seine Stimme erhob sich über das Gebrabbel von vierzig Männern, die in einen Raum eingepfercht waren, der für weniger vorgesehen war und dann wurden eilig Schläger mit Tape umwickelt, Rituale durchgeführt und geredet. Den Krug mit dem Nicht-Tequila ließ ich in der Umkleide und innerhalb von zehn Minuten waren wir auf dem Eis, bis zum letzten Mann, weil wir keine Minuspunkte hinter unseren Namen haben wollten. Ich trug an diesem Tag einen schwarzen Jersey, zusammen mit Colorado, Tate und einem streng dreinschauenden Vlad. Ryker und die anderen Jungs in Weiß würden es uns schwer machen, aber wenn ich an Tates Flügel glänzen, Coach zeigen konnte, dass all mein Training sich gelohnt hatte und demonstrieren konnte, dass ich hervorragend darin war, Dinge zu spüren und mich zu fokussieren, dann könnte ich es ins Team schaffen und all diesen Journalisten, die geschrieben hatten, dass ich und Hockey keine gemeinsame Zukunft hatten, zeigen, wie sehr sie sich geirrt hatten.

Das Training drei gegen drei war intensiv, das schwarze Team übertrumpfte das weiße. Tates Block spielte sich gut ein, ich an einem Flügel, der neue Junge,

Sam Bennett, der von den Larks eingeladen worden war, auf seiner anderen Seite. Es waren aber nicht nur wir. Colorado war unten am anderen Ende und jedes Mal, wenn er einen Schuss von Ryker blockte, schlug er dieses verrückte Rad, von dem ich schwören konnte, dass es ihm Ärger bescheren würde.

Nur dass Coach nie ein Wort sage, aber vielleicht sah er etwas in Colorados Verrücktheit, das dem Rest von uns entging.

Als das Training vorbei war, kehrten wir in die Umkleide zurück und die Stimmung war gut. Ja, wir würden die nächste Saison mit dem Label eines Teams im Umbau beginnen, aber wir hatten den verdammten Tate Collins, Ryker und Vlad-den-Verteidiger-Mann als unseren Kapitän. Ich wollte unbedingt in dieses Team, wollte unbedingt eine zweite Chance. Musik plärrte aus den Lautsprechern, irgendein heftiger Rock, der Colorado dazu brachte, auf den Knien in der Mitte des Raums Luftgitarre zu spielen.

„Henry? Können wir uns unterhalten? Und macht diese Musik leiser!", schrie Coach von der Tür und verschwand dann in Richtung seines Büros und nach einem Moment des Zögerns, in dem meine Welt um mich herum zerbröselte und die Lautstärke der Musik sank, folgte ich ihm.

„Los, Cy", murmelte Colorado, als ich an ihm vorbeikam.

Ich schenkte ihm einen dankbaren Blick und dann waren es nur ich, Coach und eine geschlossene Tür.

„Also gut", sagte Coach Carmichael und fing an, Xen und Os auf ein Flipchart zu malen. „Siehst du das?

Wenn Tate …" Seine Stimme verschwand ins Nichts, als ich mich auf den Spielzug konzentrierte, etwas, mit dem Tate, Sam und ich an diesem Morgen herumprobiert hatten. „… also, Ja, das denke ich." Er drehte sich zu mir und ich versuchte, weiter stehenzubleiben, doch als er die Stirn runzelte, verlor ich komplett die Beherrschung.

„Werde ich es ins Team schaffen?"

Er hob eine Braue. „Was habe ich gerade gesagt?" Er deutete auf den Flipchart und ich fokussierte mich auf die Markierungen.

„Dass Tate einen blinden Pass machen kann und ich kann … es tut mir leid, Coach, ich habe nicht aufgepasst." Ich wollte nicht so unglücklich klingen, aber das war es, was passierte. „Ich glaube, ich bin in Panik verfallen …" Hätte ich das zugeben sollen? Ich sank auf den nächstgelegenen Stuhl, Schweiß klebte mein Jersey an meine Haut, kühlte ab und fing an zu stinken, mein Kufenschutz verfing sich an seinem Schreibtisch und nur der Himmel wusste, wo ich meinen Schläger gelassen hatte. *Ich bin komplett durcheinander, ich will das nicht sein, aber ich bin –*

„Ich habe gesagt, dass ich möchte, dass du mit Tate arbeitest und dass wir mit euch beiden zusammen und eventuell dem Bennett-Jungen, obwohl das natürlich noch nicht definitiv ist, auch wenn er glänzt, einen beeindruckenden ersten und zweiten Block für die Saisoneröffnung haben."

„Moment, du willst mich im Team?"

Das Stirnrunzeln kehrte zurück und dieses Mal setzte er sich auf seinen Stuhl und rollte zu mir, bis unsere Knie sich berührten. Er hatte so ein freundliches Gesicht, wenn er nicht wütend auf uns war, weil wir es verbockten oder mit Strenge versuchte, das Team besser zu machen, und seine haselnussbraunen Augen waren mit Mitgefühl gefüllt.

„Warum denkst du, habe ich Lorraine dazu gebracht, dich anzunehmen? Ich habe das Management angefleht, diese Arbeit zu finanzieren, obwohl ich nicht ganz so viel betteln musste, wie Mark das gerne gehabt hätte." Er wackelte mit seinen Brauen und ich schwöre, ich wurde rot. „Sie haben in dir dasselbe gesehen wie ich. Fähigkeit. Stärke. Himmel, Junge, wer sonst überlebt halb erblindet einen Autounfall und kämpft jeden einzelnen verdammten Tag darum, zurück aufs Eis zu kommen? Es war nichts anderes als ein Wunder und Ja, ich kann Bereiche sehen, die noch verbessert werden müssen, aber du *wirst* für die Raptors an den Start gehen und du wirst dir den Arsch aufreißen, um mir zu beweisen, dass du der Schnellste in diesem Team bist, der Aufmerksamste und der hinterlistige Charmeur, von dem niemand erwartet, dass er sich bis zum Netz vorkämpfen kann. Kapiert?"

„Yeah, ich meine Ja, kapiert."

„Jetzt geh duschen, du stinkst mein Büro voll und kein Wort zu irgendjemandem über meine Gedanken hier drin, okay, oder ich werde dich töten."

Er lächelte, aber ich konnte schwören, dass er mehr als fähig war, mich umzubringen. Als ich zurück in die Umkleide kam, hatten die meisten der Jungs schon mit dem Cool-down angefangen, waren im Fitnessstudio oder bei den Einschätzungen, aber Ryker und Alex waren da, zusammen mit Vlad und Colorado und sie schauten mich erwartungsvoll an. Ich wollte es ihnen erzählen, ich wollte alles von den Dächern schreien, ich wollte Apollo und Dan anrufen und es ihnen sagen, ich wollte … so viel.

Stattdessen lächelte ich und für meine Freunde reichte das.

Nach Hause zu fahren war so verdammt herrlich. Ich war erschöpft und grinste und als Dan anrief, nahm ich an, während ich vor dem Haus parkte. *Ich werde ihm meine Neuigkeiten nicht erzählen. Ich werde ihm meine Neuigkeiten nicht erzählen.*

„Hey, wie geht es dir?"

„Ich liebe Apollo und Coach hat gesagt, dass ich ins Team komme", platzte ich heraus. „Scheiße, du darfst das noch niemandem erzählen, es ist nicht … Du kannst den Leuten von Apollo erzählen, aber das mit dem Team, da gibt es Dinge, die ich … Scheiße, Dan, ich bin verliebt und ich bin im Team!"

„Ja!", schrie Dan und ich konnte mir vorstellen, wie er mit der Faust in die Luft pumpte. Wir hatten über den Sommer mehr Zeit miteinander verbracht, hatten uns wieder angenähert, neue Erinnerungen geschaffen und er hatte bei mehreren Gelegenheiten nachdrücklich erwähnt, wie gut Apollo und ich zusammenpassten und was die Sache mit dem Spielen anging, war er der Lauteste meiner Unterstützer gewesen, hatte manchmal mit mir auf dem Eis gearbeitet und mich überzeugt, dass ich es zurückschaffen würde.

„Mom hat mir geschrieben", sagte ich, als er

aufgehört hatte zu jubeln. Die Haustür ging auf und Apollo stand da, sah ganz sexy aus und lächelte breit.

„Ja, ich habe mich schon gefragt, wann sie das tun würde." Dan klang vorsichtig. „Darum rufe ich an. Sie hat mir auch geschrieben. Ich habe sie angerufen und sie hat gesagt, dass Ed nicht länger in ihrem Leben ist. Sie war in Therapie …"

„Und?" Ich konnte die Angriffslust in meinem Tonfall nicht unterdrücken.

„Und ich fliege am Samstag, nur für einen Tag, raus, um sie zu treffen. Sie hat Tucson vorgeschlagen, ich glaube, weil sie hofft, dass du kommen wirst. Ich nehme nicht an, dass du mitkommen und hören willst, was sie zu sagen hat, wir alle drei zusammen?"

Apollo hob eine Tasse mit, wie ich vermutete, Kaffee, in die Höhe und ich legte meinen Finger an mein Ohr, um ihm zu sagen, dass ich telefonierte. Er verschwand für eine Sekunde, erschien dann wieder, oben ohne und machte alle möglichen sexy Posen. Mein Mund klappte auf die komischste Art und Weise, die ich schaffte, auf und dann bedeckte ich mit großer Geste meine Augen, linste aber zu ihm und sah ihn auf der Treppe schmollen.

„Henry, bist du noch dran?", fragte Dan. Oh, ja, ich musste noch eine Entscheidung treffen und diese musste ich basierend auf der stummen Bitte in Dans Tonfall treffen und der Tatsache, dass ich kein Arschloch war und wenn ich ehrlich mir selbst gegenüber war, basierend auf den Fakten, dass ich wirklich hören wollte, was Mom zu sagen hatte.

„Ja", sagte ich schließlich. „Lass es uns machen. Wann und wo?"

„Samstag, Lucky's Diner. Ich schicke dir die Adresse."

ALS ICH APOLLO im Auto ließ und Lucky's betrat, war Mom bereits da, saß gegenüber von Dan. Es kam mir falsch vor, den Platz neben Dan zu wählen, als würden wir sie verhören, aber ich fühlte mich dort wohler als nahe genug bei ihr, um eine Umarmung zu bekommen.

„Hallo", sagte sie fröhlich. Ihr Make-up war makellos, ihr Kleid hübsch, sie sah jünger aus, als sie war und nur, wenn jemand sie wirklich genau betrachtete oder sie gut kannte, würde er die Falten um ihre Augen sehen und die Traurigkeit in ihrem Blick. „Es ist so nett von euch beiden, dass ihr mich hier trefft."

Der Kellner kam und ich bestellte einen Kaffee, aber der Gedanke an Nahrung in meinem aufgewühlten Magen war kein guter. Als er ging, nickte Mom, als ob sie in ihrem Kopf ein Gespräch führen würde. „Ich schulde euch beiden eine Erklärung und ich weiß nicht, wo ich anfangen soll, außer zu sagen, dass ich meinen Weg verloren habe", fing sie an und räusperte sich dann. Es schien, als ob sie direkt zum Kern kommen wollte und vielleicht war das besser so.

„Euer Dad und ich … Ich habe ihn so sehr geliebt, dass wenn ich mit ihm zusammen war, es manchmal schwierig war zu atmen. Er hat mir alles bedeutet und als er gestorben ist, hat mich das innerlich zerbrochen. Ich weiß, dass das keine Entschuldigung für das ist, was ich getan habe, aber als Dan gedraftet wurde und dann das Haus verlassen hat, brauchte ich etwas für mich selbst, damit dieser Bruch zusammengehalten wurde und das warst du, Henry, du hast den Großteil abbekommen. Dann, als ich Ed kennengelernt habe, schien er dafür sorgen zu können, dass alles Sinn für mich ergab. Er hat es so aussehen lassen, als würde er sich um mich kümmern, aber er war ein manipulativer Lügner und indem ich auf ihn gehört habe, wurde ich zu einer weniger guten Person." All das kam schnell heraus, als ob sie die Worte geübt hätte. Nicht, weil sie Lügen waren, sondern weil jede Silbe aus einer wunden Stelle in ihr gerissen wurde.

Mein Brustkorb verengte sich. Sie klang wie ich, wenn ich über Aarni redete.

„Es tut mir leid, was ich getan habe, wer ich geworden bin. Ich liebe euch beide so sehr, aber ich habe euch von mir gestoßen." Sie legte eine Hand auf die von Dan und er versteifte sich. Dann berührte sie mich und ich erstarrte. „Und dann habe ich dich verletzlich gemacht, Henry, aber dieser grauenvolle Graben in mir war mit einer so großen Trauer gefüllt, dass sie mich ausgepumpt zurückgelassen hat." Tränen sammelten sich in ihren Augen und neben mir seufzte Dan, verflocht dann seine Finger mit ihren. Ich wünschte, es wäre so einfach für mich, aber er hatte weniger zu vergeben. Er war gegangen und er war nicht derjenige, der sein Geld verloren hatte und den Großteil seiner Kindheit.

„Trauer bringt einen nicht dazu, Geld zu stehlen", sagte ich traurig.

Sie verzog das Gesicht. „Ich weiß." Stumme Tränen stiegen in ihren Augen auf und flossen über ihre Wangen, aber ihre Stimme war gebrochen. „Es war nicht ich-"

„Deine Unterschrift war auf allem", platzte ich heraus und riss meine Hand von ihrer weg.

„Genau wie deine", bemerkte sie sanft und das stimmte wohl. „Es tut mir leid, ich wollte nicht, dass es so klingt …" Sie weinte und sie hatte recht. Ich hatte darauf vertraut, dass sie auf mich aufpasste, hatte angenommen, dass es sie war. *Habe ich mich geirrt?* „Ich übernehme die volle Verantwortung dafür, was ich Ed gestattet habe zu tun, und ich werde jede Strafe akzeptieren, die ihr für angemessen haltet, nur damit ich eines Tages wieder eure Mom sein kann."

„Du warst immer meine Mom", murmelte ich. Der Kaffee kam und für einen Moment hörten wir auf zu reden, aber ich konnte sehen, dass Mom noch viel mehr zu sagen hatte und ich wollte gern sitzenbleiben und zuhören, nur um zu versuchen, es zu verstehen.

„Danke", sagte sie und drückte meine Hand. „All diese Männer in meinem Leben, all diese Männer, von denen ich wollte, dass sie euer Dad sind, es hat einfach nicht funktioniert."

„Dad war einmalig", flüsterte Dan.

„Ich weiß und ich habe nach jemandem wie ihm gesucht, immer gesucht und dann habe ich Ed gefunden. Obwohl ich wusste, dass er nie genug war, habe ich ihm mein Herz anvertraut. Die ganze Zeit, das schwöre ich euch, habe ich versucht, euch zu schützen und glücklich zu machen, bevor du gegangen bist, aber danach, als ich Ed kennengelernt habe, wollte ich, dass er mit mir glücklich ist, und ich habe all mein Vertrauen und meine Liebe ihm gegeben. Er hat von mir gestohlen, von uns, ich habe das Haus verloren, das ist weg und was das Schlimmste ist, er hat mich denken lassen, dass er mich liebt, aber er hat mir auf so viele Arten wehgetan. Ich weiß, dass ihr mir nicht vergeben solltet oder auch nur verstehen, wie es war, zu wollen, dass jemand mich genauso ansieht, wie euer Dad es getan hat, jemand, der mich im Zentrum seiner Welt haben wollte-"

„Ich verstehe es, Mom", unterbrach ich sie und drehte meine Handfläche nach oben, damit wir unsere Finger verschränken konnten. Ich hatte Apollo und er hatte mich zum Zentrum seiner Welt gemacht und ich wusste, dass ich verloren wäre, wenn er nicht bei mir wäre. Nach einer kurzen Pause nahm Dan ihre andere Hand und wir drei saßen schweigend da.

„Ich verstehe es", fügte Dan sanft hinzu. „Ich habe Anna und Henry hat Apollo. Wir verstehen es."

„Ich freue mich so sehr für euch beide, das schwöre ich, ich könnte mir nichts Besseres erhoffen. Meine einzige Hoffnung ist, dass ihr Jungs mir eines Tages vergeben könnt, für das, was ich zugelassen habe. All dein Geld, Henry und Dan, ich habe dich aus meinem Leben ausgeschlossen und Henrys."

Dan räusperte sich. „Uns geht es gut, Mom. Wir haben wieder zueinandergefunden."

Ich drückte meine Schulter kurz an Dan. „Bei uns ist alles gut."

Sie entzog uns ihre Hände und stand auf. „Vielleicht können wir uns irgendwann wieder treffen und versuchen, die Dinge zu reparieren, und man weiß nie …" Sie nahm ihre Handtasche und ich dachte schnell nach.

Sie hatte Ed gefunden, ich hatte Aarni gefunden und wir beide hatten gelitten. Ein wilder Beschützerinstinkt wallte in mir auf und ich musste sie davon abhalten zu gehen. Ja, es gab eine Menge, das wir überwinden mussten und Tonnen von Vergebung, die aufgebracht werden mussten, aber es war ein Anfang.

„Apollo wartet im Auto", fing ich vorsichtig an. „Ich weiß, dass er dich gern kennenlernen würde, und er macht ganz hervorragende Cocktails. Warum fahren wir drei nicht zu mir und sehen, ob wir noch ein wenig weiterreden können?"

Dan legte ein paar Scheine auf den Tisch, um den Kaffee zu zahlen, und Mom drückte eine Hand auf ihren Mund, als ob sie laut weinen wollte.

„Das wäre wunderbar", flüsterte sie.

Und irgendwie, in diesem einen Moment in dem Diner mit dem wahrscheinlich schrecklichsten Kaffee aller Zeiten, gab es einen Funken Hoffnung, dass die Greenaway-Familie anfangen würde zu heilen.

Epilog

APOLLO

„Puh. Also gut, du kannst das, Apollo." Ich schaute von meinem Tablet auf, das auf meinem neuen rosa iPad Kissenhalter ruhte, zu Henry, der am späten Nachmittag ein paar Runden im Pool drehte. Süße Mutter Maria, sein Körper war eine göttliche Kreation, wenn ich je eine gesehen hatte. Ich nahm einen Schluck von dem jetzt täglichen Krug *Agua de Jamaica*, die Eiswürfel kitzelten meine Oberlippe, kehrte dann wieder zu meiner Aufgabe zurück. „Du kannst das. Wenn Henry gestern seine Mutter zum Reden und zu einer Versöhnung hierherbringen konnte, dann kannst du das."

Und darum rief ich Adler online an. Ein Videochat schien die beste Möglichkeit zu sein, das zu erledigen. Eine Nachricht oder E-Mail schienen unpersönlich. Er nahm schnell an, sein Gesicht kam seinem Handy so nahe, dass ich in seine Nase hinaufsehen konnte.

„Oh, hey, es ist Apollo Vasquez! Foxy, du kannst die Pennsylvania State Troopers anrufen und ihnen sagen,

dass wir unsere vermisste Person gefunden haben",
schrie er über seine Schulter. „Wie es scheint, hat er sich
für beinahe zwei Tage in einer Staubsaugerfirma
verlaufen." Scheiße, ich hatte vergessen, die
Knutschflecke an meinem Hals zu verdecken. Ich beeilte
mich, meinen durchsichtigen Schal für den Pool um
meinen Hals zu legen. „Ja, dieses durchsichtige Stück
Stoff versteckt die Flecken nicht wirklich."

Ich schnaubte. Adler senkte das Handy von seinem
Augapfel und stellte es auf die Kücheninsel – ich kannte
seine Wohnung gut – und warf mir einen finsteren Blick
zu, der anderen Leuten Angst gemacht hätte. Ich holte
Luft durch die Nase, ließ sie heraus und fing dann mit
meiner gut geübten Rede an.

„Es tut mir leid, dass ich diesen Flug nicht erwischt
habe. Und es tut mir leid, dass ich mich erst jetzt melde,
es war hier eine Menge los und ich wurde mitgerissen.
Ich verspreche, ich werde dich nie wieder so hängen
lassen. Du musst dir schreckliche Sorgen gemacht
haben."

„Nicht wirklich. Ich habe Tía Sofia angerufen, als
ich die Information bekommen habe, dass du nicht zu
deinem Charterflug gekommen bist. Sie hat mir gesagt,
dass du und Henry ‚über eure Beziehung redet', was,
wie wir beide wissen, ein Code dafür ist, dass ihr wie
geile Nilpferde gerammt habt."

„Ich … sie … ihr beide seid so … Ugh!" Adler
lachte. „Na gut, nun, ich bin froh, dass du sie angerufen
hast. Ich habe mich so schlecht gefühlt, weil ich dich
nicht kontaktiert habe."

„Schon gut. Ich weiß, wie es ist, verliebt zu sein." Er

schenkte Layton ein albernes Lächeln, als dieser hinter Adler mit einer Kaffeetasse und seiner Nase in seinem Handy vorbeitappte. „Also, kommst du nach Hause?"

Ich schaute über den Garten, auf das Poolhaus, das ungenutzt ungefähr fünfundzwanzig Meter von dort entfernt stand, wo Henry seine Bahnen schwamm. Die Winde pfiffen die Berge herunter, angefüllt mit süßen Blumendüften und perfekt trockener Luft. Die Sonne schien auf meinen Kopf.

„Nein, ich komme nicht zurück." Ich wagte einen Blick auf meinen besten Freund auf der ganzen Welt, hatte Angst, dass er die Stirn runzeln oder wütend sein oder vielleicht weinen würde. Er lächelte. Ja, seine Augen waren ein wenig feucht, aber er lächelte.

„Das habe ich mir schon gedacht, als ich dich und Henry zusammen gesehen habe. Er liebt dich sehr, Kumpel. Und es ist so einfach, dich zu lesen."

„Ich bin nicht so leicht zu lesen", wandte ich schwach ein.

„Für mich schon. Hey, schau mich an und nicht die Roadrunner."

Ich tat, was er verlangte, wischte mir die Tränen weg, die in meine Augen traten. „Ich habe das Gefühl, als würde ich dich im Stich lassen. Ich weiß, dass du dich auf mich verlässt und ich … ich kehre dir einfach den Rücken, um hier zu sein, und das ist so gierig und … und-"

„Hey, auf *gar keinen Fall* machst du das. Hör mir zu Apollo. Ich bin ein erwachsener Mann, werde bald dreißig. Wenn ich es jetzt nicht schaffe, mich zu ernähren, und meine eigenen Rechnungen zu bezahlen, sollte mir jemand auf den Hinterkopf schlagen." Layton schlug ihm auf den Hinterkopf. Ich schnaubte so heftig, dass meine Nasennebenhöhlen vibrierten. „Autsch! Na schön, ich bin noch nicht ganz so weit, aber das werde ich sein, weil Foxy Man hier ist, um mir zu helfen, erwachsen zu werden."

„Oh Gott, nein, werde nie erwachsen! Wir lieben dich so, wie du bist." Adler verdrehte seine Augen, bekam dann einen zärtlichen Kuss von seinem Mann, bevor Layton den Bereich der Kamera verließ. „Ich liebe Henry. So sehr. Und er liebt mich auch. Wir haben noch etwas Arbeit vor uns, um zu kommunizieren, was wir brauchen und wollen, aber das werden wir schaffen. Ich möchte hier in Arizona bleiben. Ich liebe es hier, die Leute, das Wetter. Ich möchte sehen, wohin das Leben uns führt, mich und Henry."

„Hervorragend. Ich freue mich absolut für dich. Ich werde einen Stift und die Besitzurkunde finden und dir das Haus überschreiben, als Er-Hat-Seine-Wahre-Liebe-Gefunden-Geschenk! Foxy, wo ist dieser Stift, den ich dir gekauft habe, als wir uns kennengelernt haben?"

„Nein, Adler, nein. Stopp." Er schaute von seinem Mann zu mir. „Nein, ich will das nicht. Nun, ich will schon, aber …" Ich hielt inne, um meine Gedanken zu sammeln. „Also gut, ich habe darüber nachgedacht, etwas Bedeutungsvolleres mit meinem Leben zu machen. Jetzt wo Henry genesen ist, braucht er mich nicht länger als Gesellschafter. Was bedeutet, dass ich wieder nicht weiß, was ich mit meiner Zeit anfangen soll. Darum habe ich darüber nachgedacht, hier aufs College zu gehen und vielleicht einen Abschluss als

Physiotherapeut oder Krankenpfleger für den häuslichen Bereich zu machen. Es erfüllt mich sehr, Menschen dabei zu helfen zu heilen."

„Du wärst ein verdammt guter Krankenpfleger, Apollo. Die Leute lieben dich einfach. Mach das. Ich zahle das Studium. Nein, zieh nicht so ein Gesicht. Hast du es deiner Mutter erzählt?"

„Noch nicht, aber das werde ich. Ich muss erst alles geklärt haben." Er nickte. Er kannte mich einfach zu gut. Mama hatte nie gezögert, uns beide zurechtzuweisen, als wir noch Kinder waren. „Ich versuche, sie dazu zu überreden, hierher zu ziehen, aber bis jetzt, nun, du weißt, wie sie ist. Jedenfalls, ich brauche dein Geld fürs College nicht. Du hast mir genug bezahlt, um fünf Leute jahrelang in die Schule zu schicken. Ich habe das Geld für meine Kurse auf der Bank. Ich möchte mit dir über das Haus reden."

„Es gehört dir! Foxy Man, wo bist du mit dem Stift?"

„Adler, nein, ich … bitte, hör mir zu."

„Willst du das Haus nicht? Gefällt es dir nicht? Ich kann es renovieren lassen, du musst es nur sagen."

„Adler, nein, konzentrier dich." Ich musste lächeln. Er war manchmal wirklich wie ein Irish Setter Welpe. „Also, die Sache ist die, die Villa ist perfekt. Sie ist einfach nur zu groß für zwei Leute. Sie könnte viel besser als Erholungszentrum für Athleten dienen, die eine schlimme Verletzung erlitten haben. So eine Art offene Anstalt, verstehst du? Wo ich und andere Profis aus dem Gesundheitssektor mit ihnen arbeiten, während sie von den normalen Reha-Zentren zurück ins reale Leben wechseln."

„Das ist eine absolut *großartige* Idee! Ich werde das Haus sehr gerne für deine offene Anstalt spenden. Ich brauche jetzt *wirklich* einen Stift und einen Anwalt. *Foxy*! Oh, da bist du ja. Könntest du die Besitzurkunde für das Haus in Tucson suchen? Und einen Anwalt für Immobilienrecht in meiner Schnellwahlliste? Apollo und Henry werden das Wüstenhaus in eine offene Anstalt für Athleten umwandeln, die sich von Verletzungen erholen. Oh, und Apollo wird aufs College gehen, um Krankenpfleger zu werden oder vielleicht Physiotherapeut! Und genau wie du und ich schon gesagt haben, wird er nicht zurück nach Harrisburg kommen. Er hat einen neuen Mann, dieses Mal einen guten."

Layton erschien hinter Adler, legte sein stoppeliges Kinn auf Adlers Schulter und schenkte mir dann das wärmste Lächeln. „Herzlichen Glückwunsch an allen Fronten, Apollo. Wir wussten, dass du und Henry zusammenkommen würdet. Und mir gefällt die Idee einer offenen Anstalt für Athleten auf Reha. Ich wette, dass diese Transition für viele von ihnen schwierig ist, aber wenn das Haus an die neue Stiftung geht, wo werden du und Henry wohnen?"

„Im Poolhaus." Ich stand auf, legte meinen Kissen-Tablet-Halter auf die Liege und drehte mein Tablet herum, damit sie den Pool sehen konnten. Henry schwamm darin auf und ab wie ein Delfin und dahinter kam das leere Poolhaus in Sicht. Als die Kamera wieder auf mich zeigte, stieg ich die Stufen zum Poolbereich hinunter, die Pfützen trockneten schnell auf dem heißen Beton der brennenden Sonne Arizonas. „Es ist perfekt für ein frischgebackenes Paar. Es hat drei Schlafzimmer und zwei komplette Bäder, wenn Mama zu Besuch kommt, kann sie also bei uns übernachten. Eine Küche, damit ich kochen kann, ein Fernsehzimmer und einen Fitnessraum. Wir waren schon drin und … nun, wir haben uns verliebt. Wenn du also willens bist, das Haus der Stiftung zu spenden, dann können wir anfangen, unsere Träume zu verwirklichen."

„Natürlich spende ich das Haus der Stiftung. Das habe ich dir doch schon gesagt. Gibt es noch etwas, das du brauchst? Betten? Pflaster? Bettpfannen?"

Ich lachte über seinen Enthusiasmus und setzte mich dann an den Rand des Pools, ließ meine Füße in das kühle Wasser am tiefen Ende gleiten. Henry schwamm zu mir und legte seine Arme auf den gerundeten Rand. Seine Augen leuchteten, sein Lächeln war weich und warm und seine Liebe für mich strahlte von ihm ab.

„Ja, aber nicht jetzt. Im Moment brauchen wir nur deine Erlaubnis, um loszulegen und anzufangen, alles vorzubereiten. Oh, und ein paar Anwälte, die dabei helfen, wäre nett."

„Betrachte es als erledigt! Ich möchte nur, dass du die Stiftung nach mir benennst." Layton fing an zu husten. „Ruhig, Foxy Man, ganz ruhig. Das war ein Witz. Du wusstest, dass es ein Witz war, oder Apollo?"

„Ja, ich wusste, dass es ein Witz war. Ich liebe dich, Adler. Mein Bruder."

„Ich liebe dich auch, Kumpel. Geh. Sei glücklich. Lebe dein Leben mit dem Mann, den du liebst. Ganz im Ernst, Bruder, es gibt *nichts* Besseres als mit deinem Seelengefährten zusammen zu sein."

Ich nickte, weil Reden nicht infrage kam. Ich war so glücklich. So verdammt glücklich und weinte gute Tränen. Wir verabschiedeten uns. Henry stemmte sich aus dem Wasser, nahm mir das Tablet aus meinen zitternden Händen, legte es auf einen Glastisch zwischen zwei weißen Metallstühlen und hob mich von der Seite des Pools hoch, als hätte ich kein Gewicht. Was eine Lüge war, weil meine Jumpsuits sehr eng an meinem Hintern saßen.

„Oh! Lass mich nicht fallen." Ich klammerte mich fest an seinen Hals, schaute zu, wie die Villa sich weiter und weiter entfernte. „Wo bringst du mich hin? Unsere Betten sind in der Richtung!" Ich zeigte mit dem Kinn in die Richtung der luftigen Villa.

„Ich trage dich in unsere Zukunft."

Er stieß die Tür des Poolhauses mit dem Ellbogen auf und trat ein. Es war staubig und roch, als wäre es jahrelang geschlossen gewesen, was den Tatsachen entsprach. Aber ein Tag mit offenen Fenstern würde alle Anzeichen eines leer stehenden Hauses verschwinden lassen. Dann küsste er mich tief und unsere Liebe verjagte, genau wie die süße Sonne von Arizona, die letzten Schatten aus unserem Leben.

Ende

Zucker und Eis

Ein in Ungnade gefallener goldener Hockey-Junge und ein eisiger Teamkapitän sind eine schlechte Idee, die nur darauf wartet, zu passieren.

Tate Collins hatte Ruhm, Werbeverträge und den dazu passenden Ruf eines Goldjungen. Aber eine lausige Entscheidung zerschmettert sein perfektes Image, schickt ihn aus dem Scheinwerferlicht des Hockeys zu einem Team, das ihm nicht vertraut. Entschlossen, sich wieder aufzubauen, hält er sich zurück – bis sein neuer Kapitän, Vladislav Novikov, zu einer unerwarteten Ablenkung wird.

Vlad ist abseits des Eises so kalt, wie er darauf gnadenlos ist, was ihm den Spitznamen Eisberg eingebracht hat. Die Raptors zu führen ist sein Fokus, aber Tates Charme und Entschlossenheit kratzen an seinen Mauern. Er weiß, dass etwas mit einem Teamkollegen anzufangen eine schlechte Idee ist, aber Tate zu widerstehen? Das ist unmöglich.

Als die Chemie zwischen ihnen immer heißer wird, steigt das Risiko. Während Tate um Wiedergutmachung kämpft und Vlad alles riskiert, um ihn bei sich zu behalten, wird die Liebe da zum Game-Changer – oder der größte Penalty von allen?

Zucker und Eis ist eine MM Hockey-Romanze mit Griesgram/Sonnenschein, einem Altersunterschied, Wiedergutmachung, verbotener Liebe und einem Team-Kapitän, der sich in den Bad Boy verliebt.

Blockwechsel (Harrisburg Railers Buch 1)

Kann Tennant Jared zeigen, dass Alter nur eine Zahl ist und dass nur die Liebe zählt?

Die Rowe Brüder sind berühmte Hockey Teufelskerle, aber als jüngster des Trios musste Tennant immer gegen den Ruf seiner Brüder anspielen. Um aus ihrem Schatten zu treten, und gegen ihren Rat, nimmt er einen Wechsel zu den Harrisburg Railers an, wo er Jared Madsen trifft. Mads ist ein alter Freund der Familie und der ehemalige Teamkollege seines Bruders. Mads ist Tennants neuer Coach. Und Mads ist der attraktivste Mann, den er je gesehen hat.

Jared Madsens Hockey-Karriere wurde von einem Herzfehler

frühzeitig beendet, aber durch die Arbeit als Coach bleibt er nahe am Spiel. Als Ten ins Team wechselt, wird seine akribisch geordnete Welt ins Chaos geworfen. Weil er neun Jahre jünger und der Bruder seines besten Freundes ist, weiß Mads, dass er unbedingt die Finger von Ten lassen muss, aber sobald er Tens Bewegungen sieht, auf dem Eis und im richtigen Leben, weiß er, dass sein Herz ihn wieder in Schwierigkeiten bringen könnte.

Harrisburg Railers Hockey

1. Blockwechsel
2. Erste Saison
3. Am tiefen Ende
4. Poke Check (Deutsche Ausgabe)
5. Letzte Verteidigung
6. Torlinie
7. Neutrale Zone
8. Hat Trick (Deutsche Ausgabe)
9. Save the Date (Deutsche Ausgabe)
10. Mit Baby sind es drei
11. Rivalen
12. Perfekte Geschenke
13. *Family First (Deutsche Ausgabe)*

Ryker (Deutsche Ausgabe) (Owatonna U. Buch 1)

Lernt in dieser fesselnden Romanze die Männer des Hockeyteams der Owatonna University kennen!

Hockey liegt dem reichen Ryker im Blut – während der Junge vom Land, Jacob, nur versucht, durchs College zu kommen. Dennoch haben diese beiden absoluten Gegensätze bald Schwierigkeiten, an etwas anderes als einander zu denken.

Ryker ist Hockey-Adel, Jacob ist ein armer Junge vom Land. Können zwei vollkommen unterschiedliche Menschen eine gemeinsame Basis finden und zu den Männern werden, die sie sein möchten?

Ryker entstammt einer langen Reihe Championship-gewinnender Hockeyspieler. College-Hockey zu spielen, um sein Spiel zu entwickeln, ist sein einziger Fokus und nichts wird sich ihm in den Weg stellen, daran zu arbeiten, der beste Spieler zu werden, der er sein kann. Er hat keinen Platz für Beziehungen, Menschen, die seine Fehler sehen oder irgendjemanden, der ihn wegen seiner Träume anspricht. Er hat ganz sicher keinen Platz für die Liebe und Jacob kennenzulernen ist nichts als eine nützliche Ablenkung nebenher. Schließlich ist der Versuch, seinen Teamkollegen von den Owatonna Eagles ins Bett zu bekommen weniger Arbeit und mehr Spaß. Als seine Familie von einer Tragödie erschüttert wird, zerbricht sein zauberhaftes Leben und die einzige Person, an die er sich wenden kann, ist der Mann, der behauptet, ihn zu hassen.

Jacob Benson hat sein ganzes Leben lang nur harte Arbeit und erstickende konservative Werte gekannt. Geboren und aufgewachsen in der kleinen ländlichen Gemeinde Eden Crossing, Minnesota, ist er der einzige Sohn einer hart arbeitenden, aber in Geldnöten steckenden Familie, die eine Milchwirtschaft betreibt. Jacob nutzt sein Können im Hockey, um seinen Abschluss in Agrarwissenschaften zu finanzieren. Diese vier Jahre an der Owatonna U. werden wahrscheinlich die einzige Zeit sein, die er haben wird, um das Leben zu genießen, seine sexuelle Orientierung akzeptiert zu sehen und offen zu leben, ehe er unausweichlich auf die Farm zurückkehrt. Einen reichen hübschen Jungen wie Ryker Madsen zu treffen, dämpft seinen Genuss des Lebens weit weg von zu Hause. Rykers leichtfertige, sorgenfreie Einstellung geht Jacob auf die Nerven. Wenn Ryker also alles ist, was er nicht mag, warum will er dann nichts mehr, als die sündigen

Träume zu erkunden, in denen sein nerviger Teamkollege jede
Nacht die Hauptrolle spielt?

Owatonna U. Hockey

1. Ryker
2. Scott
3. Benoit
4. Weihnachtslichter
5. Valentine's Hearts (Deutsche Ausgabe)
6. *Wüstenträume in Arizona*

Abseits des Eises (Chesterford Coyotes Buch 1)

Eine Coming of Age Liebesgeschichte mit High School, Hockey-Rivalitäten, Freundschaft, Familie und Coming out.

Sorens Welt verändert sich auf einen Schlag, als er und sein jüngerer Bruder von Hockey-Adel adoptiert werden. Sein neues Leben zu begreifen, ist schwer genug, doch als er in einer Privatschule angemeldet wird, bedeutet das, dass er sich einer ganzen Reihe neuer Probleme stellen muss. Durch Freundschaften, Familie und Hockey zu navigieren ist eine Sache, aber sich zu dem Jungen hingezogen zu fühlen, der ihm auf die Nerven geht, ist eine ganz andere.

Felix muss einen Ruf schützen. Er ist der Junge, der alles zu haben scheint, aber Äußerlichkeiten können täuschen. Mit seinen Lügen über sein perfektes Leben hat er eine Fantasiewelt geschaffen, an die er mittlerweile sogar selbst glaubt. Nur, dass es nicht lange dauert, bis alles in sich zusammenfällt, all seine hübschen Lügen kommen ans Licht und nur sein größter Rivale sieht durch seinen Schmerz hindurch und steht zu ihm.

Kämpfen ist einfach, Freundschaft ist schwierig, aber Liebe ist alles.

Weitere Bücher von RJ Scott

Für eine vollständige Liste der Ebooks und Links scanne bitte den Code oben oder besuche rjscott.co.uk/buchliste

Weitere Bücher von V.L. Locey

Für eine vollständige Liste der Ebooks und Links scanne bitte den Code oben oder besuche vllocey.com/deutsche

Lernt RJ Scott kennen

RJ Scott ist die Bestsellerautorin von über hundert Gay Romance Büchern. Sie schreibt emotionale Geschichten mit komplizierten Charakteren, Cowboys, alleinerziehenden Vätern, Hockeyspielern, Millionären, Prinzen und den Männern, die sie lieben.

Sie lebt etwas außerhalb von London und verbringt jede wache Minute, die sie nicht mit ihrer Familie zusammen ist, damit, zu lesen oder zu schreiben. Das letzte Mal, als sie eine Woche Pause vom Schreiben hatte, hat es ihr gar nicht gefallen. Und sie ist bis heute auf der Suche nach der Tafel Schokolade, der sie nicht gewachsen ist.

www.rjscott.co.uk / rj@rjscott.co.uk

Newsletter - rjscott.co.uk/de

instagram.com/rjscott_author

amazon.com/author/rj-scott

bookbub.com/authors/rj-scott

patreon.com/RJScott

Lernt V.L. Locey kennen

V.L. Locey liebt abgetragene Jeans, Yoga, aus vollem Herzen zu lachen, spazieren zu gehen, lesen und Geschichten voller Lust zu schreiben, griechische Mythologie, die New York Rangers, Comicbücher und Kaffee. (Nicht unbedingt in dieser Reihenfolge.) Sie lebt mit ihrem Ehemann, ihrer Tochter, einem Hund, zwei Katzen, einer Gruppe Hühner und zwei Jersey-Rindern zusammen.

Wenn sie keine peppigen Geschichten schreibt, genießt sie es, den Tag mit ihren Tieren in den sanft abfallenden Hügeln von Pennsylvania zu verbringen, mit einer frischen Tasse Kaffee in der Hand. Sie kann auch online auf Facebook, Twitter, Pinterest und Goodreads gefunden werden.

Webseite: vlloceyauthor.com

facebook.com/124405447678452

x.com/vllocey

instagram.com/vl_locey

bookbub.com/authors/v-l-locey

goodreads.com/vllocey

pinterest.com/vllocey

amazon.com/author/vllocey